SAUVONS
STEVE
.ORG

Pour Chuck

Ouvrage initialement publié par HarperTeen,
un département de Harper Collins Publishers
sous le titre : SAVE STEVE

18, rue Barbès, 92128 Montrouge Cedex
ISBN : 979-1-0363-0369-2
Dépôt légal : juin 2022
Première édition

Loi n° 49-956 du 16 juillet 1949 sur les publications destinées à la jeunesse.

JENNI HENDRIKS ~ TED CAPLAN

SAUVONS STEVE .ORG

Traduit de l'anglais (États-Unis)
par Anath Riveline

bayard

1

C'était le jour où j'allais enfin proposer à Kaia Gonzales de sortir avec moi.

Je la regardais décorer d'un autocollant « Sauvons les marais » son casier fraîchement repeint. C'était la rentrée, le premier jour de notre année de première. Et c'était notre autocollant.

Cet été, on avait tous les deux milité pour la préservation des marais de Santa Clara. Avec un groupe d'activistes de la région (pour la plupart plus âgés que nous), on s'était installés à la lisière de la réserve naturelle, là où un nouvel immeuble d'habitation allait être construit. La ponctualité n'était pas le fort de Kaia, mais elle nous apportait toujours des glaces à l'eau ou des brumisateurs et c'était elle qui criait le plus fort. La voir hurler dans un haut-parleur à chaque voiture qui passait, il n'y avait rien de plus merveilleux. Ensemble nous avions bravé un soleil de braise, des sandwichs au beurre de cacahouète et à la confiture, et l'indifférence générale. Et nous avions enfin eu l'occasion de parler, la nuit où nous avions été choisis avec quelques adultes pour monter la garde sur le site afin d'empêcher que les travaux démarrent en douce. Éclairés par la Voie lactée et dévorés par les moustiques, nous tentions de nous faire la lecture de *La Terre inhabitable : la vie après le réchauffement*. Les uns après les autres, nos camarades s'endormaient. À minuit, seuls Kaia et moi étions encore éveillés. Côte à côte, nous avions regardé le soleil se lever sur les marais, nous demandant combien de temps encore l'espèce humaine pourrait admirer ces spectacles de la nature. J'aurais dû lui proposer de sortir avec moi ce soir-là. Ça aurait été le moment parfait. Mais la police avait débarqué et elle nous avait tous arrêtés. Après ça, j'avais fait une réaction allergique aux piqûres de moustiques et j'avais dû rester une semaine chez moi. Entretemps, le tribunal avait décidé de suspendre le projet de construction. C'était génial, mais du coup je n'avais plus revu Kaia depuis.

Jusqu'à cet instant. Alors que je cherchais mon casier, elle m'a vu en premier et a couru vers moi, ses longs cheveux bruns recouvrant presque le slogan « Marche pour nos vies » de son teeshirt. Et à mon « salut » timide, elle m'a carrément tapé dans la main. Elle ne m'a pas juste répondu « salut », elle m'a tapé dans la main !

Et maintenant elle collait notre sticker sur son casier tout neuf. C'était bien la preuve que ça comptait autant pour elle que pour moi, non ? Le truc, c'est qu'elle est à fond dans tout. Une autre cause risquait vite d'éclipser celle-là, il fallait que je me lance aujourd'hui. C'était la journée idéale, à moi de trouver le moment idéal.

2

C'était le jour où j'allais enfin proposer à Kaia Gonzales de sortir avec moi.

Dans la classe de Mme Hahn, elle animait la première réunion de l'Alliance pour la diversité. Ça faisait un mois que je m'étais dégonflé devant les casiers. Le bon moment n'était jamais arrivé.

J'avais hésité à me lancer pendant la réunion de l'Alliance gay-hétéro, car je ne voulais pas paraître trop hétérocentré.

Et pendant le Comité de sécurité du lycée, les discours sur les fusillades de masse avaient un peu tué l'ambiance.

J'aurais dû m'attendre à l'effet qu'elle me ferait à la réunion pour la diversité. Pourtant, la voir monter sur l'estrade et rappeler tout le monde à l'ordre m'a donné la chair de poule. Elle m'a repéré au fond de la salle (je ne voulais pas tirer avantage du fait que je la connaissais) et, levant les pouces vers moi, elle m'a dit qu'elle aimait mon teeshirt « Black Lives Matter ». À présent, elle réprimandait son audience pour son manque d'inclusion. J'ai senti sa colère souffler sur moi comme la brise chaude de Santa Ana.

Décidé ! Après la réunion, j'allais lui dire combien elle m'inspirait. Et ensuite, je chercherais à savoir si elle avait vu le dernier documentaire d'Ava DuVernay. Et je lui proposerais de sortir avec moi. Ce serait le bon moment. Le moment idéal.

3

C'était le jour où j'allais enfin proposer à Kaia Gonzales de sortir avec moi.

J'ai ouvert une boîte de posters pour en placarder un sur le mur en parpaing de la cour. Un pas en arrière, j'ai admiré mon œuvre contre l'usage des pailles au lycée Buenaventura : la photo d'un gars qui en utilise une pour boire son milk-shake. Il a l'air embarrassé et sous son visage on peut lire «T'as paille honte ?». C'était l'affiche qui avait été retenue par le Comité de réduction du plastique après une compétition acharnée. On la verrait bientôt dans tout l'établissement. J'en ai mis une de côté que j'ai signée (avec une pointe d'ironie, évidemment). Elle apprécierait certainement mon humour si savamment saupoudré d'investissement écocitoyen. Et ensuite, je lui proposerais de sortir avec moi. Avant, c'était toujours mal tombé, mais les fêtes de fin d'année approchaient, et il n'y a rien de plus romantique qu'apprendre à se connaître sous les décorations de Noël autour d'une bonne tasse de lait de poule.

4

C'était le jour où j'allais enfin proposer à Kaia Gonzales de sortir avec moi.

J'étais derrière elle au comptoir du Bio Café pour la Terre. Quelle chance incroyable de tomber sur elle pendant les vacances ! Je n'en revenais pas. On venait de discuter pendant trois minutes de commerce éthique et équitable. Quand j'aurais commencé mon mocaccino glacé, je lui proposerais de sortir avec moi. C'était le moment idéal.

Même s'il y avait beaucoup de bruit ici. Et qu'elle avait l'air plutôt pressée, et…

5

C'était le jour où j'allais enfin proposer à Kaia Gonzales de sortir avec moi.

On était mercredi. On aimait tous les deux les mercredis.

6

C'était le jour où j'allais enfin proposer à Kaia Gonzales de sortir avec moi.

On défilait pour protester contre l'arrivée d'un requin blanc dans notre modeste parc aquatique de Ventura.

J'étais hypnotisé par sa queue de cheval qui se balançait de gauche à droite chaque fois qu'elle criait « Sauvons le requin ! » Étonnamment, elle était encore plus belle que d'habitude. La brise marine avait ébouriffé ses boucles et la transpiration de nos trois heures de marche en rond faisait scintiller sa peau. On avait imaginé trois slogans : « Rendez son bain à ce requin ! », « Sortez ce gros poisson de cette prison ! » et « Le requin blanc à l'océan ! ». Elle était visiblement impressionnée par la pancarte que j'avais passé la nuit à dessiner. Elle n'arrêtait pas de la regarder, avec un sourire admiratif. Est-ce qu'elle flirtait avec moi ?

Et là, quand elle est passée de nouveau à côté de moi… J'ai bien vu ? Elle m'a fait un clin d'œil ? C'est peut-être une allergie ? Ça peut faire fermer un œil seulement, les allergies ? Non, c'était un clin d'œil, sûr et certain. Bon sang, elle attendait peut-être depuis des mois que je lui dise quelque chose ? Et maintenant ça allait commencer à être tendu entre nous, à cause de ce non-dit oppressant. Il fallait que je lui parle et vite. À l'évidence, c'est ce qu'elle voulait.

– Eh Cam, qu'est-ce que tu fous ?! a hurlé une grosse voix, me tirant de mes pensées.

Sans m'en rendre compte, j'avais arrêté de marcher. Le groupe derrière moi m'a percuté comme un accordéon. Todd Moon, un surfeur d'un certain âge avec une queue de cheval, et leader du groupe de défense des animaux qui avait organisé cette manifestation, m'a fait gentiment signe d'avancer. Il était toujours super sympa avec les adolescents qui participaient. Pour lui, notre présence « dynamisait » ces évènements.

– Désolé, me suis-je excusé, sans oser poser les yeux sur Kaia.

Il fallait surtout que je me concentre sur ce que j'étais en train de faire.

– Sauvons le requin ! ai-je scandé, laissant l'air frais me calmer.

– Mec, vas-y, lance-toi, a glissé Todd en désignant Kaia. Ça fait des heures que tu mates cette poulette. Rien de tel que les manifs pour pécho.

– « Pécho », Todd ? s'est moquée Patricia en passant ses couettes par-dessus ses épaules. Sérieux ? Tu dis toujours « pécho » ?

Vice-présidente du groupe, Patricia Woodson ne laissait jamais rien passer à Todd. Et à personne d'autre non plus, d'ailleurs.

Qu'ils répètent « pécho » comme ça m'a fait monter la pression d'un cran. Il fallait que je me justifie.

– C'est pas ce que vous... je n'essaie pas de... Je veux juste lui proposer de sortir avec moi.

Todd a haussé les épaules, déçu par mes explications.

– Eh ! a retenti la voix passionnée de Kaia à l'entrée du parc.

Elle grondait un couple de quadragénaires, tous les deux vêtus d'un teeshirt « Disneyland ».

– Les billets que vous voulez acheter contribuent à la lente agonie d'une forme de vie complexe et intelligente ! Vous avez du sang sur les mains !

Ils sont passés à côté d'elle sans la calculer et elle a brandi sa pancarte bien haut dans leur dos.

Bon sang, elle était tellement parfaite !

– Vous savez quoi ? On arrête pour aujourd'hui, a annoncé Todd aux militants qui ne se sont pas fait prier.

Aussitôt le groupe s'est dispersé.

Aïe. Je n'étais pas prêt. Certes, je m'étais préparé toute la journée. Depuis le début de l'année, même. Mais... je n'étais pas prêt. Heureusement, Kaia s'en prenait toujours au couple au guichet. J'avais encore un peu de temps. J'ai donc tenté de m'armer de courage avant qu'elle se tourne vers moi.

– Alors, qu'est-ce que t'attends ? Le monde va pas refroidir, a lâché Todd en me poussant vers elle.

J'ai fait quelques pas hésitants. Est-ce que c'était le bon moment ? Le cadre n'était pas top avec la fontaine couverte de fientes d'oiseaux, mais au moins, grâce à la large baie au loin et au fracas des vagues conjugué aux cris des mouettes, on se serait crus dans une chanson d'indie-rock. Le soleil avait pratiquement disparu dans l'eau, peignant l'horizon d'un bleu royal strié de traînées roses. Et Kaia se tenait à côté d'un parterre de fleurs dont j'ignorais le nom, mais qui sentaient délicieusement bon. Une scène magique. Et ma pancarte lui avait plu. Et elle m'avait probablement adressé un clin d'œil. Et on militait pour une cause commune, comme cet été avec les marais.

Seulement, plus je me forçais à avancer, plus mon corps se crispait, accablé par une question sans réponse, la même qui m'avait terrassé à la manière d'une puissante vague chaque fois que j'avais voulu lui demander de sortir avec moi : et si elle disait non ? Je m'efforçais d'imaginer une vie après ça, mais je me retrouvais toujours face à un vide immense. Un gouffre sans fond et sans espoir.

Mon ventre était noué, mes jambes paralysées. Je manquais d'air, incapable de respirer correctement. J'ai serré les dents. Coucher de soleil, fleurs, mouettes. Je n'allais pas laisser filer cet instant. J'allais lui demander. Dès que je me rappellerais comment on fait pour bouger la langue.

Et elle s'est tournée.

– Oh, salut, Cam.

Des mots. Maintenant tu prononces des mots.

– Salut…

Bon, peut mieux faire, mais pas la cata non plus.

– Tu sais, ta pancarte… Toute la journée, j'ai voulu te le dire…

– Oui, quoi ?

Deux mots. Quel progrès !

– Qu'est-ce que tu lis, là ?

En souriant, elle a désigné l'endroit. Mes yeux ont suivi son regard et pour la première fois j'ai vu qu'un oiseau avait crotté sur mon slogan « Sauvons le requin ! ». On avait maintenant l'impression que j'avais écrit « Sautons le requin ! ». Au lieu de vouloir le bien de cette pauvre bête, j'invitais les clients du parc aquatique à une partouze zoophile géante.

Kaia se retenait clairement de rire.

– Je crois pas que quelqu'un ait remarqué, mais moi, ça m'a amusée toute la journée.

J'ai baissé la pancarte, pressé de la cacher, de la détruire, de la piétiner jusqu'à en faire du papier mâché.

– C'est plutôt drôle, non ? a-t-elle commenté.

– Ouais. Marrant.

J'essayais de rester cool tout en m'acharnant sur la tache pour la faire disparaître. Mais plus je frottais, plus je repoussais le moment que j'avais attendu toute la journée… toute l'année…

Kaia a pris une grande gorgée d'eau avant de pousser un soupir.

– Je crois que j'ai assez crié pour aujourd'hui.

Elle était en train de conclure la conversation. Il fallait que je me ressaisisse et vite.

– Tu vas avoir besoin d'un bon thé au miel ce soir. Pour ta gorge.

Pas mal, Cam. Super conseil de grand-mère.

– Pas sûr qu'il y en aura à la fête de Steve Stevenson. Mais on sait jamais. Tu y vas ? m'a-t-elle demandé en revissant le bouchon de sa bouteille.

– Chez Steve Stevenson ? Le mec qui peut pas passer devant un casier sans y dessiner un pénis ? Bof. L'alcool à profusion et les viols, c'est pas trop mon truc.

Pour souligner ma blague, j'ai éclaté de rire, persuadé qu'elle rirait aussi.

Mais non.

Elle a juste ramassé son sac.

– Oui, je sais, c'est pas trop ton délire. Mais tu devrais venir, hein ? Comme ça, j'aurai quelqu'un avec qui parler.

Attends. Elle allait à la fête de Steve Stevenson ? Et elle m'y invitait ? Sérieusement ?

– Ta pancarte..., m'a averti Kaia.

Je l'avais lâchée et le vent l'emportait vers la baie.

– Oh bon sang ! Non. Arrête ! ai-je supplié.

Trop tard. Elle filait droit vers les eaux glaciales, pour s'y poser comme une planche de surf couverte de fientes.

– Pollueur ! a crié un militant.

– Tu devrais la récupérer. On déverse déjà trop de déchets ici, a dit Kaia, clairement gênée pour moi.

Tiraillé entre ma pancarte et elle, j'ai tenté de la rassurer.

– Je sais ! Je… j'y vais… mais oui ! Je viendrai…

Et en courant vers la baie, j'ai cru bon de préciser :

– À la fête ! J'y serai…

*

* *

N'importe quel autre jour, j'aurais été aussi enchanté d'aller à une fête organisée par Steve Stevenson que d'assister au congrès conservateur des pro-armes dans un club de striptease. Même si ses soirées étaient « légendaires », je voyais déjà le tableau : un mélange de rébellion adolescente banale à pleurer et de beuverie obscène. La présence de Kaia changeait tout. Ce serait l'occasion rêvée de nous rapprocher en constatant que nous n'avions clairement pas notre place au milieu d'un tel ramassis de stupidité lycéenne. J'ai donc étalé mes meilleurs teeshirts sur mon lit. Il fallait que je choisisse le plus parlant. Celui qui permettrait d'ouvrir la conversation, ou qui lui donnerait une chance de me taquiner. Et si elle portait le même ?

Le choix évident était le « Sauvons les marais ! ». C'était notre plus grand succès. On avait campé ensemble. Impossible qu'elle l'ait oublié. Malheureusement, il avait gardé des marques de transpiration de la fois où j'avais presque proposé à Kaia de sortir avec moi. Tant pis.

J'ai pris celui de la princesse Leia avec le slogan « La place de la femme est dans la résistance », mais comme je n'avais jamais vu *La guerre des étoiles*, ça risquait de faire un peu superficiel. (Ma mère n'était pas trop fan de science-fiction. Elle me dirigeait plutôt vers des films avec des enfants handicapés ou des minorités.)

« Détruisons le patriarcat, pas la planète »… Pas pour une fête. Je ne me voyais pas danser sur les tables, mais je n'avais quand même pas l'intention de faire fuir tout le monde.

« Un livre, pas une arme », non. Et pas mon polo de la ligue de football féminine non plus.

J'ai longtemps hésité avec mon « Aucun humain n'est illégal », mais Kaia était d'origine hispanique, alors je ne voulais pas passer pour un lèche-bottes.

J'ai fini par choisir le teeshirt vert avec le mot « câlineur » écrit sous un arbre. Une combinaison parfaite d'humour et de tendresse. Exactement ce que je cherchais. Ça montrait bien le garçon prévenant que j'étais.

Ce soir, j'allais enfin proposer à Kaia de sortir avec moi.

*
* *

J'avais déjà vu des horreurs dans ma vie – marées noires, lits de rivière saturés de déchets, bébés tortues emprisonnés dans des filets… C'étaient bien sûr des atrocités autrement plus graves que ce à quoi j'assistais maintenant, et pourtant, mon cerveau refusait d'accepter que la scène devant mes yeux soit réellement en train de se produire. C'était pire que tout.

Sur un plongeoir, en maillot de bain Speedo, avec lunettes de soleil et collier de fleurs en plastique, Steve Stevenson beuglait dans un micro une chanson de la rappeuse Cardi B ! Noyée par la basse qui faisait trembler mes os, sa voix racontait une histoire de chienne, de chaussures et d'argent qui circule. Les paroles de Cardi B, toujours aussi subtiles. Dans son autre main, Steve tenait un gobelet en plastique rempli de bière et ne semblait pas du tout se soucier d'en renverser dans l'eau turquoise. Et dans la piscine, sur des bouées en forme de tous les animaux possibles, ses invités chantaient avec lui ou l'encourageaient en brandissant leur propre gobelet en plastique. Bon sang, il était la représentation vivante de tout ce que j'essayais de ne pas être. Qu'apportait-il au monde, à part des mèmes de Bob l'éponge et la garantie pour l'industrie de la bière d'un avenir radieux ? Mais tout le monde l'aimait. Pourquoi ?

– Steve Stevenson est tordant, a lancé une fille à côté de moi.

Je me suis retourné. Une bouée flamant rose lui entourait la taille et un collier de fleurs lui décorait la tête.

– Tu veux dire raciste, c'est ça ?

– Hein ? a-t-elle lâché, surprise par ma remarque.

J'ai levé le bras vers le plongeoir où Steve venait de se pencher pour agiter les fesses devant son fan-club.

– On peut pas lui en vouloir de buter sur certains mots. C'est quand même un riche blanc de Ventura qui pique une chanson à la culture hip-hop avec laquelle il n'a strictement rien en commun.

– Il aime peut-être juste Cardi B. Elle est trop la meilleure !

Elle a remué les hanches dans sa bouée et envoyé la tête du flamant rose cogner la mienne.

– Sérieux ? Une ancienne stripteaseuse ? C'est ça la meilleure ?

Cette fille, avec qui j'avais fait espagnol en seconde, m'a adressé un nouveau regard perplexe.

– Non, mais t'as déjà écouté les paroles ? ai-je insisté. Quel type de message véhicule-t-elle pour toute une génération de femmes ?

Steve était une cause perdue, mais peut-être pas elle. En fait si. L'air exaspéré, elle a juste relevé sa bouée et s'est éloignée. J'ai soupiré. Kaia, elle, comprendrait où je voulais en venir. Il fallait que je la trouve. Elle devait passer un moment affreux, elle aussi.

J'ai scruté la foule. Pratiquement toute notre classe était ici. Je me faisais tout le temps bousculer par des invités pressés de retourner se servir de la bière. Les seuls éclairages venaient de la piscine et des guirlandes d'ampoules qui s'enroulaient autour des palmiers. Pas facile de distinguer un visage dans ces conditions. Alors que j'avançais, de l'eau chaude éclaboussait mes pieds et s'infiltrait dans mes chaussures. Repérant Conner, du cours de sport, je me suis penché pour lui demander s'il n'avait pas vu Kaia, mais il s'est contenté de hausser les épaules avant de tomber dans l'eau comme un tronc d'arbre. J'ai continué le long de la piscine pour atteindre une partie plus dégagée d'où j'espérais avoir une meilleure vue. Me frayant un chemin, je demandais à tout le monde où était Kaia.

Sur le plongeoir, Steve avait arrêté son rap. Il a jeté son micro à un copain, sifflé sa bière et balancé le gobelet dans un buisson. Il a attrapé quelque chose par-dessus son épaule. Je n'avais pas remarqué la bandoulière noire qui traversait son torse. Maintenant je voyais qu'elle était attachée à une arme.

Un gros fusil comme on n'en voit que dans les films ou les jeux vidéo. Mais qu'est-ce qu'il faisait ? Pourquoi personne ne criait ? Ou partait en courant ? Après avoir calé la crosse dans le creux de son épaule, il a visé.

C'est moi qu'il visait !

Et il a appuyé sur la gâchette. J'ai poussé un hurlement en m'écroulant, les deux mains sur la nuque.

Plouf. Plouf. Plouf. Quelque chose a éclaté au-dessus de ma tête. J'ai eu tout d'un coup les mains mouillées. Pendant une minute, je n'ai plus entendu que le sang qui pulsait dans mes tympans. Et soudain, des rires ont remplacé les pulsations. Quand je me suis enfin relevé, tout le monde autour de moi était hilare. Et j'ai compris. Derrière moi, entre deux palmiers était étendu un grand drap taché de peinture vive. La même peinture que j'avais maintenant sur les mains. Je m'étais planté droit devant la cible.

Steve a posé son fusil de paintball pour faire une bombe dans la piscine. Autour de lui, les baigneurs ont crié, aspergés par la vague qu'il avait provoquée. Et avant que j'aie le temps de reprendre mon souffle, il était déjà remonté à la surface et grimpait sur le bord, son corps dégoulinant d'eau. Il avait perdu ses lunettes, mais le collier de fleurs en plastique pendait toujours autour de son cou. Mon pantalon était trempé, Steve me souriait de toutes ses dents, visiblement ravi.

– Mec, c'était trop drôle.

Bien sûr, il n'allait pas s'excuser.

– Oh oui, ahahah. Tellement drôle. J'ai juste eu la réaction normale de quelqu'un qui se fait tirer dessus.

Mon pantalon collait à mes tibias.

– Je savais pas qu'un mec pouvait avoir la voix qui monte si haut dans les aigus.

– Euh, les « mecs » ont une très large palette de registres vocaux, ai-je dit en le fusillant du regard.

Je n'allais pas laisser passer ce commentaire misogyne.

– Et la supposition que ce qui est considéré comme féminin est forcément mauvais ou moins bon…

Steve a penché la tête, m'examinant avec intérêt.

– Je te connais ?

Mon estomac s'est noué. Techniquement, je n'avais pas d'invitation, mais je m'étais dit que c'était le genre de fête ouverte à tous. C'est comme ça que ça marche, non ? Personne n'était à la porte pour contrôler les entrées. À part un gars en combinaison de licorne agrémentée d'ailes de fée, qui dormait à côté d'une pizza à moitié entamée. Bon, mais je n'avais pas vu quelqu'un noter les noms des arrivants sur une liste. Et pas de parents, non plus.

Patient, Steve me regardait toujours. J'ai tendu la main.

– Je suis Cam. Cam Webber. Kaia m'a invité.

J'ai tout sorti d'une traite. Mince, il allait croire que j'étais nerveux. Ce qui n'était pas le cas. Enfin, pas vraiment. Je m'efforçais de ne pas penser aux vieux films où l'intello à lunettes se faisait mettre dehors devant tout le monde par le gars populaire coiffé au millimètre près. J'ai dégluti. Pourquoi j'avais la bouche si sèche tout à coup ?

Steve m'a serré la main, de plus en plus intrigué.

– Kaia ? a-t-il répété, faisant mine de chercher dans ses souvenirs.

– Oui, Kaia Gonzales. Tu l'as vue ?

– Kaia... Kaia...

Une main sur le menton, il a pris une pose inspirée.

– Elle ressemble à quoi ?

À quoi est-ce que je m'attendais ? À l'évidence, il ne la connaissait pas. Il devait avoir les numéros de téléphone de toute l'équipe féminine de volley du lycée, mais une fille comme Kaia ne devait pas être son genre. D'un autre côté, il devait y avoir plus de deux-cents personnes ici, il faisait noir et on était chez lui. Je n'avais aucune chance de la trouver seul et il l'avait peut-être vue.

– Euh... cheveux bruns bouclés ? Yeux marron ? Grande comme ça environ ?

J'ai mis la main au niveau de mes sourcils.

Steve a secoué la tête.

– Faut que tu sois plus précis. Elle est plutôt genre Kardashian ou genre Taylor Swift ? C'est quoi son style ?

– Je refuse de répondre à des questions aussi vulgaires.

Il a ri et a passé un bras autour de mes épaules, me faisant sursauter. De près, il puait le chlore et la bière. Je sentais mon teeshirt se mouiller. Et soudain, son visage n'était plus qu'à quelques centimètres du mien. Il avait les yeux brillants et un peu surexcités.

– Je t'aime bien, toi, a-t-il dit en souriant. T'es drôle. Allons la chercher.

Avant que je puisse répondre, il s'est mis à marcher, me tenant toujours contre lui. Je n'avais pas d'autre choix que de le suivre. Naturellement, sans que Steve ait besoin de faire d'effort, la foule s'écartait sur notre passage. Devant lui, on s'effaçait, c'est l'effet qu'il faisait.

Investi de sa mission, Steve avançait avec vigueur.

– Tu le sais peut-être, Cam, je suis plutôt populaire comme gars. On vient chez moi d'un peu partout. La plupart des gens ici, je les connais même pas. Comme toi ! Mais on va quand même demander.

Il a ouvert la porte coulissante de la pool house pour que je jette un œil à l'intérieur.

Il faisait encore plus noir que dehors, la musique était plus forte et la pièce était suffocante de l'humidité des corps agglutinés. Et ils étaient nombreux. Bon sang, il se passait quoi exactement ici ? J'ai scruté les lieux, mais sans parvenir à voir autre chose qu'un enchevêtrement de membres. Certains pendaient en dehors des canapés, d'autres se pressaient dans des coins… Heureusement, la musique était si forte qu'on ne pouvait rien entendre d'autre. Partout où je posais les yeux, j'avais l'impression de violer l'intimité de quelqu'un.

M'entraînant derrière lui, Steve a avancé jusqu'au centre de la pièce. Conscient qu'on piétinait allégrement des jambes et des bras, je lançais à personne en particulier des « désolé » et des « pardon », mais personne ne semblait remarquer notre intrusion.

– Tu reconnais quelque chose là-dedans ? Un bout de corps ? a-t-il hurlé dans mon oreille.

– Oh, euh…

J'ai contemplé le poster d'un perroquet à côté d'une Margarita sur le mur du fond, trop gêné pour baisser les yeux.

– Cam, Cam, Cam. Tu m'aides pas beaucoup, là.

Les mains autour de la bouche pour faire haut-parleur, il s'est mis à crier :

– Eh ! Oh ! L'un d'entre vous se tape Kaia ?

Des rires se sont élevés des corps autour de nous.

– T'es Kaia, toi ? a demandé un type, et la rouquine qu'il était en train de peloter lui a donné une gifle, hilare.

– Ta gueule.

D'autres rires encore. Steve a haussé les épaules de façon théâtrale.

– On dirait pas.

Il m'a attrapé par le bras pour retourner dehors.

– Comment savoir si elles sont consentantes, Steve ? ai-je crié pour couvrir la musique. Tout le monde est ivre ici !

Il s'est arrêté net, feignant le choc.

– Oh, merci, Cam. Ça m'avait complètement échappé !

Il a pivoté sur ses talons.

– Eh, les gars ! Est-ce que tout le monde est d'accord de se faire mettre ? Cam s'inquiète !

– Bouuuuuhhhhh ! ont-ils tous hué de concert pour éclater à nouveau de rire ensuite.

Quelques poings se sont élevés dans l'air. J'avais les joues en feu. Même si j'avais eu raison d'intervenir, j'étais affreusement embarrassé. Steve a remarqué. Bien évidemment. Son sourire s'est élargi et il m'a lâché une seconde pour s'emparer d'un gobelet et le remplir habilement de bière.

– T'en veux ? T'as l'air d'avoir chaud.

Ses yeux pétillaient d'amusement.

– Non.

Nouveau haussement d'épaules exagéré avant de la siffler. Apparemment, pousser à boire, c'était un truc qu'il ne faisait pas. Au moins ça. Il a essuyé la mousse de sa lèvre supérieure et s'est adossé contre le fût de bière pour taper la discute.

– Alors, Kaia et toi, vous êtes proches ?

– Oui, enfin, on est amis.

– Mais t'as envie de te la faire, non ? Frotter tout ton petit corps maigrichon contre le sien.

– Non ! ai-je tout de suite protesté, me révoltant autant contre le « maigrichon » que contre le « frotter ».

Je dois bien avouer que ça m'a traversé l'esprit… mais ce n'était pas… et j'ai toujours…

– C'est pas ça, ai-je bredouillé.

– Allez. Tu veux la monter comme Aquaman sur son dauphin, a-t-il continué en agitant les hanches de façon suggestive.

J'ai détourné les yeux, mais il s'est rapproché.

– Kaia…, a-t-il gémi les yeux fermés.

J'ai reculé, il a avancé.

– Mmmmmm. Kaia…

Il avait attiré l'attention de certains qui ricanaient.

– Ce n'est pas que le sexe ! Kaia est incroyable !

Ses paupières se sont ouvertes. Il a arrêté de se trémousser.

– Essayons à l'intérieur, a-t-il proposé, se concentrant brusquement sur sa mission.

On s'est retrouvés dans une sorte de tanière. Ou une grotte humaine, je ne savais pas trop comment qualifier ce lieu, parce que chez moi on avait juste un salon pour recevoir les invités et il devait faire la moitié de celui où je me trouvais à cet instant. Une immense table occupait une partie de l'espace, entourée par un énorme canapé spongieux en L. Des maillots sous verre des plus grandes équipes de football, de baseball ou de basketball, tous signés. Dans un coin, une machine à pop-corn attendait qu'on se souvienne d'elle.

Quelques gars éparpillés sur le canapé étaient penchés sur les manettes qu'ils tenaient dans leurs mains. J'ai essayé de deviner à quel jeu ils jouaient, mais sans succès. Quelque chose avec des extraterrestres et des lasers. Et soudain plus rien. J'ai plongé dans le noir.

– Cessez-le-feu ! Cessez-le-feu ! Attention à Cam, il a peur des armes !

Steve m'avait couvert les yeux de ses deux mains. Je me suis débattu, mais il ne me laissait pas me dégager.

– Arrête ! Lâche-moi !

Quand j'ai enfin réussi à lui faire baisser les mains, j'ai vu que tout le monde me regardait. Ils avaient mis le jeu sur pause et le silence qui pesait dans la pièce illustrait l'agacement des joueurs frustrés d'avoir dû s'interrompre. Génial.

Steve m'a donné un petit coup de coude.

– Ils savent peut-être, eux, a-t-il murmuré tout haut.

– Euh…

J'ai rapidement réfléchi à comment me tirer d'affaire avec un minimum de honte. Malheureusement, je n'avais qu'une option pour écourter le supplice :

– Quelqu'un a vu Kaia Gonzales ? ai-je demandé pour en finir le plus vite possible.

Regards vides. Quelques grognements impatients. Steve m'a tapoté l'épaule.

– Désolé, mec. Pas de chance. Les gars, vous pouvez reprendre les hostilités, a-t-il lancé en faisant un grand geste vers l'écran.

Les explosions et les éclats de lumière ont aussitôt repris. Une créature pourvue de dizaines de tentacules s'est fait pulvériser en millions de pixels. Et de nouveau je ne voyais plus rien, parce que Steve avait remis les mains sur mes yeux pour me sortir de la pièce.

Je me suis libéré de son emprise dans un large couloir carrelé, assez grand pour contenir d'étranges demi-tables poussées contre les murs tous les quelques mètres. Steve me caressait le dos.

– Chuuut, tout va bien. C'est terminé. Les méchants *pan-pan* sont finis.

Je me suis écarté brusquement.

– Mec, je n'ai pas honte de ma réaction. La peur, c'est absolument naturel. C'est normal d'avoir peur.

– C'est chiant, oui, a-t-il conclu.

– Va pas me faire croire que t'as peur de rien.

Il a réfléchi quelques secondes.

– T'as raison. J'ai peur que tu gâches ma soirée.

Il a ouvert une des nombreuses portes qui bordaient le couloir pour disparaître à l'intérieur.

Je l'ai suivi et je me suis directement mis à tousser. La fumée était si dense qu'on ne pouvait distinguer que de vagues silhouettes. Ça sentait l'herbe à plein nez. J'ai tout de même réussi à voir une table de billard avec plusieurs chichas posées dessus. Apparemment, les potes de Steve n'étaient pas très modernes.

– Je te déteste, ai-je péniblement articulé entre deux quintes.

Steve s'est tourné vers moi. Il était assez proche pour que je voie bien son air faussement vexé.

– Mec, c'est pas sympa. Après tout ce que je fais pour toi. Je t'aide à retrouver ta meuf quand même.

Il a avancé dans la pièce.

– Votre attention, les défoncés ! Quelqu'un ici a vu Kaia ? Cam refuse de me donner une description précise de son cul et de ses seins alors je peux pas vous dire à quoi elle ressemble.

J'ai saisi l'occasion pour me baisser sous le nuage toxique et repartir vers la sortie. Je préférais chercher Kaia seul.

– Et au fait, quelqu'un connaît Cam ? a continué Steve. Parce que je commence à croire que ce mec est un fantôme.

J'ai réussi à trouver la porte et j'ai atterri dans le couloir. Droit sur un type en pantalon kaki.

Un adulte.

Merde.

Je me suis redressé, conscient que l'odeur de l'herbe collait encore à mes vêtements. J'espérais au moins que mes yeux n'étaient pas injectés de sang.

Il était grand et large, avec des pectoraux hyper développés qui menaçaient de faire exploser son polo trop serré. Avec ses cheveux gris coupés à ras et sa posture plus droite qu'un manche à balai, il avait tout l'air d'un ancien militaire. J'ai tout de suite compris : c'était le père de Steve.

– Euh, désolé, monsieur…

– Tu as bu ? a-t-il demandé sans me laisser finir ma phrase.

– Non !

Je n'avais jamais été aussi heureux de ne pas boire. Je ne me serais pas avisé de mentir à ce type. Le visage toujours aussi méfiant, il a continué son interrogatoire.

– Où sont tes clés ?

– Dans le bocal de l'entrée, là où fallait les mettre.

Il s'est alors fendu d'un grand sourire.

– Alors, pourquoi tu bois pas ?

Il m'a donné une tape dans le dos et a sorti une bière de nulle part pour me la tendre. Je suis resté un moment sidéré, uniquement conscient de la condensation sur ma paume. S'approchant d'une fenêtre au bout du couloir, M. Stevenson a décapsulé sa cannette.

– Regarde ça.

Comme je n'ai pas bougé, il m'a fait signe d'approcher et je me suis exécuté. Dehors, c'était le chaos total. Des ados se couraient après en maillot de bain sur la pelouse, ils se poussaient dans la piscine, s'embrassaient contre les palmiers et dansaient avec des gobelets dans la main au rythme d'une musique que j'entendais à peine. Après avoir poussé un soupir, M. Stevenson a pris une gorgée de bière.

– Sacrée fête, hein ? Putain de bons souvenirs.

Il a claqué sa bière contre la mienne et s'est de nouveau tourné vers la fenêtre. Ses traits affichaient une grande fierté. Il fallait que j'en profite pour filer. Si je ne trouvais pas Kaia rapidement, j'étais décidé à récupérer mes clés dans le bocal et à rentrer chez moi. Discrètement, j'ai reculé d'un pas, ce qui a malheureusement attiré l'attention du père de Steve. Ses yeux se sont posés sur ma cannette.

– Tu ne bois pas.

– Euh... je...

Une porte s'est ouverte et un nuage de fumée est apparu immédiatement suivi par Steve. Quand il nous a vus dans le couloir, il s'est précipité vers nous.

– Salut, papa. Sensationnelle cette beuh, merci. Mais faut que je te pique Cam, on est en mission secrète.

Il a passé un bras autour de mes épaules.

M. Stevenson a décoché un sourire radieux à son fils. Il semblait clairement sous le charme.

– Amusez-vous bien, les gars. Ne faites rien que je ne ferais pas, a-t-il ajouté avec un rire gras.

Quelle vulgarité !

Steve m'a entraîné avec lui, me débarrassant au passage de ma bière pour la poser sur une table.

– On ne va pas pervertir ce temple de vertu.

L'espace d'un court instant, j'avais été reconnaissant qu'il me tire des pattes de son père, mais l'irritation a vite repris le dessus. Je me suis de nouveau dégagé de son bras.

– Tu sais quoi ? Je vais me débrouiller seul, Steve. Tu peux retourner à ton karaoké ou à ton stand de tir ou tout ce que tu veux.

Vexé, Steve s'est figé.

– Quoi ? Sûrement pas ! Je suis pas ce genre d'hôte. Voyons, c'est clair que t'as aucun ami. J'ai vérifié, personne te connaît.

– Oui, enfin, il y a pas toute la classe à ta fête.

– Ben si.

– J'ai des amis en dehors du lycée, me suis-je défendu en pensant à Todd et Patricia.

– Ah oui ? Des Canadiens ?

– Et Kaia est mon amie, ai-je ajouté en croisant les bras.

– Ah oui, l'incroyable Kaia, tu m'as dit. Alors, allons la trouver. Je veux pas que tu te sentes seul, Cam, a déclaré Steve sur un ton profondément compatissant.

J'étais un pacifiste, mais il commençait à me faire sérieusement douter de mes convictions.

On a tourné dans un nouveau couloir.

– Elle est vraiment grande cette maison, ai-je remarqué, sans pouvoir me retenir davantage.

J'étais complètement perdu. Les couloirs au carrelage beige se succédaient à l'infini.

– Hmmm, elle doit faire dans les cinq-cents mètres carrés sans compter la pool house. Mon père est promoteur. Il travaille avec plusieurs villes de Californie. Cette maison est carrément modeste à côté de celles qu'il vend.

Je me demandais ce que ça devait faire de vivre dans un palais.

– Elle manque de chambres..., commentait Steve. Alors, où peut être notre incroyable Kaia ?

Je n'ai rien répondu.

Alors que nous nous engagions dans un nouveau couloir, la musique qu'on entendait depuis un moment est devenue assourdissante. Une large arche ouvrait sur une salle à manger avec une table d'une longueur hallucinante dominée par deux immenses chandeliers. D'ordinaire, cette pièce devait être très solennelle et impressionnante, mais, pour le moment, la table servait de piste de danse. Un verre à la main, des filles se trémoussaient sur la surface en bois étincelante, sans se soucier de l'éclabousser.

– Ça fait beaucoup de brunes de taille moyenne, Cam. Tu vois la tienne ?

– Kaia ne m'appartient pas.

– J'espère bien, parce que t'es plutôt nul pour la garder.

Il a contourné la table et a aidé quelques filles à descendre pour faire de la place.

– Vas-y, mec, monte et demande-leur si elles l'ont vue.

– Ne me dis pas ce que j'ai à faire, ai-je répondu, les bras croisés.

Steve a levé un sourcil. J'ai poussé un soupir et je suis monté sur la table.

– Bonjour. Je cherche Kaia.

Une des danseuses s'est approchée de moi, intriguée.

– T'es qui, toi ?

– Cam. Sadie, on est en SVT ensemble.

– Je crois pas, a-t-elle répliqué en fronçant le nez.

– C'est lui qui déteste Cardi B ! a lancé une autre.

Et elle s'est avancée vers moi depuis le coin de la table où elle se déhanchait à côté (ou avec) un pot de fleurs géant dans lequel des bâtons avaient été artistiquement placés.

Steve m'a dévisagé, stupéfait.

– Quoi ? Un détracteur de Cardi B ? Mais comment t'as fait pour entrer chez moi ?

– Il a dit que c'était un mauvais modèle pour moi, a gémi la fille.

– Non ?! s'est indigné Steve, une main sur la poitrine.

– Elle se vante d'être une stripteaseuse. Quelle image de la femme est-ce qu'elle donne ? ai-je dit sur la défensive, parce que quand même.

– Aaaahhh ! Maintenant je comprends. T'es là pour sauver Kaia de mon influence corruptrice !

– Quoi ? Non…

– Avec les bières, et la Cardi, et la fête. C'est vrai, regarde ça…

Il a fait un grand geste vers la débauche autour de nous.

– Pauvre Kaia. Elle doit être terrorisée.

– C'est pas ça du tout… Kaia sait se défendre…

De nouveau, Steve a utilisé ses mains en porte-voix.

– Est-ce que quelqu'un sait où est Kaia pour que Cam puisse la sauver ?

– Je ne suis pas ici pour la sauver !

C'était vrai. Kaia était probablement la personne sur cette terre qui avait le moins besoin qu'on la sauve. Même s'il était sûrement impossible de faire comprendre à Steve qu'il existait des femmes aussi fortes et indépendantes qu'elle. Pour l'instant, le seul qui avait besoin qu'on le sauve, c'était moi. De Steve. Il fallait juste que je descende de cette table et que je rentre chez moi. Manifestement, Kaia n'était pas venue. Qu'est-ce qu'elle aurait fait là, de toute façon ? On en plaisanterait à notre prochaine manifestation pour le requin blanc.

– Kaia est dans la cuisine ! a crié une fille en arrivant dans la pièce depuis une autre arche.

Derrière elle, j'ai vu des lumières scintiller au plafond et le coin en granit d'un plan de travail. Mon cœur s'est arrêté de battre.

– Je l'ai trouvée ! a-t-elle continué, débordant d'enthousiasme. Elle est…

Et elle a vomi par terre, devant la table. Les invités autour d'elle se sont écartés en criant de dégoût.

– Bon sang ! C'est tellement excitant ! a crié Steve. Notre périple touche à sa fin. Un dernier obstacle à surmonter : le lac de vomi !

Il a prononcé ces mots avec une voix retentissante et m'a poussé vers le bord de la table.

– Allez, va la chercher, mon grand.

Hallucinant ! Kaia était là.

Je n'avais pas besoin que Steve me presse. J'ai bondi par-dessus le vomi pour passer sous l'arche.

Kaia. J'ai mis une seconde à accepter le fait que c'était vraiment elle. Oui, Kaia était penchée sur une poubelle d'où elle sortait les déchets recyclables pour les mettre dans un sac à part. Mon cœur menaçait désormais de transpercer ma poitrine.

OK. Le moment tant attendu. La raison pour laquelle j'étais venu à cette fête se trouvait devant mes yeux. Il suffisait maintenant que je m'approche d'elle et que je lui dise bonjour. Elle me sourirait comme elle le faisait toujours. Je m'efforcerais de ne pas exploser de joie.

On parlerait de la fête et de la marche de l'après-midi et, ensuite, je lui rappellerais notre rencontre dans les marais. Elle s'en souviendrait bien sûr et rirait. Et alors... je lui proposerais de sortir avec moi. Et elle dirait oui. N'est-ce pas ? Évidemment. Et sinon ? Impossible. Je n'allais pas me mettre à imaginer ce néant absolu dans lequel je plongerais. Pas cette fois. Parce que tout allait marcher, obligé. Aucune tache sur ma pancarte ou sur mon teeshirt n'allait gâcher l'instant. Kaia ne risquait pas de moins m'apprécier pour une raison ou une autre. J'étais prêt, c'était simple : hello, fête, manifestation, marais, hello, fête, manifestation, marais, invitation. Allez, avance !

Mais mon estomac s'est noué, mes jambes se sont paralysées, ma poitrine s'est comprimée. Et tout à coup j'avais oublié comment respirer. Merde, ça recommençait.

Il fallait juste que j'avance jusqu'à Kaia.

J'ai mis un pied devant l'autre. Vers le néant.

Ma semelle a crissé sur le sol carrelé luisant. Kaia a levé la tête.

– Cam ?

Elle a lâché son sac de tri.

– T'es venu !

Le sourire sur son visage était si sincère qu'il a failli me faire tomber à la renverse. Et, bon sang ! Sur son teeshirt, il y avait un arbre ! Comme sur le mien. J'avais choisi le bon. Alors pourquoi tout mon corps me faisait mal ? J'avais enfin trouvé le bon moment, le moment idéal. On portait tous les deux un teeshirt avec un arbre. À cette horreur de soirée. Seuls tous les deux. Et pourtant, je manquais d'air.

Hello, fête, manifestation, marais. Néant.

Non !

Hello, fête, manifestation, marais, invitation.

– Salut Kaia.

Le simple fait d'ouvrir la bouche pour parler était douloureux. Mais je suis parvenu à prononcer quelques mots.

– Cette fête est horrible, n'est…

Un souffle d'air m'a frôlé.

Les yeux de Kaia se sont détournés des miens. Son sourire est devenu plus radieux. Et elle a tendu les bras vers…

Steve.

Et aussitôt, il l'a soulevée dans les airs pour la faire virevolter. J'ai entendu un rire cristallin et heureux. Celui de Kaia ? Sûrement. Pas le mien, en tout cas. Et elle lui entourait la taille avec les jambes. Ses bras étaient autour de son cou.

Non !

Non non non non non non non non !

Elle a tourné le visage vers celui de Steve, son sourire se radoucissant. Steve la dévorait du regard. Elle s'est penchée et l'a embrassé.

Kaia embrassait Steve Stevenson.

Elle l'embrassait. Et j'étais là, dans la cuisine de Steve, des cannettes vides à mes pieds, pendant qu'elle l'embrassait. Parce qu'elle embrassait Steve. Pourquoi est-ce qu'elle l'embrassait ?

– C'est là que tu te cachais ! a lancé Steve quand ils se sont enfin décollés. Je t'ai cherchée partout.

Quelle enflure !

Kaia a ri.

– Oh, désolée. J'ai vu que les gens ne séparaient pas leurs ordures, alors ça m'a pris la tête.

Un sourire attendri s'est dessiné sur les lèvres de Steve, qui a glissé un doigt dans une boucle des cheveux de Kaia.

– T'es vraiment *incroyable*.

Non, mais quelle enflure !

Kaia a gloussé et s'est penchée pour l'embrasser encore. Steve l'a serrée plus fort dans ses bras et a intensifié leur baiser. Oh non. Ils mettaient la langue. La langue de Kaia touchait celle de Steve. Je croyais que j'étais arrivé en enfer avant ça, mais là, c'était le comble. Tellement pire que tout. Un trou infini venait de se creuser en moi. Et il était rempli de langues.

Alors qu'ils continuaient à s'embrasser, Steve s'est tourné vers moi. Il a dégagé un bras du dos de Kaia et a tendu la main. Et très très lentement, son majeur s'est érigé dans ma direction.

J'ai lâché une sorte de gémissement pitoyable avant de partir.

*

* *

Propulsé par ma rage, j'ai traversé la pelouse au pas de course. Il s'était payé ma tête. Depuis le moment où je lui avais parlé de Kaia, il s'était payé ma tête. Ça avait dû le faire tellement rire. Chaque fois que j'étais entré dans une pièce, chaque fois qu'il m'avait poussé à demander si quelqu'un avait vu Kaia, qu'est-ce qu'il avait dû rire ! Et il avait entraîné toute la classe avec lui. Parce que tout le monde devait savoir qu'elle sortait avec lui, évidemment. C'était Steve Stevenson. Le gars le plus populaire du lycée. Bon sang, quel abruti intersidéral j'étais !

Mais la rage, ce n'était rien à côté de ce que j'éprouvais surtout. Chaque fois que la colère baissait, un autre sentiment dévorant menaçait de m'anéantir. Parce que dès que j'arrêtais de penser à Steve, je me mettais à penser à Kaia. Je rejouais en boucle toutes les fois où j'avais failli lui proposer de sortir avec moi. À côté des casiers, à une réunion, au café, à la manifestation, un mercredi. Ça n'avait jamais été le bon moment. J'avais attendu le moment idéal, mais maintenant elle était avec Steve. Quand ? Comment ? Pourquoi ? Les questions se bousculaient dans mon esprit.

À la recherche de ma Prius bleu pâle, je me suis faufilé entre les voitures pratiquement garées les unes sur les autres. Il y en avait même sur l'herbe.

Leurs langues.

L'image du baiser de Steve et Kaia s'est affichée devant mes yeux et j'ai eu envie de mourir. Bon sang ! Où était ma voiture ? Il fallait que je rentre chez moi. Je devenais fou.

Leurs langues.

Non, surtout ne pas penser à ça. Autre chose, il fallait que j'occupe mon cerveau avec autre chose. Marées noires. Feux de forêt, fonte des glaciers. Steve qui explosait comme un extraterrestre dans un jeu vidéo. Tout pour ne pas revoir le visage de Kaia contre le sien. J'ai enfin repéré ma voiture, qui miraculeusement n'était pas coincée.

– En voiture, Simone ! a retenti une voix au loin.

De l'autre côté de la rue, un gars, pieds nus et avec une serviette autour de la taille, se battait avec la portière de son véhicule.

– Laisse-moi entrer ! Faut que je parte…

Et merde. Il allait essayer de conduire. Je me suis rué sur lui.

– Eh ! ai-je crié en agitant les bras pour attirer son attention. Eh !

Le gars s'est tourné. Je me suis figé, haletant.

– T'es bien trop saoul pour prendre ta voiture. Viens avec moi, je te ramène chez toi.

Cinq minutes plus tard, tandis que nous longions des rues pratiquement vides, M. Simone était collé contre la vitre côté passager, chantant à tue-tête une chanson country que je ne reconnaissais pas. Mis à part quelques groupes sur Main Street, la ville était en général déserte après neuf heures.

Leurs langues.

– Putain ! ai-je hurlé en frappant les deux mains sur mon volant.

Surpris, M. Simone a basculé en avant.

– Mec, c'est pas cool. Ma tête est pas super nette. Et mon ventre non plus, a-t-il ajouté après un rot tonitruant.

– Désolé.

J'ai attendu de voir s'il allait vomir, mais une fois qu'il a eu reposé la joue contre la vitre, je me suis dit que ça irait. Il fallait que je lui pose la question :

– Ça fait combien de temps que Steve est avec Kaia Gonzales ?

– Je sais pas, deux semaines ?

Très bien, ça ne faisait pas des mois, c'était tout neuf. Parfait, non ? Elle ne pouvait pas être amoureuse de lui. Pas après deux semaines. Bien sûr, je ne voyais pas trop comment on pouvait tomber amoureux de Steve Stevenson, et surtout pas Kaia. Il portait un maillot de bain Speedo avec le drapeau des États-Unis ! Mais est-ce que j'avais laissé passer ma chance ? Si j'avais proposé à Kaia de sortir avec moi avant, est-ce que j'aurais été celui qui l'aurait embrassée dans la cuisine à la place de Steve ? Est-ce que ça aurait été ma langue ?

– Elle a de la chance, c'est le meilleur, Steve.

J'ai été pris d'un vertige tellement violent que j'ai dû me raccrocher à mon volant.

– Le meilleur ? Sérieusement ?

Tout ce que j'arrivais à voir de lui, c'était son sourire stupide quand il m'avait demandé si Kaia était une Kardashian ou une Swift.

– Ouais, a confirmé M. Simone en levant les pouces. Tellement… le meilleur.

C'en était trop.

– NON !

J'ai de nouveau cogné le volant avec les deux mains. Il a sursauté.

– Ce n'est pas le MEILLEUR ! Tu sais qui est le meilleur ? Moi.

Pour qu'il saisisse mieux, je me suis désigné avec le pouce.

– C'est moi qui te ramène chez toi. C'est grâce à moi que tu vas pas mourir ce soir. Est-ce qu'il aurait fait ça, Steve ? Eh ben non ! Il est sûrement occupé à faire des lancers de gelée depuis une bouée dans sa piscine à l'heure qu'il est ! Moi, je te sauve la vie !

Pendant un moment, seul le bruit de ma respiration haletante a brisé le silence pesant qui s'était installé dans la voiture.

– T'es qui ? a alors demandé mon passager en grimaçant.

*

* *

Furieux, j'ai balancé de mon lit tous mes stupides teeshirts.

– Aaaaaah !

Debout au milieu de cet arc-en-ciel de tissu, une idée m'a soudain frappé. Steve avait dû tout raconter à Kaia. Il ne se serait sûrement pas gêné. Je l'imaginais parfaitement, son sourire de débile aux lèvres, lui dire à quel point j'étais obsédé par elle. Il avait dû me décrire comme une sorte de pervers à ses trousses qui avait passé toute la fête à la chercher. J'étais si bête ! Le pire des imbéciles ! Je méritais cette humiliation. J'avais attendu trop longtemps. Mais pourquoi j'avais fait ça ? Je me suis écroulé sur le lit et j'ai hurlé dans mon oreiller.

Il fallait que je me venge de Steve. Que je trouve un moyen de lui faire payer.

J'ai jeté mon oreiller à travers ma chambre en élaborant dans ma tête le pire que je pourrais lui faire. Faire interdire les gobelets en plastique ? Pirater le serveur de *Grand Theft Auto* ? Bloquer tous les sites pornos ?

– Mettre fin à sa foutue soirée !

L'idée était tellement excellente que je l'ai dite à voix haute. Je me suis assis, inspiré.

– Je vais appeler la police. Mineurs, alcool, herbe… Ils vont virer tout le monde en moins d'une minute. Même si son père est à la maison.

J'ai pris mon téléphone pour composer le numéro de la police de Ventura.

– T'as peur de rien, hein ? C'est ce qu'on va voir. Je parie qu'avec les flics à ta porte, tu feras moins le malin.

Mais alors que j'étais sur le point d'appeler, ma photo dédicacée de Michelle Obama a attiré mon regard. Au-dessus de son visage, elle avait écrit « Quand ils se rabaissent, on s'élève, Cam ! » Son visage chaleureux et souriant me demandait si c'était vraiment ce que je voulais. Est-ce que j'étais comme Steve ? Mesquin ? Cruel ? Égoïste ?

C'était ça, se rabaisser ?

– Bon sang, Michelle !

J'ai posé mon téléphone et je me suis de nouveau allongé. J'imaginais les moqueries de Steve s'il voyait le portrait de Michelle sur ma commode. Qu'il aille se faire voir.

Ce n'était pas la première fois que Michelle m'empêchait de faire un truc idiot. Cette photo me surveillait depuis le jour où, avec ma mère, on avait attendu quatre heures pour l'obtenir. Ce jour-là, j'étais un des seuls adolescents à faire la queue, ce qui était assez habituel pour moi. J'étais aussi un des rares garçons dans la marche des femmes de Ventura et à la collecte d'argent du planning familial. On en plaisantait souvent avec ma mère. Ça me rendait plutôt fier, même si ma mère me disait constamment :

– J'ai le meilleur fils du monde entier ! fanfaronnait-elle dès qu'elle en avait l'occasion.

Quand on était enfin arrivés devant Michelle, je n'étais pas étonné qu'elle ait entendu les exclamations de ma mère.

– Alors, c'est lui, le meilleur fils du monde entier ? lui avait-elle demandé avec un sourire malicieux.

J'avais ri, embarrassé, et fait une petite blague. Et elle avait ri. Michelle avait ri à ma plaisanterie ! Ensuite, elle avait signé la photo en nous disant que ça lui faisait chaud au cœur de me voir. Les yeux bienveillants de Michelle Obama sur moi, ses quelques mots, c'est quelque chose que je n'oublierai jamais.

– OK, je peux m'élever au-dessus de toute cette petitesse. Je peux y arriver, ai-je assuré à Michelle.

Et pourtant, je me sentais encore pire qu'avant, affligé par ce que j'avais failli faire. J'avais si rapidement abandonné mes propres valeurs à cause d'un crétin au sourire méprisant.

– Je suis tellement bête ! Je me déteste ! ai-je hurlé.

Toc toc.

Je n'aurais pas dû crier.

– Cam ? a retenti de derrière la porte la voix clairement inquiète de ma mère.

– Désolé, maman.

– Ça va ?

– Oui, tout va bien.

Mais elle a quand même ouvert et jeté un coup d'œil dans ma chambre.

– Tu en es sûr ?

– Oui, ça va.

Elle a penché la tête, perplexe, et a montré mon oreiller par terre.

– Bon, d'accord. Parce que ton oreiller m'a appelée, il veut porter plainte.

– Très drôle.

En souriant, elle s'est approchée de mon lit.

– Qu'est-ce qui ne va pas ? a-t-elle demandé en me regardant comme si j'étais un oisillon blessé.

S'il y avait bien une chose que je n'avais pas envie de faire à ce moment-là, c'était dire à ma mère que j'étais allé dans une soirée d'ados immatures et alcoolisés. Elle n'allait sûrement pas compatir à mes malheurs. Elle me dirait que j'avais perdu mon temps et que c'était bien fait pour moi. J'ai donc préféré parler d'un autre épisode de ma journée, pour lequel elle se sentirait davantage concernée.

– La pancarte n'a pas eu l'effet que j'avais espéré. Les gens ont du mal à comprendre que notre parc aquatique n'est pas un aquarium. C'est un parc d'attractions. Ils se fichent de ce que ça implique. Ils se disent que le requin a bien assez de place comme ça, dans son enclos d'eau de mer. Mais en fait, c'est une prison. Les requins ont besoin de nager au moins soixante-dix kilomètres par jour.

– Eh, superman, tu ne peux pas changer le monde en un jour.

– Je sais. Je pense qu'on a éveillé les consciences, tout de même. Les organisateurs vont lancer une pétition pour remettre le requin en liberté. Si on veut bien faire, le conseil municipal est notre meilleure option, mais ça risque de prendre du temps. Je me suis porté volontaire pour faire tourner la pétition.

Ma mère s'est assise sur mon lit.

– Tu as entendu la nouvelle ?

– Quoi ?

Je savais ce qu'elle allait dire, mais je ne voulais pas lui gâcher son plaisir.

– J'ai le meilleur fils du monde entier.

Elle m'a ébouriffé les cheveux.

– Merci, ai-je grommelé.

– Et j'ai pas à partager le mérite avec quelqu'un d'autre puisque je t'ai élevé toute seule. C'est uniquement grâce à moi que tu es tellement extraordinaire, non ?

– Presque.

Elle a froncé les sourcils.

– Eh, ton bon à rien de père n'a strictement rien fait pendant les sept misérables années où il était avec nous !

– Je parle de Michelle, ai-je corrigé en montrant la photo.

Ma mère a éclaté de rire, avant de prendre une grande inspiration, un peu gênée de son accès de colère.

– Bon. Michelle Obama et moi, a-t-elle concédé en se penchant vers moi. Ça, je peux accepter.

Bon sang, j'espérais que Michelle ne lui raconterait jamais ce que je faisais dans cette chambre.

7

La semaine qui a suivi la fête, rongé d'angoisse, j'ai passé mon temps à guetter les apparitions de Steve. Je m'attendais à ce qu'il me tombe dessus au détour d'un couloir, comme un clown sorti de sa boîte, en hurlant « Elle est où Kaia ? ». Ensuite, il glousserait, ferait semblant de me frapper et éclaterait d'un rire hystérique parce que j'aurais sursauté. Ensuite, il cognerait son buste contre celui d'un pote, ouvrirait une cannette, la sifflerait, l'écraserait dans son poing et partirait en bondissant sous les applaudissements et les chants de pom-pom girls.

Quant à Kaia, dès que je l'apercevais, je me cachais derrière une armoire ou je me plongeais dans un exercice de maths. Je ne voulais surtout pas prendre le risque de lire sur son visage la preuve que Steve lui avait tout raconté. J'avais l'intention de rester invisible jusqu'à l'été. Steve l'aurait sûrement plaquée d'ici là, vu qu'il restait rarement plus d'un mois ou deux avec une fille. Ensuite, Kaia et moi, on se retrouverait liés par notre opinion désastreuse sur ce pauvre type. Je pourrais alors effacer de l'esprit de Kaia la caricature qu'il avait sûrement peinte de moi. Il faudrait sans doute que je fasse quelque chose d'incroyable, comme sauver des douzaines de requins. Mais ça en vaudrait la peine.

La sonnerie venait d'annoncer la fin des cours et le lycée était déjà en train de se vider. Je marchais avec ma capuche sur la tête, mon casque sur les oreilles et le regard au sol, essayant de passer le plus inaperçu possible et réfléchissant à la nouvelle cause que je pourrais défendre. J'étais contraint d'abandonner le requin du parc aquatique si je ne voulais pas tomber sur Kaia. Si je la rencontrais, j'étais sûr de me liquéfier. Il fallait que je consulte le panneau d'affichage du lycée pour trouver autre chose.

BOUM ! Brusquement j'ai percuté Kaia. J'ai fait un bond en arrière.

– Oh ! Désolé ! Je t'avais pas vue, ai-je bredouillé, prêt à me précipiter dans les toilettes pour m'y retrancher jusqu'au lendemain matin si nécessaire.

– Pas grave, a-t-elle lâché.

Elle semblait perturbée. J'ai levé les yeux, inquiet. Est-ce que je lui avais fait mal ? Le choc n'avait tout de même pas été si violent. C'est vrai que j'étais un peu osseux. Et je l'ai entendue renifler. Du coin de l'œil, j'ai vu qu'elle s'essuyait les yeux.

– Tu pleures ? Je suis désolé. Je t'ai fait mal ?

Mes mots se bousculaient, trahissant ma panique et l'urgence avec laquelle je voulais la consoler.

– Ce n'est pas toi. C'est… c'est…

Je n'avais pas besoin qu'elle finisse sa phrase. Ça ne pouvait être qu'une seule chose. Une seule personne.

– Steve, ai-je terminé pour elle.

Elle a hoché la tête et s'est remise à pleurer.

Cette enflure l'avait larguée encore plus rapidement que j'aurais pu l'imaginer. Pas besoin qu'elle entre dans les détails de ce qu'il lui avait fait. Ce gars était une machine à faire souffrir, de toute façon. Mais elle avait peut-être besoin d'en parler.

– Qu'est-ce qu'il a fait ? ai-je demandé doucement.

Elle a secoué la tête, incapable d'articuler un mot. Comment Steve avait-il bien pu faire pour l'envoûter si facilement ? Quand même, c'était Kaia. Désolé pour elle et impuissant face à sa tristesse, j'ai mis une main sur son épaule. Elle tremblait. Mon geste a eu pour effet de libérer son chagrin davantage et elle s'est jetée dans mes bras.

Dans mes bras !

Sa chevelure ondulée m'a recouvert le visage tel un rideau soyeux. Alors que je respirais son odeur envoûtante, la sensation délicieuse a brouillé mes pensées. Le panneau d'affichage s'est mis à tourner autour de nous façon boule de discothèque. Heureusement, mon épaule s'est occupée de recevoir ses larmes pendant que je retrouvais mes repères. Très concentré, j'ai réussi à lui tapoter le dos.

– Je suis désolé. Tu ne méritais pas ça. T'es une fille extraordinaire. Vraiment, vraiment sensationnelle…

J'ai inspiré encore une fois, cherchant les mots justes. Mon cœur débordait d'émotion. Et soudain…

– Noix de coco ?

Bon sang, ce shampooing sentait si bon !

– Quoi ?

Pourvu qu'elle n'ait pas entendu.

– Ce Steve ! Sacré coco…

– Steve a un cancer, m'a-t-elle interrompu.

Certain que son parfum avait affecté mes sens, j'ai essayé de reconstituer sa phrase.

Est-ce qu'elle venait de me dire que Steve était né en juillet ? Qu'il aimait les crustacés ? Qu'il l'invitait à un spectacle ? Mais je ne voyais pas ce que tout ça pouvait vouloir dire, alors j'ai trouvé le courage de la faire répéter.

– Comme il ne se sentait pas très en forme, il est allé chez le médecin. Et on lui a trouvé quelque chose… une grosseur. Il a fait une série d'examens. Et… c'est un cancer !

– Steve a… un cancer ? La maladie ?

J'ai cherché des éléments qui me prouveraient le contraire.

– Mais il vient d'organiser une méga fête…

Elle s'est dégagée de mes bras et s'est baissée pour prendre un mouchoir dans son sac.

– Je sais ! Ses parents ont proposé qu'il invite ses amis pour lui remonter le moral. Il… il… il… ne m'a rien dit avant hier !

Alors qu'elle se mouchait, j'ai tenté de comprendre ce qui venait de se passer. Steve Stevenson était indestructible.

C'était un roc… *The Rock.* Tous les ans pour Halloween, il se déguisait comme le fameux catcheur. Et le soir de sa fête, il avait l'air plus en forme que tout le monde. Comment pouvait-il avoir un cancer ? Bien sûr, personne n'est à l'abri, mais une telle force émanait de Steve que l'univers semblait graviter autour de lui. Et maintenant… le cancer… Comment était-ce possible ?

– C'est… terrible…

– Il n'arrête pas de dire que c'est rien. « Le lymphome de Hodgkin, c'est un bon cancer. » Comment est-ce qu'il fait pour ne pas être terrorisé ? Sa mère est effondrée. Son père a dû arrêter de travailler pour s'occuper de lui, parce que c'est le boulot de sa mère qui paie l'assurance santé. C'est horrible. Tu as vu sa maison ? Ils ont tellement de charges. Et je suppose que leur assurance n'est pas top, parce qu'ils ont déjà déboursé dans les vingt-mille dollars de frais médicaux…

Elle s'est tue un instant.

– Je suis désolée, ce n'est pas ton problème…

Elle s'est essuyé les yeux et a tenté de se ressaisir. Et soudain ses traits se sont de nouveau décomposés.

– C'est juste que c'est tellement affreux !

Une autre vague de douleur l'a envahie.

Elle s'est appuyée sur moi et, délicatement, je l'ai enveloppée dans mes bras. Elle avait raison. C'était affreux. J'ai pensé au pauvre Steve, et à sa famille, et à Kaia. La vie est si fragile. On est si peu de chose. En soupirant, Kaia s'est collée contre moi, noyant mon esprit dans un parfum d'îles hawaïennes. J'aurais voulu que ce moment ne s'arrête jamais.

Comment faire pour qu'il ne s'arrête jamais ?

– On devrait organiser une collecte de fonds pour lui ! ai-je bredouillé.

Attends. Qu'est-ce que je venais de dire, là ? Mais Kaia s'est aussitôt reculée. Elle a ravalé ses larmes en me regardant.

– Pour qu'ils récupèrent leurs vingt-mille dollars, tu vois ? ai-je ajouté.

– Mais oui ! Quelle idée géniale !

La lueur dans ses yeux m'a embrasé.

– Sérieusement, toi et moi, on peut lever des fonds pour n'importe quoi ! Tu penses pas ?

Elle a pris un air un peu intrigué.

Mince ! J'avais été un peu trop direct, on dirait. Comment pouvait-elle être au courant de toutes les causes que j'avais défendues. Je n'étais finalement qu'une vague connaissance pour elle.

– Tu sais, le requin du parc aquatique, ce n'est que la dernière manifestation à laquelle j'assiste. Avant ça, je me suis aussi occupé des sans-abri et j'ai milité pour la mise en place de pistes cyclables sur Main Street. Et on a participé tous les deux à la campagne contre les pailles au campus et pour la préservation des marais de Santa Clara, tu te souviens ?

– Oh, waouh ! Je n'avais pas… enfin… bien sûr, je savais pour les marais.

– Et on a aussi contribué à la restauration des dunes, n'est-ce pas ?

Bon, ça commençait à faire le gars désespéré.

– Je m'étais pas rendu compte qu'on avait autant travaillé ensemble, a-t-elle avoué, mais elle semblait plus étonnée qu'effrayée, alors j'ai pu me remettre à respirer.

– Et l'année dernière, tu as dirigé une course contre les armes à feu et une vente de gâteaux pour la cause LGBT le jour de la Saint-Valentin, ai-je conclu pour lui montrer que tout ne tournait pas autour de moi.

– Oui, a-t-elle confirmé. Mais les recettes n'étaient pas énormes.

– On fera une super équipe.

Un peu fort, « équipe », peut-être, mais elle a souri. Son magnifique sourire radieux m'a illuminé. Seulement, il a immédiatement disparu.

– Écoute, t'as pas à faire ça. C'est pas vraiment ton ami, Steve.

En effet, il ne devait pas exister un seul univers ni un seul scénario crédible dans lequel Steve Stevenson et moi, on pourrait être amis. Quelle importance ?

– C'est pas parce qu'on n'est pas les meilleurs amis du monde que je ne veux pas l'aider, je ne suis pas copain non plus avec le requin du parc aquatique et j'essaie pourtant de le sauver.

Elle a ri. Bon sang, je voulais l'entendre rire encore ! Est-ce que je tentais une blague ? Allez.

– Et le requin n'a même pas de cancer !

Nouvel éclat de rire. J'aurais pu écouter ce merveilleux son cristallin toute ma vie.

Kaia a poussé un soupir de soulagement.

– Rien qu'à l'idée de faire quelque chose pour lui, je me sens déjà mieux.

– Vraiment ?

– Tu veux te lancer là-dedans, t'es sûr ?

J'avais envie de lui répondre « c'est ce que j'ai le plus envie de faire au monde », mais je trouvais ça un peu *too much*.

– Oui, carrément, me suis-je contenté de répondre.

– D'accord.

Elle a sorti son téléphone.

– Tu peux taper ton numéro ?

Elle me l'a tendu, son étui mauve biodégradable scintillant à la lumière du jour. C'était juste un portable banal, mais j'ai trouvé ça particulièrement intime de l'avoir dans la main et de regarder son écran débloqué. Il contenait toute sa vie et elle me laissait le toucher. OK, j'étais juste sur la page des contacts à ajouter, mais ça me faisait quand même quelque chose. Et j'ai hésité à entrer en plus de mon numéro toutes mes autres coordonnées (mail, tous mes réseaux sociaux, adresse, anniversaire…). Non, juste mon numéro, ça suffirait. Je le lui ai rendu avant que ça paraisse bizarre.

Elle l'a lu, a pianoté sur l'écran et m'a regardé.

Buzz. Mon portable a vibré. Je l'ai pris, comprenant qu'elle venait de m'envoyer un SMS.

T'es le meilleur.

J'ai lâché mon téléphone et l'écran s'est cassé en mille morceaux.

– Oh non, Cam ! a-t-elle crié. Désolée !

Je l'ai ramassé rapidement en assurant que ce n'était pas grave. Il marchait toujours. Son message s'affichait toujours.

Et je serais heureux de regarder ces fissures jusqu'à la fin de ma vie.

*

* *

J'ai retiré mon poster de la comédie musicale *Dear Evan Hansen* afin d'accrocher un panneau dédié à la levée de fonds pour « Sauvons Steve ». Je gigotais dans ma chambre comme un papillon de nuit dingue, décidé à mettre en place le plus grand évènement caritatif qu'ait jamais connu Ventura. Armé d'un feutre et de cartes Bristol blanches, j'ai examiné le cadre encore vierge devant moi.

Lavage de voitures ? Vente de gâteaux ? Non ! Il fallait viser plus haut. Une course ? Un concours de danse ? Trop petit ! Je devais réfléchir à un truc vraiment spécial. Mémorable ! Impressionnant ! Épique ! Sinon, Kaia se dirait que j'étais juste un militant médiocre.

Kaia.

Notre rencontre devant le panneau d'affichage ensoleillait encore mon esprit. Surtout à cause du parfum des tropiques… mais pas seulement. Elle m'avait laissé la réconforter. Elle sentait qu'elle pouvait me faire confiance. Elle savait qui j'étais !

T'es le meilleur.

Je ne tenais plus en place. J'ai bondi sur mon lit, fou de joie.

– T'es le meilleur ! T'es le meilleur !

Je me suis cogné la tête contre le plafond. J'avais oublié que je n'avais plus sept ans pour ce genre d'acrobaties. Mais peu importe, j'ai continué à sauter (un peu plus prudemment) en me répétant «T'es le meilleur». Et quand je me suis enfin allongé, j'ai pris mon téléphone et j'ai relu sur son écran brisé le message de Kaia pour m'assurer que je ne l'avais pas effacé par erreur.

Kaia : T'es le meilleur

Il était là. Son nom s'affichait au-dessus de son numéro, ce qui rendait le SMS encore plus bouleversant. Elle était dans mon portable ! Je me suis assis, me délectant de cette pensée. Nous allions sauver Steve. Ensemble. Et soudain, j'ai senti une présence.

Michelle.

Tout fier, je lui ai adressé un coup d'œil.

– Je vais tellement bien, Michelle. Vous avez vu qui je vais sauver ? Ce n'est pas un orphelin syrien malade d'un cancer. C'est cette enflure de Steve Stevenson ! Sérieux, regardez ce gars !

J'ai ouvert Instagram. Ses posts étaient plus odieux les uns que les autres. Photobombing au Festival de la science, à l'assemblée César Chávez, à la projection des *Sorcières de Salem*.

– Peut-être pas aussi fort que votre apparition aux côtés de Melania Trump au cours de la passation des pouvoirs, mais pas loin. Pas loin du tout.

*

* *

– Écoutez, je sais qu'il fait peur et que sa réputation le précède, mais si vous lui donniez juste une chance…

La femme a continué à tirer son Caddie sans s'arrêter. J'étais devant la boutique Ralphs sur Victoria Avenue avec mes camarades activistes Todd et Patricia. Équipés de planchettes à pince, on avait préparé un petit speech pour expliquer combien il était néfaste pour un requin d'être maintenu en captivité, mais on n'arrivait à convaincre personne de nous écouter. La plupart des passants ne nous regardaient même pas. On a pourtant réussi à avoir quelques signatures.

Todd a posé une main sur mon épaule.

– Bien essayé, mon gars. Pour ce qui est de sauver Steve…

Je leur avais raconté mon projet. Ensemble, Todd et Patricia avaient traversé la Californie pour défendre les causes qui leur tenaient à cœur. Ils avaient fait voter une loi qui contraignait les producteurs d'amandes à utiliser moins d'eau et avaient sauvé une rivière à Mendocino, menacée par la construction d'un grand magasin. Ils pourraient me donner des conseils.

– C'est une mauvaise idée, a dit Patricia.

Quoi ?

– T'as lu *Nos étoiles contraires* ?

– C'est le documentaire sur la corruption au Pentagone ? a demandé Todd.

– Non, mais sors un peu de chez toi, Todd ! C'est l'histoire d'amour tragique de deux adolescents malades d'un cancer.

– Euh, Kaia n'a pas de cancer, ai-je précisé.

– C'est pas le problème, a répliqué Patricia avant d'interpeller une dame. Excusez-moi, savez-vous qu'un requin est prisonnier au parc aquatique dans le seul but de divertir des humains ?

La mère de deux jeunes enfants nous a décoché un regard horrifié, avant de courir se cacher dans son supermarché.

– Eh ! Je sais que vos enfants adorent cette comptine sur le bébé requin doudou. Et si vous manifestiez un peu d'amour pour un vrai requin ? a-t-elle crié alors que les doubles portes se refermaient.

Elle s'est tournée vers nous.

– Et le film *Love Story*, tu l'as vu ?

– Non, a répondu Todd.

– Et *Tendres passions* ?

– Non.

– Non plus.

– *Le temps d'un automne* ?

On lui a tous les deux adressé un regard vide. Elle a soupiré.

– Peu importe. Il y en a des milliers. Ce que j'essaie de dire, c'est qu'une histoire d'amour autour d'un cancer est un peu comme un train lancé à pleine vitesse : personne ne peut l'arrêter, on ne descend pas avant l'arrivée.

– C'est pas mon intention.

Patricia m'a transpercé des yeux.

– Donc, c'est ta passion pour la défense des animaux marins qui t'a fait t'engager dans ton dernier combat et pas la douce Kaia ?

– Euh...

– Je t'apporterai mon exemplaire de *Je veux vivre*.

– Arrête, tu comprends pas. Steve n'est pas en train de mourir, il a un bon cancer.

Ils ont tous les deux levé les sourcils en même temps.

– Un bon cancer ? a répété Todd.

– Ça existe pas, ça, a ajouté Patricia en croisant les bras.

– Non, je sais, mais c'est pas comme un vrai cancer mortel. Le taux de guérison est de quatre-vingt-quatorze pour cent.

Je les ai regardés tour à tour pour chercher confirmation.

Patricia a mis une main sur mon épaule.

– Désolée, tu me feras pas changer d'avis. On ne touche pas à une histoire d'amour autour d'un cancer.

*

* *

Secoué, je suis rentré chez moi dans la soirée, alors que le soleil couchant projetait une lumière orange vif sur notre maison en stuc marron. À l'intérieur, j'ai tout de suite entendu des éclats de voix et senti les enchiladas.

– Vous avez soutenu ce goujat pendant toutes ces années, et maintenant vous me dites ce que je dois faire de mon corps ? Allez vous faire foutre, vous et votre connerie de patriarcat !

Ma mère préparait le dîner en regardant la télévision. Elle adorait faire ça et disait que ça rendait les plats plus épicés. J'ai essayé de monter directement dans ma chambre, mais la moustiquaire a claqué derrière moi.

– Cam, c'est toi, mon chéri ?

– Ouais. Je viens…

Ma mère est sortie de la cuisine en s'essuyant les mains sur son jean.

– Je te jure, ces salopards de manipulateurs sournois…

Elle m'a serré dans ses bras quelques secondes.

– Ils feraient tout pour arriver à leurs fins. Bien sûr, ils prétendent que c'est pour la bonne cause, mais en réalité c'est monstrueux.

Attends, elle parlait de Steve, là ? Elle avait compris le fond de ma motivation ? C'était un message codé ?

– Ne sois jamais comme eux.

Mais alors que j'étais sur le point de me justifier, son air mécontent s'est transformé en un sourire radieux.

– Le dîner sera prêt d'ici une demi-heure, d'accord ?

Sans attendre une réponse, elle est retournée dans la cuisine pour se remettre à crier sur la télé.

Bon, elle ne parlait peut-être pas de Steve et Kaia, en fait. Et pourtant, je suis resté planté dans le couloir avec une impression horrible. Est-ce que j'étais un salopard de manipulateur sournois ?

Dans ma chambre, je me suis allongé sur mon lit, les yeux rivés sur le plafond. Je sentais son regard sur moi. Michelle. J'ai roulé sur le côté pour la voir dans son cadre.

– Vous pensez que je ne devrais pas, n'est-ce pas ?

Michelle continuait de me dévisager, consciente qu'elle n'avait rien besoin de dire. Je connaissais déjà la réponse.

– Mais c'est ma chance ! ai-je imploré. En fait, c'était bien mieux que je laisse passer toutes les occasions que j'ai eues avant : Kaia aurait pu refuser. Alors que maintenant, si je fais ça, elle saura quel mec génial je suis. Je n'essaie pas de les faire se séparer, Steve la quittera bien assez vite. Patricia a tort, j'en suis sûr, ce n'est pas une histoire d'amour dramatique autour d'un cancer.

Mais Michelle ne se laissait pas avoir. Je sentais qu'elle était sceptique, ça transperçait la vitre.

– C'est une bonne chose, je vous jure ! Vous, mieux que quiconque, savez dans quel état est le système de santé dans ce pays, Michelle. Ses parents ont besoin de cet argent. Si je renonçais maintenant, c'est comme si je lui retirais quelque chose.

J'étais assez fier de cet argument. Mais Michelle n'était toujours pas convaincue.

– D'accord. Vous avez raison. Kaia pourrait très bien le faire sans moi. Mais elle me détesterait d'avoir lancé l'idée en proposant de m'impliquer pour abandonner tout de suite après.

Si Michelle avait pu lever un sourcil, elle l'aurait fait.

– Oui, c'est bon ! Je sais ! Elle ne me détesterait pas. Elle comprendrait. Elle chercherait même à savoir si je ne suis pas souffrant. C'est ça, le problème ! Elle est incroyable ! Et je… je l'apprécie beaucoup. Vraiment, vraiment beaucoup.

J'ai couvert mon visage avec un bras pour que Michelle ne voie pas mes larmes. Elle a attendu patiemment. J'ai inspiré profondément.

– Je vais faire une bonne action pour les mauvaises raisons et ce n'est pas bien.

J'ai attrapé mon portable sous le regard de Michelle. Je lui ai adressé un petit froncement de sourcils, contrit.

– D'accord. Je tourne autour de Kaia comme un vautour en rut, c'est pas la peine d'en remettre une couche.

J'ai ouvert ma correspondance avec Kaia.

– OK, Michelle, je vais m'élever.

Hello

J'ai commencé à écrire : « Pour ce que je t'ai dit tout à l'heure, je vais être trop occupé avec le requin… » Mais Kaia m'a répondu avant que je termine.

Kaia : J'allais justement t'écrire ! J'ai repensé à ce que tu m'as dit. Je suis tellement impatiente de commencer ! On va récolter des millions.

Ensuite elle a envoyé un gif « Fais pleuvoir ». Mais ce n'étaient pas les billets de banque qui attiraient mon attention. Je m'étais arrêté sur le « on ».

On.

Bon sang. Incroyable comment juste deux lettres pouvaient me retourner l'estomac. J'ai jeté un nouveau regard à Michelle, complètement perdu.

– Je sais… je sais plus.

Nouveau SMS.

Kaia : <3

*
* *

– Ça va être géant, Michelle ! ai-je hurlé pour couvrir la musique.

J'avais lancé ma playlist « Au boulot ». Des carnets et des feuilles étaient éparpillés par terre autour de moi. Plusieurs marqueurs dans les mains, je retravaillais la cinquantième version du logo SauvonsSteve. Mon ordi était ouvert sur le site web que je venais de créer.

– Quand on aura atteint les vingt-mille, Steve aura terminé ses quatre mois de chimio, il sera en convalescence et au top de sa forme.

J'ai arraché la page de mon carnet où j'avais griffonné mon dernier croquis et je l'ai punaisée sur mon panneau à côté d'autres informations : mes recherches sur le lymphome de Hodgkin ; une liste d'idées pour alerter l'opinion ; les commerces locaux à contacter. Au centre, j'avais accroché une photo de Steve. J'ai mis le logo à côté.

– Très bientôt, il va de nouveau siffler des litres de bière au bord de sa piscine et chanter du Cardi B. Et Kaia se lassera de ses bêtises.

J'ai ri.

– Ils vont pas tarder à rompre de toute façon. Et je serai le super mec attentionné qui a aidé son affreux petit ami à traverser son cancer.

Je n'étais pas encore satisfait du logo. Il devrait être plus… « Steve ». Plus agressif et belliqueux. Je l'ai repris pour le déchirer.

– Et cette fois… je serai prêt. Ce sera enfin le moment idéal. Et je lui demanderai de sortir avec moi.

La pointe du marqueur sur la feuille, une idée m'a traversé l'esprit. J'ai fait le calcul rapidement. Le timing était parfait.

– Non, je ne lui demanderai pas de sortir avec moi, Michelle.

En souriant, j'ai affiché le nouveau logo près du visage de Steve. Parfait.

– Je vais l'inviter au bal de fin d'année.

8

Alors que Kaia parcourait le site que j'avais créé, je m'efforçais de ne pas lui montrer que des milliers de papillons faisaient la bringue dans mon estomac. On était assis dans la classe d'anglais de Mme Torres, la première sonnerie de la journée avait retenti depuis une demi-heure déjà et les seuls bruits qui nous parvenaient étaient le tuyau d'arrosage dehors, l'orchestre du lycée au loin et, de temps en temps, les petits doigts de Kaia sur le clavier. Ma respiration haletante me paraissait tonitruante, mais je ne pense pas que Kaia l'entendait.

Fréquemment, ses lèvres dessinaient un sourire admiratif et les papillons dans mon estomac s'affolaient. Toute la nuit, j'avais travaillé sur le site SauvonsSteve et même moi, je trouvais qu'il déchirait. Simple et clair, il affichait un grand logo et un curseur qui montrerait en temps réel la somme d'argent récoltée. Elle a fini par lever la tête.

– Waouh ! T'as fait tout ça cette nuit ?

Elle était impressionnée. J'avais impressionné Kaia.

J'ai déjà dit que des milliers de papillons faisaient la fête dans mon ventre ? C'était plutôt des millions. Et ils faisaient des loopings aussi.

– J'étais inspiré.

Je n'en revenais pas : j'avais réussi à le dire de façon totalement normale et détachée et pas avec une voix suraiguë. Je n'aurais pu imaginer meilleur résultat. Ça se passait mieux que dans mes plus beaux rêves.

Kaia examina de nouveau le site et s'arrêta sur le chiffre maximum qu'indiquait le curseur, avec un léger froncement de sourcils.

– Ce serait super qu'on puisse accumuler une somme pareille. Tu penses que c'est jouable ?

Les papillons se sont figés. Certains étaient morts. Bien sûr, je m'étais posé la même question des dizaines de fois. Jamais je n'avais récolté autant d'argent.

– Évidemment !

Je ne voulais pas penser à ce qui se passerait si on n'y arrivait pas. Parce qu'il fallait absolument que ça marche. On allait les récupérer, ces vingt-mille dollars. J'ai sorti de mon sac à dos des rouleaux de papier.

– C'est un sacré objectif, mais il ne faut pas sous-estimer un bon travail de terrain efficace.

J'ai retiré l'élastique autour des feuilles enroulées.

– On va arroser les réseaux sociaux, c'est certain, mais j'ai aussi préparé ça.

Je lui ai montré les posters que j'avais confectionnés dans la nuit et imprimés le matin dans la salle de reprographie.

J'y avais précisé tous les détails de la campagne et j'avais mis au centre une photo de Steve, l'air un peu maladif. L'affiche était vraiment top. Plus réussie encore que celle contre les pailles au lycée. Tous ceux qui la verraient se sentiraient obligés de l'aider. Kaia l'a étudiée un moment.

– Où est-ce que tu as trouvé cette photo de Steve ?

– Sur son compte Instagram. C'était le lendemain de la fête des anciens élèves, je crois.

Sous ses cheveux ébouriffés et ses yeux rouges et gonflés, ses lèvres dessinaient un sourire fatigué. Il ne semblait pas au mieux de sa forme, c'est le moins qu'on puisse dire.

– Dis donc, il a carrément l'air malade.

J'ai essayé de réprimer le petit sursaut de joie que ce commentaire a éveillé chez moi. Je me suis planté fermement sur les talons.

– Je me suis dit qu'après les cours, on pourrait aller sur Main Street pour demander à tous les magasins d'afficher ce poster, ai-je proposé simplement. Il y a plein de touristes dans ce quartier en plus des gens du coin. C'est ce que j'ai fait quand j'étais volontaire pour la campagne de chiens de malvoyants, et ça a super bien fonctionné.

J'ai attendu la réaction de Kaia.

– J'ai la réunion du conseil d'élèves après les cours.

Les derniers papillons n'ont pas résisté.

– Mais je peux te retrouver après ?

Ils ont aussitôt ressuscité et se sont mis à danser de la techno.

– Parfait.

Ravie, Kaia a ramassé son sac à dos et est partie. J'ai récupéré les posters et mon ordinateur, incapable de décrocher de mon visage un sourire béat. Je n'arrivais pas à y croire. J'allais passer du temps avec Kaia Gonzales. Seul avec elle, j'allais afficher des posters pour son imbécile de petit ami, soit, mais tout de même. Je n'avais pas l'intention qu'il arrive quelque chose, bien sûr. Pas pendant qu'elle sortait avec Steve. Je n'étais pas ce genre de garçon. Certes, je m'étais demandé si cette collecte de fonds était une bonne chose, mais ça n'avait été qu'un moment de doute. J'aidais des gens, en réalité. Beaucoup de monde, même. Steve, ses parents, Kaia, pour qu'elle ne se sente pas impuissante. Alors si je m'aidais un peu en même temps, ce n'était pas un crime. Je faisais une bonne action, j'en étais convaincu à présent.

J'ai refermé mon sac, et soudain, crise de panique. J'allais me retrouver seul avec Kaia. Je voulais faire bonne impression et passer pour un garçon raisonnable et équilibré. Les papillons se sont remis à gigoter plus rapidement encore.

*
* *

– Oh là là, ce pauvre petit a une mine affreuse. Bien sûr qu'on va accrocher cette affiche.

Sans attendre, l'antiquaire a pris du Scotch pour coller le poster sur la porte de sa boutique. Triomphant, j'ai jeté un regard à Kaia. Dans la pénombre du magasin, ses yeux exprimaient la même fierté.

– Merci beaucoup, monsieur, ai-je dit alors qu'il mettait mon affiche à côté d'une publicité pour un concours d'improvisation. C'est une précieuse aide que vous nous apportez.

De retour dans la rue, sous le soleil radieux qui se mariait parfaitement à nos sourires, Kaia a tapé dans ma main.

– Dix-sept sur dix-sept ! Il nous en reste combien ? a-t-elle demandé.

Toutes les vitrines de Main Street affichaient désormais un poster SauvonsSteve. Ça faisait déjà quelques heures qu'on avait commencé, et, étrangement, je ne me sentais pas du tout nerveux. Dès qu'on s'était retrouvés, on s'était mis au travail naturellement, comme si on faisait équipe depuis des années. Je n'ai même pas eu à réfléchir à ce que je pouvais dire et on a trouvé des dizaines de sujets de conversation. Et quand on les a eu tous épuisés, nos silences me paraissaient plus confortables qu'embarrassants. Jamais je ne m'étais senti aussi à l'aise avec quelqu'un.

J'ai fouillé dans mon sac.

– Il ne nous en reste que trois...

Mais l'un d'eux s'est pris dans la fermeture et s'est déchiré.

– Deux, ai-je corrigé en riant.

– D'accord, les deux derniers. Il faut qu'ils comptent.

Kaia en a donné un à la femme vêtue d'une robe turquoise incrustée de diamants du magasin de bougies.

– ... et il est vraiment super, et marrant, et intelligent, a-t-elle imploré.

Ma gorge s'est serrée. Je me suis dit que c'était à cause des milliers d'odeurs qui m'assaillaient en même temps et pas parce que Kaia parlait avec autant d'enthousiasme de Steve. J'ai pris la bougie parfum marin à trois mèches à côté de moi. Elle sentait le savon. Comme tout le reste ici, d'ailleurs.

– ... et donc si vous pouviez juste afficher ce poster, ce serait une précieuse aide, a conclu Kaia.

La dame a jeté un coup d'œil à la photo et a été tout de suite convaincue.

– Bien sûr, ma chérie. C'est ton petit ami ?

Kaia a baissé la tête.

– Oui.

Non, je n'allais pas regarder comment le visage de Kaia s'empourprait. J'ai examiné une autre bougie, Sauge et soleil, avant de la sentir. Encore du savon. Sérieusement, tout ici avait une odeur de lessive ?

– Et toi, tu dois être son meilleur ami, a commenté la vendeuse alors que j'avais le nez sur Lune et lilas.

– Euh...

– En fait, Steve et lui ne sont pas du tout amis. Cam est juste un garçon toujours prêt à aider les autres, a-t-elle expliqué en m'adressant un sourire éblouissant.

J'ai failli lâcher Lune et lilas et me suis dépêché de la replacer sur l'étagère. Me connaissant, il valait mieux que je ne tienne pas dans les mains un morceau de cire parfumé à cinquante-trois dollars quand Kaia me regardait comme ça.

Dommage qu'il ne nous reste qu'un poster, parce que cette journée devenait vraiment parfaite.

Dans le magasin d'alcool, le vieux vendeur nous a décoché un regard mauvais par-dessus son comptoir en Formica.

– Non, sûrement pas. Pas ce sale môme avec sa fausse carte d'identité.

Il a violemment posé le poster. Les bouteilles sales derrière lui ont tremblé. Kaia s'est approchée de moi, affolée.

– Vous savez combien d'alcool lui et ses amis m'ont volé ? Il n'a plus le droit de mettre les pieds ici.

– Oh… je suis désolée… Je ne savais pas…, a bredouillé Kaia.

Il n'avait pas terminé son laïus. Il s'est penché sous le comptoir.

– Moi aussi, j'ai un poster de lui, a-t-il annoncé avec une grimace de dégoût, avant de nous montrer une photo floue de Steve prise par sa caméra de surveillance.

En grosses lettres, il avait écrit en haut de la feuille « NE PAS VENDRE ». J'ai réprimé un éclat de rire. Kaia avait l'air choquée.

– Essayons la friperie, m'a-t-elle proposé tout bas.

– Mais c'est le coin le plus passant de toute la rue, ai-je protesté.

– Oui… mais…

Et d'un regard, elle m'a désigné le vendeur furieux.

– Laisse-moi essayer.

J'ai esquissé mon sourire le plus amical et respectueux, que je réservais d'ordinaire aux adultes qui ne croyaient pas au réchauffement climatique.

– Vous savez, je vous comprends parfaitement, ai-je commencé en levant les mains dans un geste de reddition.

J'ai lu une étincelle de surprise dans les yeux du vieil homme.

– Quand on a organisé une campagne contre les pailles au lycée, Steve a dessiné des pénis sur tous les posters à la place de la paille.

– C'était Steve ? a demandé Kaia en ouvrant de grands yeux.

J'ai haussé les épaules, résigné, avant de continuer.

– J'avais travaillé dur pour faire ces affiches. Et Steve les a détruites. Mais je suis ici parce que personne ne mérite d'avoir un cancer.

Le vendeur me dévisageait, toujours aussi intransigeant. Kaia n'était clairement pas à l'aise.

– Écoutez, je ne dis pas que vous devez l'apprécier. Ni que vous devez lui pardonner. Mais pensez à sa famille, pensez à sa petite amie.

J'ai montré Kaia. Elle lui a adressé un sourire désolé.

– Ce sont des gens bien. Et ils souffrent, eux aussi.

La ride entre les yeux du vendeur s'est légèrement effacée.

– Je sais pas…

J'ai poussé le poster vers lui. Le visage de Steve nous regardait.

– Considérez que vous le faites contre le cancer et pas pour Steve.

Un instant plus tard, alors que nous étions sur le trottoir d'en face, le vieil homme collait l'affiche sur la porte de sa boutique.

– J'arrive pas à croire que tu l'as fait changer d'avis ! s'est réjouie Kaia. C'était dingue !

– Merci. Heureusement que t'étais là.

Mince, est-ce que j'avais été trop entreprenant ? C'était sorti tout seul. Et c'était vrai. Sa présence m'avait donné confiance en moi comme jamais. Mais je ne voulais pas qu'elle pense que je la draguais.

– Pour la référence visuelle, tu vois ?

Bon, pas génial. Je venais de la traiter de potiche.

– C'est vraiment Steve qui a dessiné les pénis ? a-t-elle demandé sans se préoccuper de ma remarque.

Je me suis frotté la nuque.

– Euh, ouais. Ça date, tu sais. Je m'en suis remis. J'en ai parlé, pour… Tu vois, c'est plus facile de convaincre les gens avec un truc qui te touche personnellement. Je pensais que tu étais au courant…

– Oh… euh… non.

Ça expliquait peut-être pourquoi elle était encore avec Steve. Elle ne le connaissait pas vraiment. Elle ne le voyait pas comme je le voyais. Et même si je pouvais lui donner toute une liste d'exemples pour lui prouver comment il était réellement, je ne voulais pas insister maintenant. On collait des affiches pour son cancer, ce n'était pas le bon moment.

– J'y crois pas que tous ces magasins aient accepté, ai-je lancé pour changer de sujet.

Le visage de Kaia s'est éclairé.

– N'est-ce pas ? On fait une belle équipe, Webber.

Et elle m'a donné un coup de poing dans l'épaule.

Bon sang. On était une équipe ? Il fallait que je fasse durer l'instant.

– Tu veux un café ? On pourrait aller dans ce salon de thé équitable où on s'est croisés à Noël, en bas de la rue.

Trop d'infos. J'allais passer pour un barge.

– J'ai une meilleure idée.

– Ah oui ?

Mon cœur s'est mis à tambouriner dans ma poitrine. Elle allait me proposer un dîner ? Il y avait un restau style années 1950 à quelques rues de là, servant de délicieux milk-shakes et où on pouvait choisir ses chansons et…

– Et si on allait chez Steve pour lui raconter ! a-t-elle lancé en tapant des mains, excitée.

Mince.

J'avais nourri l'espoir dément qu'on ne le reverrait jamais.

– Euh, tu crois ? Il veut sûrement se reposer.

Mais Kaia se dirigeait déjà vers nos voitures.

– Non, non, ça lui remontera le moral. Sérieusement, il en a besoin.

Ce gars-là avait parfois besoin qu'on lui remonte le moral ? J'ai essayé de me le représenter. En vain. Mais je ne l'avais pas revu depuis la fête. Il était sûrement à plat. C'était un cancer, quand même. Et pourtant, quelque chose me disait que me voir chez lui ne le réjouirait pas du tout.

– On devrait peut-être attendre. Quand on aura récolté déjà beaucoup d'argent, on lui fera la surprise. Tu sais, comme dans ces émissions de télé-réalité. Surprise ! Tout le monde crie, tu vois ?

– Pas question. C'est trop important pour le cacher.

– Alors vas-y seule, c'est mieux, ai-je tenté désespérément.

Kaia s'est figée, les mains sur les hanches.

– Je vois bien ce qui se passe.

– Ah oui ? ai-je demandé, terrorisé.

– Hier, tu as fait la liste de toutes les causes que tu as soutenues et moi j'avais complètement oublié que tu avais participé à la moitié d'entre elles. Tu es trop modeste. Je ne te laisserai pas te cacher, cette fois.

– Mais…

– Allez, viens, a-t-elle tranché en me prenant par le poignet et en m'entraînant derrière elle.

Et si j'avais eu des arguments pour ne pas l'accompagner, ils se sont totalement effacés au contact de ses doigts sur ma peau.

*

* *

Dans le hall d'entrée des Stevenson, je cherchais encore un moyen pour ne pas le voir. Faire semblant de recevoir un coup de fil ? Une réaction allergique soudaine ? Une perte de conscience ?

– Steve sera si heureux d'avoir un peu de compagnie, s'est écriée Mme Stevenson en embrassant Kaia. Il se repose à l'arrière de la maison.

Elle avait les yeux gonflés et semblait affreusement fatiguée. J'avais cru distinguer une tache sur son chemisier. Terrible tout ça. On l'obligeait à faire bonne figure devant nous, alors que tout ce qu'elle voulait sûrement, c'était se recroqueviller sur son canapé, avec un bon thé et une couverture. J'ai hésité à prétexter que j'avais terriblement mal au ventre (ce qui était vrai) pour prendre congé, mais elle nous conduisait déjà vers Steve.

Nos pas résonnaient sous le plafond voûté. À la place de la musique tonitruante, des déchets et des grappes d'ados ivres morts, une lumière caverneuse baignait le couloir désert et j'avais l'impression de traverser un mausolée. Des vases remplis de fleurs égayaient chaque surface. Des gens leur envoyaient des fleurs. Pour les soutenir. Parce que Steve avait un cancer. Un cancer.

– Zut, on aurait dû apporter quelque chose, ai-je gémi.

– Détends-toi, m'a rassuré Kaia tout bas.

Des photos de Steve décoraient les murs. Contrairement à ce qu'il postait sur Instagram, c'étaient de jolis clichés de famille et, pour la première fois, j'ai aperçu Steve à travers le regard de ses parents. C'était un garçon solaire avec un grand sourire. Leur fierté. Leur aîné. Merde.

Dans la cuisine, la sœur de Steve, qui devait avoir douze ou treize ans, faisait ses devoirs sur le plan de travail en granit blanc. Elle picorait machinalement dans un bol de bretzels et dégageait ses cheveux blonds de son visage. Et… elle reniflait ? Terrible, tout ça.

Qu'est-ce qu'on faisait là ? Ou plutôt, moi, pourquoi est-ce que j'étais venu m'imposer dans cette famille éprouvée ? Kaia disait que c'était un « bon cancer », alors pourquoi est-ce que je me sentais comme dans un centre de soins palliatifs ? Et j'étais le charognard en rut.

La mère de Steve a ouvert les portes vitrées coulissantes et on l'a suivie dans le grand patio. Je me suis armé de courage pour affronter l'état de Steve. La seule fois où j'avais vu quelqu'un souffrir d'un cancer, c'était ma chienne Hillary et on avait dû la faire piquer. Comment est-ce qu'on allait le trouver ? Est-ce qu'il avait besoin d'assistance médicale ? De transfusions ? Est-ce qu'il était toujours le Steve qu'on connaissait ?

– Personne ne peut m'arrêter, bordel de merde ! a retenti une voix victorieuse, et je me suis demandé si Steve avait un ami avec lui.

Il était là.

À califourchon sur un requin gonflable au milieu de sa piscine, un Steve Stevenson hyper bronzé brandissait une manette Xbox, une casquette « Le cancer c'est pour les chochottes » sur la tête. Ses boucles brunes s'en échappaient, dégoulinantes. Au bord de l'eau, un écran LED de soixante-quinze pouces affichait le cadavre d'une prostituée assassinée par Steve dans *Grand Theft Auto* et la barre de son en dessous hurlait *Gin and Juice* de Snoop Dogg.

C'était le gars qui avait besoin qu'on lui remonte le moral ? J'avais l'air plus malade que lui. Kaia avait raison, ça devait être un « bon cancer ». Steve semblait en profiter à fond.

– Regarde qui est là ! a annoncé sa mère.

Steve s'est tourné vers Kaia.

– Eh ! Ma copine !

Il a tapoté la place à côté de lui sur le requin.

– Monte et prends une manette !

– Appelez-moi si vous avez besoin de quelque chose, les enfants, a proposé sa mère avant de retourner dans la maison. Je l'ai imaginée s'allonger sur le canapé pour pleurer sous sa couverture.

Steve ne m'avait pas encore remarqué et ça m'allait très bien. Avec un peu de chance, on pourrait juste faire comme si je n'étais pas là. J'étais assez doué pour rester invisible.

Mais Kaia a tendu le bras vers moi.

– Je suis venue avec Cam.

Steve a penché la tête en plissant les yeux.

– Cam ?

Et au moment où un sourire vicieux s'est affiché sur son visage, j'ai compris qu'il se rappelait cette nuit d'humiliation.

– Oooooh… Cam ! Cam, mon gars ! T'es de retour ! Dans ma maison !

Sa voix avait faibli pour mettre en évidence sa confusion.

– Va savoir pourquoi !

Après avoir retiré ses chaussures, Kaia s'est approchée de la piscine.

– Comment tu vas, mon cœur ?

L'espace d'un instant, Steve m'a oublié pour flotter jusqu'à elle.

– Je suis barbouillé comme si on m'avait secoué plus fort qu'une bouteille de ketchup et j'ai le corps couvert de boutons, mais sinon ça va.

Quand son embarcation est arrivée tout près du bord, Kaia l'a attirée à elle.

– On a une bonne surprise pour toi, a-t-elle annoncé.

– C'est déjà énorme de voir Cam dans mon jardin, a-t-il ironisé, un sourire forcé dans ma direction. J'ai perdu un concours ? Ah ben oui, j'ai un cancer.

Il s'est tourné vers Kaia.

– Cam est un effet secondaire ? a-t-il ajouté le plus doucement possible.

– Cam a eu une idée incroyable ! s'est-elle exclamée.

J'aurais préféré qu'elle se montre moins enthousiaste, parce que les yeux de Steve m'ont soudain transpercé tels deux lasers.

– Sérieux ? a-t-il demandé en allongeant le mot plus que nécessaire.

Kaia a hoché la tête vers moi.

– Dis-lui ce qu'on est en train de faire.

– Oui, Cam, dis-moi donc ce que vous faites. Ça m'intéresse vraiment beaucoup. Donne-moi tous les détails, m'a encouragé Steve en articulant chaque syllabe.

J'ai essayé, sans doute sans succès, de cacher la terreur dans ma voix.

– Voilà, Kaia et moi, on a organisé une collecte de fonds pour toi.

J'ai esquissé un faible sourire avant de me tourner vers Kaia dans l'espoir qu'elle prendrait le relais. Mais elle m'a juste fait signe de continuer. Le regard de Steve était toujours rivé sur moi.

– Tu sais, pour vous aider, ta famille et toi avec ton cancer.

Kaia a ouvert son sac à dos.

– Regarde, il a fait un poster pour toi !

Elle a sorti l'affiche déchirée, ravie.

Oh non, il ne fallait pas qu'il voie cette photo où sa gueule de bois devait lui donner une mine de cancéreux.

– Tu ne... non... c'est pas nécessaire..., ai-je bredouillé.

Mais mon affolement a attisé la curiosité de Steve.

– Mais au contraire, j'ai très envie de le voir, ce poster.

Il l'a pris des mains de Kaia et déplié comme s'il y avait un poisson mort à l'intérieur. Il l'a étudié un moment et j'ai vu la contrariété déformer ses traits.

– J'y crois pas.

J'ai eu peur qu'il sorte son fusil de derrière son dos et se serve de moi comme cible vivante, mais quelque chose a attiré son attention. Le glissement de la porte vitrée. Sans rien dire, il a chiffonné le poster et l'a jeté dans les buissons.

– Steve ! Cam a travaillé dur dessus ! a protesté Kaia.

Rapidement, il s'est recomposé une expression joviale. Une voix a retenti derrière moi.

– Attention !

Une balle orange a sifflé à côté de ma tête et Steve l'a attrapée d'une main. Son père avançait vers nous.

– T'es le meilleur ! a-t-il félicité son fils, le torse bombé de fierté. Vous avez vu ce gars ? Regardez-le. Il a l'air d'un gosse malade du cancer ? Sûrement pas ! Il combat son cancer comme un chef.

Au passage, le père de Steve m'a donné une grosse tape dans le dos. J'ai trébuché en avant, mais un peu seulement.

– Alors, c'est ici que ça se passe ? Vous voulez que je fasse couler l'eau sur le toboggan ? a-t-il demandé en me jetant quelque chose. Cheryl a dit que tu n'avais sans doute pas apporté de maillot.

Celui qu'il m'avait passé était imprimé d'ananas avec des lunettes de soleil. Il était sûrement à Steve. Je l'ai tenu du bout des doigts, m'efforçant de ne pas paraître impoli.

– Non, je crois que Cam en a peur, s'est moqué Steve.

– OK, mais j'ouvre au moins les jets dans le jacuzzi, a-t-il annoncé en tapotant Kaia sur l'épaule. Le porte-serviettes chauffant est allumé et le mini-frigo est plein. Il vous faut autre chose ? Quelque chose à vous mettre sous la dent ?

– J'aimerais bien des hamburgers, a répondu Steve en frottant son ventre comme un enfant de cinq ans.

– Sur-le-champ, je te commande ça. Vous avez vu l'appétit de mon fils ! Ces médicaments ne le lui coupent pas, s'est-il réjoui en tapant dans ses mains. Ils arrivent illico presto.

Il se dirigeait déjà vers la maison, et, alors que je comptais bien déguerpir, va savoir pourquoi, j'ai cru bon d'intervenir.

– Oh, je ne mange pas de viande.

J'ai entendu un claquement de langue. Le père de Steve a tourné sur ses talons et m'a toisé avec tout le dédain du monde. Après un silence pesant, il a enfin ouvert la bouche.

– Mon fils a un cancer et, toi, tu manges pas de viande ? Qu'est-ce qui cloche chez toi, jeune homme ?

– Euh...

Je me suis ratatiné. Pourquoi est-ce que j'avais toujours besoin d'être si bête ?

Il a fait quelques pas vers moi. Les muscles de sa puissante mâchoire se sont contractés et une veine s'est gonflée dans sa nuque.

– Tu vas manger de la viande.

Avant qu'il m'écrabouille pour me jeter dans l'incinérateur, j'ai hoché la tête.

– Je vais manger de la viande.

Il a serré le poing et est reparti avec toujours le même enthousiasme.

– Super ! Les va-cancers des Stevenson continuent ! Je reviens tout de suite.

Et il a disparu dans la maison d'un pas bondissant.

«Va-cancers ?» Il voyait la maladie de son fils comme des congés ? Une excuse pour que Steve sèche les cours ? Certains parents se plaignaient qu'on mette trop de pression sur leurs enfants, mais quand même, c'était ridicule.

– On en était où ? a demandé Steve en se repoussant vers le milieu de la piscine et en tournant tranquillement sur lui-même. Ah oui. Tu peux t'enfoncer ton affiche du pauvre cancéreux dans le cul, Cam. J'en ai pas besoin.

C'était le bon moment pour partir.

– Je vais y aller...

Mais Kaia a arrêté le requin avec son pied et a adressé un regard fâché à Steve.

– Arrête de jouer les connards.

À ma grande surprise, il ne lui a pas dit de se calmer ou de s'acheter un sens de l'humour. Il a même continué à l'écouter sagement.

– Cam s'est donné du mal pour le faire. Et rien ne l'y obligeait.

– Je...

Il a essayé de l'interrompre, mais s'est ravisé. On aurait dit qu'il avait un peu peur d'elle.

– Et t'es pas le seul à être concerné dans cette histoire. Ton père se dit peut-être que t'es en vacances, mais ta mère souffre énormément de la situation, crois-moi. C'est vraiment dur pour elle. Un peu d'aide ne peut que leur faire du bien. Alors contrôle ta fierté de macho et accepte notre générosité.

Et alors que Steve baissait la tête devant la colère de Kaia, je reprenais du courage. J'aurais pu rester des heures à la voir le gronder comme ça.

– Désolé, a grommelé Steve.

Kaia s'est radoucie.

– Allons, mon chéri. Personne ne te traite de pauvre cancéreux. On veut juste vous aider, ta famille et toi, OK ?

La fureur de Kaia suivie de sa gentillesse ont laissé Steve sans voix. La tête toujours inclinée, il s'est tu.

– Tu n'auras rien à faire, lui ai-je assuré, espérant que c'était la dernière fois qu'on se retrouvait ensemble.

Mais Steve a de nouveau dirigé son regard assassin vers moi et je me suis dit que j'aurais mieux fait de me taire. Kaia se débrouillait très bien toute seule.

– Je me sens tellement impuissante. Laisse-moi faire quelque chose pour toi. S'il te plaît..., l'a-t-elle imploré, ses grands yeux rivés sur lui.

Et ça a marché.

– Bon, d'accord. Mais je veux pas de la pitié des gens.

– Promis.

Elle s'est alors penchée pour le serrer dans ses bras.

– Faut que ce soit amusant.

– Évidemment.

Elle l'a embrassé et j'ai détourné les yeux, soudain pleinement conscient de tenir la chandelle.

– Tu as laissé ton maillot ici, la dernière fois, a-t-il murmuré dans son oreille assez fort pour que je l'entende. Tu veux me rejoindre ?

– Avec plaisir, bébé, a-t-elle répondu avant de lui caresser le bras.

Il fallait vraiment que je parte.

Mais elle s'est de nouveau intéressée à moi.

– Toi aussi, n'est-ce pas ?

– Quoi ? Non... moi, ça va.

Je n'allais tout de même pas les regarder s'embrasser dans l'eau.

– Alors montre à Steve le site web pendant que je me change, a-t-elle suggéré.

– Parce qu'il y a un site web ! a chantonné Steve, bien trop excité.

– Euh... ouais...

J'aurais préféré balancer mon ordinateur dans la piscine plutôt que de le lui montrer.

– Tu vas adorer, Steve, a lancé Kaia en partant vers la maison. J'arrive tout de suite.

Et elle nous a laissés seuls, Steve et moi.

Évitant de croiser son regard, j'ai ouvert la fermeture de mon sac tellement brusquement que j'ai failli la casser. Derrière moi, Steve sortait de l'eau. J'ai pris mon portable et l'ai allumé en tremblant. J'ai entendu ses pieds mouillés approcher. Je m'y suis repris à quatre fois pour taper mon code et finalement j'ai réussi à entrer dans le site SauvonsSteve.

– Je peux le brancher sur la télé, si tu veux, ai-je proposé.

Il se tenait derrière moi, dégoulinant.

– T'agis en vrai connard, Cam.

Vlan ! Il a refermé mon ordinateur.

– C'est dégueulasse ce que tu fais : essayer de voler sa petite copine à un cancéreux.

Je sentais son souffle chaud sur ma nuque.

Je me suis alors imaginé qu'il allait m'étrangler avec le tuyau d'arrosage. J'ai aussitôt fait volte-face.

– Quoi ? Mais non ! C'est pas du tout ça. Kaia et moi, on est juste amis. T'as mal compris, pendant ta soirée…

– Détends-toi, a dit Steve en souriant.

J'ai quand même reculé pour plus de sécurité.

– Tu crois vraiment que j'ai peur que Kaia me largue pour un débile qui fait des sites web ?

– Il te plaît pas ?

Il a ri à pleines dents.

– Écoute, je suis coincé chez moi jusqu'à la fin de l'année et j'ai déjà fait plusieurs fois le tour de *Grand Theft Auto*.

Il a orienté mon ordinateur vers lui et s'est mis à pianoter dessus. Une vague de terreur m'a envahi.

– Vas-y, fais ce que tu peux pour essayer de me piquer Kaia.

Et il s'est redressé, abandonnant mon portable. Sur l'écran s'affichait un dessin censé me représenter avec une érection géante sur laquelle on pouvait lire le nom de Kaia.

J'ai fait comme si de rien n'était.

– Je récolte de l'argent pour te payer tes frais médicaux, rien de plus. Je veux juste t'aider, Steve. Fais-moi confiance. Je suis un type bien. Et tu as un cancer.

– Sans blague ? Oh non ! Pas un cancer ! s'est-il écrié, désespéré, comme si je venais de le lui annoncer.

Les deux mains sur la poitrine, il s'est écroulé sur une chaise longue. Il est resté immobile, la langue pendante. Je n'ai pas bougé.

Il a poussé un soupir excédé.

– Ce n'est qu'un cancer de rien du tout, a-t-il précisé en retournant vers la piscine. J'ai déjà eu des rhumes plus graves.

Il semblait tellement serein. Je n'en revenais pas. La plupart des gens ne prononcent pas le mot « cancer » parce qu'ils en ont peur. Steve, lui, le répétait avec un aplomb impressionnant.

– T'es même pas un peu inquiet ? ai-je demandé pour trouver en lui un peu d'humanité.

– Non.

Et il a sauté sur son requin. Une vague gigantesque a frappé le bord.

– Mais je m'ennuie. Et te réduire en bouillie, c'est pile le divertissement qu'il me fallait. Alors vas-y, a-t-il lancé en se mettant à tourbillonner sur l'eau. Sauve-moi ! a-t-il crié les bras écartés, comme s'il se noyait.

La porte coulissante s'est ouverte et Kaia est arrivée.

– Je veux la Pfister 811 !

J'espérais qu'il s'agissait d'une voiture dans le jeu et pas d'une position sexuelle. Elle est passée à côté de moi et a sauté dans la piscine pour monter sur le requin. Il lui a tendu une manette et lui a entouré les épaules de son bras. Avec un sourire, il m'a adressé un dernier regard.

– On va bien s'amuser.

9

Bzz. Bzz. J'ai enfoui la tête sous l'oreiller, pas tout à fait prêt à affronter le lundi. *Bzz.* En grognant, j'ai roulé sur le côté, aveuglé par la lumière matinale. *Bzz.* Bon sang ! J'ai cherché mon téléphone, comprenant enfin que ce n'était pas mon réveil qui vibrait. Quelqu'un m'envoyait une rafale de messages. J'ai cligné des yeux plusieurs fois pour en chasser le sommeil, j'ai regardé l'écran et me suis assis. L'oreiller est tombé par terre.

Quinze SMS de Kaia.

Quinze. SMS. De. Kaia.

Quinze.

Un. Cinq.

Dingue ! Elle a pensé à moi suffisamment pour m'écrire quinze SMS. En lisant directement le dernier, je n'ai pas pu m'arrêter de sourire.

Kaia : T'as pas à faire ça.

Elle avait compris quel merveilleux altruiste j'étais. Elle venait d'effacer d'un seul coup mes inquiétudes sur

Steve et ses menaces. Ça en valait la peine. Repoussant les cheveux de mon visage, je me suis dépêché de lui répondre.

Moi : Je sais. Mais quand je pense à ce que Steve traverse, je me dis que je ne peux pas rester sans rien faire.

Envoyé. Waouh, ça en jetait. J'ai attendu sa réponse pendant que les trois points ondulaient dans le coin de mon écran. Un sourire ? Encore un cœur ? Pourvu que ce soit un cœur.

Kaia : Oui, mais une couche-culotte ?

Une couche-culotte ? De quoi… ? Je suis remonté sur ses précédents messages, mon cœur battant pour une tout autre raison désormais. *WTF*

Kaia : Waouh. J'aurais jamais cru. Ça te ressemble pas. Je m'inquiète un peu. T'es sûr de vouloir.

Non, ça ne pouvait pas être vrai.

J'ai bondi de mon lit, foncé jusqu'à mon bureau. Dès que mon ordinateur s'est allumé, j'ai tapé l'adresse du site web SauvonsSteve. Sur la page d'accueil s'affichait une nouvelle banderole.

– « Afin d'éveiller les consciences pour Steve Stevenson, moi, Cam Webber, viendrai au lycée en couche-culotte », ai-je lu à haute voix pour être sûr que je ne rêvais pas.

Sous le texte, on voyait l'image d'une couche pour adultes pointée par une flèche sur laquelle était écrit « J'ose » avec un smiley sourire.

J'ai refermé l'ordinateur rageusement. Steve. Une main dans les cheveux, je me suis mis à arpenter ma chambre. Comment avait-il… ?

Mais oui ! À la piscine. Il s'était penché sur moi quand j'entrais le code du site. Il avait dû le mémoriser. J'ai ouvert mon ordinateur une nouvelle fois pour accéder au compte administrateur. Une ligne de texte en rouge est apparue. Ce n'était pas le bon code. J'ai cliqué sur « mot de passe oublié » et tapé mon adresse mail.

Cette adresse n'est pas reconnue.

Puuuuuutaiiiiiin de meeeeerdeeeee.

J'ai refermé l'ordinateur. Pas grave. Personne n'avait dû aller sur le site pour l'instant. On ne l'avait pas encore lancé officiellement, quelques personnes y étaient peut-être entrées après avoir vu le poster, mais sûrement pas les élèves du lycée. Je pouvais juste laisser passer. Jamais je ne me pointerais au lycée en couche.

Mon portable a vibré.

Kaia : Franchement, au début, je me suis dit que c'était un peu puéril, mais à bien y réfléchir, si ça te gêne pas, c'est génial pour attirer l'attention. Et Steve va sûrement trouver ça « amusant ».

Tu m'étonnes. Il fallait que je me tire de ce mauvais pas. Je lui ai répondu.

Moi : En fait

Effacé.

Moi : Mais

Effacé.

Moi : J'ai changé d'

Effacé.

Mais Kaia a été plus rapide.

Kaia : Comment te remercier pour ça, Cam ? <3 <3

Mes pouces sont restés un moment au-dessus de l'écran. Deux cœurs. Elle venait de m'envoyer deux cœurs. Ça ne voulait rien dire, je le savais bien. Ce n'était que des emojis. Un assemblage de pixels. Tout le monde s'en servait à tort et à travers. Même pour dire combien on aimait les tacos. Mais quand même… ce n'était pas rien. Pour moi. Personne ne m'avait encore jamais envoyé de cœurs. Surtout pas Kaia. Et… je ne voulais pas qu'elle arrête de m'en envoyer, même s'ils ne voulaient rien dire. Même si ça me mettait juste au niveau des tacos.

Et puis, quel problème de mettre une couche ? Ce n'était pas pire qu'un maillot de bain. Bien sûr, on allait se moquer de moi, mais c'était pour la bonne cause. On avait pensé faire une annonce à l'assemblée du matin, mais ce serait encore mieux. Et Kaia pensait que c'était une bonne idée.

Moi : Je ferais tout pour toi.

Effacé.

Moi : Je ferais tout pour Steve.

Envoyé.

*

* *

Un paquet de couches Tena pour hommes et une boîte de feutres plus tard, je suis allé au lycée, mon sac sur mon dos nu. Pour tout habit, je n'avais que mes Nike et mes chaussettes. Avec les marqueurs, j'avais écrit SauvonsSteve.org sur l'avant et l'arrière de la couche, ainsi que des dessins de Steve en train de donner une belle raclée à son cancer. La brise marine rafraîchissait l'air, mais, malgré ma chair de poule, je souriais. Steve essayait peut-être de me ridiculiser, mais j'avais bien l'intention de préserver ma dignité.

– Waouh. Trop drôle ! s'est exclamé un gars de l'équipe de baseball en s'approchant de moi avec ses copains. Mec, on a appris. Steve et son cancer, ça craint. On peut prendre une photo ?

– Faites en sorte qu'on voie l'adresse du site. Et n'oubliez pas le hashtag #SauvonsSteve.

Ils m'ont entouré et j'ai pris une pose absurde qui les a fait rire. Ils m'ont ensuite tapé dans le poing et se sont éloignés, déjà sur leurs portables pour envoyer la photo.

Après l'équipe de baseball, tout le monde a voulu prendre des selfies avec moi. Rapidement, j'ai été pris d'assaut par des ados qui ne m'adressaient même pas la parole d'habitude. J'ai joué le jeu à fond, trouvant des poses toujours plus ridicules. Je commençais carrément à m'amuser. D'accord, je n'étais pas à mon avantage, mais quand je militais pour une cause, les gens évitaient en général de croiser mon regard et changeaient de trottoir. Ça changeait, c'était sympa. Bien sûr, tout n'était pas idéal.

– Pauvre Steve…

– J'ai pleuré quand j'en ai entendu parler.

– C'est pas juste, un gars tellement cool.

L'apitoiement des gens me tapait sérieusement sur les nerfs et les entendre répéter combien Steve était génial...

– Oh non, il est en train de mourir ? On m'a dit qu'il agonisait, a dit une fille qui m'entourait la taille de son bras pendant qu'on faisait un selfie.

– En fait, son cancer se soigne très bien, l'ai-je rassurée après la photo.

– Je l'imagine mourant...

Et moi, j'ai revu Steve sur sa bouée au milieu de sa piscine turquoise.

– Il n'est...

Mais elle était déjà partie, son téléphone dans la main. J'ai poussé un soupir.

D'un côté, j'étais heureux que ça se passe si bien. Mais de l'autre côté, quel gâchis ! Steve n'était sûrement pas ma cause la plus cruciale. Changement climatique, contrôle des armes à feu, le requin... personne n'avait l'air de s'en préoccuper. Et maintenant que le roi des beuveries était souffrant, tout le monde se sentait impliqué.

– Quelle tenue, monsieur Webber. Je suis fière de vous, m'a complimenté Mme Cotes, mon ancienne prof d'histoire, d'ordinaire plutôt grincheuse.

– Merci ! ai-je répondu en levant les pouces, alors qu'elle s'éloignait.

Mon téléphone a vibré. Kaia. Je ne l'avais pas encore croisée, mais elle avait sûrement déjà vu les posts.

Non, ce n'était pas un message de Kaia.

C'était la photo d'une femme nue appuyée contre un arbre.

Tremblant, j'ai essayé de fermer l'appli, mais mes doigts moites n'étaient d'aucune utilité sur mon écran brisé.

Je me suis dit que ça devrait te plaire.

Pas de nom, juste un numéro, mais je savais que ça venait de Steve. Avant que je puisse répondre, une autre photo a surgi.

Ou peut-être ça ?

Une autre femme nue. Cette fois une activiste de PETA promettant de ne plus porter de fourrure.

Ça ?

Une salve de nouveaux clichés avec des femmes nues militant pour l'environnement. Je ne voyais que des seins, des jambes, des tailles, des nombrils. Et beaucoup beaucoup de peau. Tellement de peau.

Bref, je voulais juste te remercier. C'est DUR ce que tu fais.

À bout de souffle, j'ai enfin réussi à fermer l'appli.

– *Oh my God !* a retenti une voix à quelques pas de moi, accompagnée par des gloussements gênés.

Deux filles de seconde se cachaient le visage dans les mains, hilares, et les joues en feu. D'autres rires m'ont fait me retourner. Tous les regards sur moi étaient soit choqués, soit dégoûtés, soit amusés. Parfois les trois en même temps.

– Mais… ?

Et alors, j'ai senti une tension dans ma couche. J'ai baissé les yeux, priant le ciel pour que ce ne soit pas ce que je pensais. Mais si. Aucun doute.

J'avais une méga érection.

Elle érigeait une tente en plein milieu de mon SauvonsSteve.org soigneusement écrit au feutre. Et elle ne partait pas. Les rires ont redoublé. Et tout le monde s'est mis à me photographier. Il fallait que je parte d'ici. Que je quitte pour de bon ce lycée. Et la ville. Et l'État. Tiens, le Canada me tentait bien. J'ai cherché une issue, mais il y avait trop de monde autour de moi. Une main a attrapé mon épaule nue. J'ai poussé un petit cri.

– Mon cœur, viens cacher ça à l'intérieur, a lancé Mme Cotes en me regardant par-dessus ses lunettes à double foyer.

Elle s'est ensuite adressée à la foule en agitant les bras.

– Circulez, il n'y a rien à voir !

Ils étaient tous complètement hilares. Les mains devant mon érection phénoménale, je suis parti en courant.

L'écho des rires résonnait encore dans le couloir. Je me suis précipité dans la première salle ouverte et j'ai laissé la porte se refermer derrière moi, bloquant les bruits de dehors.

– Sérieusement ! me suis-je écrié en constatant que j'étais toujours aussi dur. C'est quoi ce truc ? Disparais !

J'ai remué les mains devant, mais ça n'a eu pour effet que de créer un petit vent frais. L'érection traîtresse ne bougeait pas.

– Allez, s'il te plaît, ça suffit.

J'ai fermé les yeux. J'allais rester avec ça toute la vie, maintenant ? J'ai compté jusqu'à dix et quand j'ai ouvert les paupières, j'ai prié très fort. Mais non. Toujours là.

– D'accord.

J'ai retiré mon sac à dos pour sortir mes vêtements et enfiler un teeshirt.

– C'est bon, reste, pars, je m'en fous. Ma vie est terminée. Bien joué.

J'ai mis mon pantalon. Au moins, on ne la voyait plus.

– Ah, tu te décides enfin. Merci.

Maintenant qu'elle n'allait plus m'embarrasser, elle se décidait à partir.

Mon téléphone a vibré. Je l'ai tout de suite pris, prêt à assassiner Steve par SMS.

Kaia : T'es où ?

Merde. Malgré le tremblement de mes doigts, j'ai pianoté rapidement sur l'écran.

Moi : Je laisse tomber la couche. Ils ont pas compris l'idée.

Pas mal. Elle était apparemment en retard, elle n'était peut-être pas encore tombée sur le hashtag. J'ai attendu sa réponse.

Kaia : T'es où ? J'ai entendu ce qui s'est passé.

– Quoi ? Non ! Nooooon ! NOOOOOOOOOOON !

Je suis tombé à genoux, le téléphone dans les mains.

La porte s'est ouverte. Kaia a passé la tête, un petit sourire aux lèvres.

– Je me disais bien que j'avais entendu quelqu'un là-dedans.

Je me suis aussitôt relevé en époussetant mon pantalon et j'ai enfoncé les mains dans les poches pour tenter de cacher la dépression qui me guettait.

– Eh ! Salut, ça va ?

Kaia est entrée et a refermé doucement la porte.

– Toi, ça va ?

– Quoi ? Moi ? Très bien. Je voulais juste réviser le tableau périodique.

J'ai désigné d'un geste vague l'affiche sur le mur.

– Tout le monde parle de la couche.

– Oh. Waouh. Vraiment ?

J'ai essayé de dédramatiser. Je n'avais peut-être pas bien interprété son message. « J'ai entendu ce qui s'est passé », ce n'était pas super encourageant, certes. Mais elle parlait peut-être du succès que j'avais eu sur les réseaux sociaux. Possible, non ?

– T'as fait passer un message fort, dis-moi, a-t-elle commenté en s'empourprant.

Non. Elle savait parfaitement ce qui s'était passé. Elle avait même sûrement aussi vu des photos de mon érection en couche-culotte. Je me suis assis sur le bord du bureau, la vision légèrement brouillée. Kaia s'est précipitée vers moi.

– Eh, Cam, t'inquiète pas. Tout va bien. C'est juste des blagues.

Je ne pouvais plus respirer.

– Tout va bien, a-t-elle répété.

– Mais non, ça va pas du tout !

J'ai réussi à prendre une inspiration. Super. Je me décomposais maintenant devant Kaia. Mais je ne pouvais rien y faire.

– Je sais pas ce qui m'est arrivé. Tout d'un coup… j'ai… Ils pensent que j'ai fait exprès ? Bon sang. Tu dois te dire que je suis un barge, un malade sexuel.

– Cam, non…

– Mais…

Elle a posé les mains sur mes épaules et m'a regardé dans les yeux.

– Cam, je te promets que je ne pense pas ça de toi.

À ce contact, je me suis tout de suite calmé. J'ai baissé la tête. Après un moment, Kaia a reculé. J'ai jeté un coup d'œil vers elle.

– T'es sûre ? ai-je demandé avec une toute petite voix.

– Tu me caches quelque chose ? m'a-t-elle interrogé, les mains sur les hanches, une lueur dans les yeux.

– Quoi ? Non !

Kaia pouvait être vraiment effrayante.

– Bien sûr que non.

Son visage s'est fendu d'un sourire.

– Alors voilà. T'es pas un pervers sexuel.

Je me suis forcé à rire un peu en me frottant les yeux.

– C'est gênant.

– Mais non, a assuré Kaia en s'approchant de moi. Viens, faut aller en cours, maintenant.

Je n'ai pas bougé.

– Ah oui, t'as raison.

Et je me suis demandé si je pourrais me cacher toute la journée dans le placard au fond de la salle.

Comme si elle pouvait lire dans mes pensées, Kaia a souri et m'a pris par la main.

– Allez, je serai ton garde du corps. J'empêcherai les vieilles profs de te sauter dessus.

– Arrête, ai-je dit en riant.

Kaia a passé son bras sous le mien et on a quitté la salle.

On a traversé comme ça le couloir rempli de lycéens en route vers leur classe. Pratiquement personne ne semblait me remarquer. De temps en temps, on entendait un « Circulez, y a rien à voir », mais ils étaient toujours accompagnés de rires et de tapes dans la main. Avec Kaia à mes côtés, ça devenait tout de suite moins grave.

Devant la porte de mon premier cours, Kaia s'est immobilisée.

– Bonne chance.

Et avant de disparaître dans la foule, elle s'est tournée pour me sourire une dernière fois. Je l'ai suivie du regard, une chaleur réconfortante m'enveloppant le torse.

Mais cette chaleur s'est éteinte dès que mon téléphone a vibré, alors que je m'installais.

Steve : J'ai vu les photos. Merci d'être aussi FERMEMENT impliqué.

Steve : C'était GONFLÉ de ta part.

Steve : T'es un vrai PILIER contre le cancer.

J'ai tapé une réponse sous la table.

Moi : Je pourrais montrer à Kaia les photos que tu m'as envoyées.

Steve : Vas-y. Dis-lui tout. Moi aussi, je lui dirai.

J'ai écrit et effacé quatre réponses.

Steve : C'est bien ce que je me disais.

Steve : J'attends avec impatience de voir ce que tu feras pour me sauver la prochaine fois…

10

Je tenais le stand de donations pour SauvonsSteve au championnat de foot féminin et scrutais la foule à l'affût d'une nouvelle offensive. J'avais réussi à réinitialiser mon mot de passe après des heures avec le service clients. Maintenant j'avais de nouveau le contrôle sur le site. Mais j'étais sûr que Steve ne me lâcherait pas de si tôt. Un rire m'a fait tourner la tête d'un côté et soudain un fracas a retenti et j'ai pivoté de l'autre côté. Il allait peut-être demander à un de ses potes de me tomber dessus par-derrière ou de jeter sur moi un préservatif rempli d'eau.

Ou alors, il avait supplié Kaia de jouer les infirmières tandis que je récoltais seul de l'argent pour lui. Elle avait plus de trente minutes de retard. Elle m'aurait prévenu tout de même si elle avait eu l'intention de ne pas venir. J'ai consulté une nouvelle fois mon téléphone. Rien.

Je lui ai écrit : Sur place. Et toi ?

Je ne voulais pas être lourdingue, mais elle m'avait paru impatiente de voir les teeshirts et les chapeaux

SauvonsSteve que j'avais fait imprimer. Ils étaient hyper cool, je devais bien le reconnaître moi-même. Et j'avais choisi la même police de caractère que dans *Grand Theft Auto*.

J'ai vérifié une nouvelle fois le site pour m'assurer que rien n'avait changé. On avait déjà réuni près de mille dollars grâce à la couche-culotte. Je n'en revenais toujours pas. À ce rythme, on atteindrait les vingt-mille en un mois, et alors...

BOUM !

J'ai sursauté sur mon siège, évitant de peu de tomber, et j'ai baissé la tête, persuadé qu'un projectile se dirigeait droit sur moi. Mais c'était juste un couple de personnes âgées qui s'étaient cognées dans une table. Ils portaient des couches au-dessus de leurs shorts en soutien à Steve.

– Circulez, y a rien à voir ! a crié l'un d'eux avant de lever la main pour taper dans la mienne.

Relativement mal à l'aise, je me suis quand même exécuté. Avec un peu de chance, à la fin de cette campagne, ce ne serait pas tout ce que les gens auraient retenu de moi.

– Désolée, je suis en retard ! s'est exclamée Kaia en accourant vers ma table. On m'a demandé d'être dans le comité du bal de fin d'année. Et bien sûr la première réunion avait lieu juste après les cours.

Ses yeux se sont posés sur les nouveaux produits dérivés pour SauvonsSteve.

– C'est absolument génial, Cam ! s'est-elle extasiée en brandissant un teeshirt.

Le compliment m'a fait un peu tourner la tête. Et elle a mis la casquette. J'ai dû prendre une gorgée d'eau, parce qu'avec une casquette, elle était encore plus renversante.

– On va en vendre un million ! Même les gens qui ne connaissent pas Steve se les arracheront.

– On a déjà vendu huit casquettes et deux teeshirts, ai-je confirmé en lui montrant les comptes. Je vais demander à Gary s'il peut aussi nous confectionner des sweats à capuche…

– Cam Webber ? m'a interrompu un petit gars coiffé d'une casquette de baseball.

Il ne ressemblait pas aux copains de Steve, mais je me suis tout de même méfié.

– Euh, oui…

– Votre dîner est servi.

Il a posé sur la table deux grandes glacières rouges.

– Je n'ai rien commandé.

– Ça a été payé par un certain Steve Stevenson.

Je me suis figé, m'attendant à voir les glacières exploser. Ou des serpents en sortir.

– Vraiment ? s'est étonnée Kaia en s'illuminant.

– Il a mis un message.

Le livreur me l'a tendu.

Ça devait être l'explication de sa plaisanterie. Un truc du genre « Mange de la viande et endurcis-toi, coco ». Mais alors que le gars sortait un nombre impressionnant de hamburgers végétariens, de frites et de milk-shakes, ainsi que du café éthique « De la ferme à la table », je me suis mis à douter et j'ai lu le papier.

Chers Kaia et Cam, laissez-moi vous offrir le dîner. Je n'ai pas de mots pour vous dire combien j'apprécie tout ce que vous faites pour moi. Ne vous inquiétez pas, tout est végétarien par respect pour Cam.

Steve

– Oh, il est si gentil, a chantonné Kaia.

Je l'ai relu deux fois, cherchant le piège ou le sens caché. J'ai même tourné le papier, mais sans rien trouver de plus. J'ai examiné la quantité de nourriture qu'il nous avait fait livrer, sûr d'y trouver des vers ou du moisi. Le seul truc un peu délirant, c'était qu'il y en avait pour dix.

– On attend des amis ? ai-je demandé à Kaia, me disant qu'elle avait peut-être invité le comité d'organisation du bal de fin d'année.

– Je crois pas. Mais je meurs de faim.

Voracement, elle s'est emparée d'un sachet de frites. Je l'ai regardée mordre dans une belle poignée, persuadé de la voir s'évanouir. N'importe quoi ! Il avait commandé à manger pour sa petite amie. Et pour moi. Rien de tellement louche. On collectait de l'argent pour lui, je devrais savoir accepter un peu de générosité. De Steve. Peut-être que mon altruisme avait déteint sur lui. Et les hamburgers sentaient délicieusement bon.

Le téléphone de Kaia a vibré.

– Steve ?

– Non, a-t-elle répondu, un peu tendue. Il faut juste que je réponde au refuge pour femmes que je serai là demain.

Alors qu'elle écrivait, une autre idée lui a traversé l'esprit.

– Mince, j'ai le décathlon académique ce weekend.

Elle a consulté son agenda et a poussé un soupir de soulagement.

– Ouf, c'est dimanche, je vais pouvoir le faire.

Le refuge pour femmes, le décathlon académique, le comité d'organisation du bal de fin d'année. Tellement à gérer. Et maintenant SauvonsSteve. Manifestement, elle ne consacrait son temps qu'à des causes importantes. Ce qui voulait dire que SauvonsSteve était vraiment important. J'ai mangé une frite tandis qu'elle tapait sur le clavier avec ses pouces. Le rythme de son dévouement était ahurissant.

– Waouh, tu t'arrêtes jamais.

– Je suis assez prise, oui. Mais tu peux parler, toi, a-t-elle répliqué avec un clin d'œil.

J'ai laissé tomber quelques frites, m'efforçant d'effacer de mon visage le sourire stupide qui s'était affiché.

– J'en fais pas la moitié, ai-je assuré. Pour l'instant, je suis seulement sur la campagne pour Steve et celle pour le requin…

– Oh là là ! T'as pas regardé tes mails ?

Quoi ?! Qu'est-ce que Steve avait fait encore ? Mais elle a poursuivi.

– Le conseil municipal envisage de voter un arrêté pour interdire la captivité des requins ! La pétition a marché !

– Attends, t'es sérieuse ? Mais c'est géant !

– Exact !

L'excitation de notre petite victoire nous a submergés et elle s'est jetée dans mes bras.

La Terre tournait brusquement moins vite. De la poussière provenant du terrain de foot a dansé autour de nous. De nouveau, je me suis noyé dans un océan de noix de coco.

Et tout à coup, ensemble, on s'est rendu compte qu'on s'enlaçait sur le stand de SauvonsSteve et on s'est séparés. Elle a ri, gênée, et j'ai ri à mon tour pour qu'elle comprenne que j'étais aussi embarrassé qu'elle.

Nos regards se sont croisés. Paralysé, j'ai cherché dans ses yeux une réponse à la plus importante des questions : est-ce que ce n'était qu'une accolade amicale ? Ou s'agissait-il de bien plus ?

Elle a baissé la tête vers les frites et en a repris quelques-unes.

– Bon, euh… Steve était vraiment sympa de nous faire livrer à dîner.

Elle semblait rongée de scrupules. La magie de l'instant s'est évanouie.

On ne disait plus rien. La foule a hurlé pour célébrer un but spectaculaire. J'étais désolé que Kaia se sente coupable. Je n'avais jamais causé ça chez personne. Et pourtant j'avais assez de culpabilité à distribuer à tout l'univers.

Mon portable a vibré, me tirant de mes pensées. Un message de ma mère.

Maman : Ta pétition a fonctionné ! Mon fils déchire !

Ses quelques mots étaient suivis par une série d'emojis illustrant ma victoire : trophée, médailles, feux d'artifice... J'ai ri.

– Ton fan-club ? a demandé Kaia.

– Si on considère que ma mère est mon fan-club, alors oui. Elle vient de voir le résultat de la pétition.

– Rapide.

– Elle... euh... elle a une alerte Google pour toutes les causes que je défends.

Les yeux de Kaia se sont ouverts un peu plus grand.

– Ouais, je sais, c'est un peu zarb.

– Non, non, a protesté Kaia en levant les mains au ciel et en secouant la tête. Ça me paraît parfaitement normal, au contraire. En fait, j'aimerais que tu m'en dises plus sur ta mère super normale.

Elle s'est penchée vers moi avec un air exagérément intéressé.

– Il n'y a pas grand-chose à raconter.

– Arrête, je te crois pas.

– Vraiment, on forme une famille banale.

Elle attendait que je continue.

– D'accord. Je suis pratiquement sûr qu'elle m'hydrate les coudes pendant mon sommeil. Je peux rien prouver, mais ils sont incroyablement doux.

Kaia a éclaté de rire.

– N'importe quoi. Cherche autre chose.

– Je t'assure, ai-je insisté le plus sérieusement du monde.

– Mais non. Personne ferait ça, a-t-elle déclaré en secouant la tête, outrée.

– C'est pas ce que disent mes coudes.

– Montre, faut que je voie ça.

Elle a pris mon bras.

– Quoi ? Non ! J'y crois pas. C'est privé, ai-je protesté, même si, en réalité, elle pouvait me toucher où elle voulait.

Comme si elle enduisait de bleu une queue de billard, elle a passé la paume sur mon coude. Subjuguée, elle a pris mon autre bras pour comparer. Elle a passé mon coude sur son propre bras.

– On dirait la peau d'un bébé !

– Je t'avais dit.

– Cam, ta mère est dingue, a-t-elle ajouté un peu inquiète. Mais ça, c'est des œuvres d'art.

– Je lui dirai.

En réalité, je n'en avais jamais parlé avec elle. Je devrais sans doute.

– Elle le fait aussi pour ton père ?

– Oh non. Il est parti quand j'avais sept ans.

Je m'attendais à subir les remarques compatissantes habituelles. C'est ce qui arrivait toujours quand je racontais que mon père nous avait abandonnés. Mes interlocuteurs détournaient en général le regard, hyper gênés, comme si je venais de leur dire que j'allais mourir, ou ils prenaient un air désolé pour me témoigner toute leur sympathie.

– Mince, ça craint. On parlait tranquillement et, là, je pose la question qui plombe l'ambiance.

Elle m'a adressé un regard amusé et a croqué dans une frite comme pour cacher son malaise. J'ai ri, soulagé qu'elle ne me plaigne pas. Je ne l'en appréciais que plus encore. Je n'aurais jamais cru que c'était possible.

– C'est mieux qu'il soit parti. Ma mère joue parfaitement les deux rôles et il n'aurait sûrement pas été à sa hauteur.

Après m'être moqué de ma mère avec cette histoire de coudes, je voulais m'assurer que Kaia ne la prenait pas pour une grande malade. Et ça me permettait d'enchaîner avec une histoire qui était censée l'impressionner.

– Ce mec n'aurait jamais fait la queue pendant des heures pour avoir une photo dédicacée de Michelle Obama et un exemplaire de *Devenir*.

– Attends, tu as rencontré Michelle Obama ?

– Oui !

– Tu l'as laissée te toucher les coudes.

– Non. Mais c'était le plus beau jour de ma vie. J'ai mis sa photo dans un cadre sur ma table de chevet. Elle veille sur moi quand je dors.

Kaia a esquissé une grimace étonnée.

Oh non ! Elle n'avait pas compris que je plaisantais.

– Kaia ! Ma pauvre chérie. Comment tu tiens ? a demandé une fille que j'avais déjà vue en cours d'anglais.

Mauvais timing. Je n'aurais pas dû faire cette blague, mais Kaia avait parlé de mes coudes et je voulais maintenir la bonne humeur. Seulement, maintenant, elle pensait que j'alimentais un fantasme chelou avec Michelle Obama. Merde. C'est vrai que je lui parlais parfois. Mais je ne croyais pas réellement qu'elle m'entendait.

– Ça doit être si dur, continuait la fille.

– C'était une blague ! suis-je intervenu. Tu avais compris, n'est-ce pas...

Mais Kaia était concentrée sur sa nouvelle interlocutrice mélodramatique et ne m'écoutait plus.

– Tu es tellement courageuse.

J'ai de nouveau essayé.

– Ce que j'ai dit sur Michelle. C'était...

Kaia a haussé les épaules, un peu mal à l'aise.

– Oh, merci. Mais c'est Steve qui est courageux.

– Et d'un autre côté, c'est si romantique, tu trouves pas ? a enchaîné la fille comme si elle se représentait Kaia en train d'éponger le front de Steve.

– Euh, je sais pas..., a répondu Kaia avant de se tourner vers moi. Tu connais Cam ?

La fille m'a dévisagé et, incapable de me situer, elle a secoué la tête.

– Il a une photo de Michelle Obama sur sa table de chevet, a raconté Kaia. Elle veille sur lui la nuit.

Je me suis figé.

La fille m'a décoché un regard atterré avant de prendre congé.

Kaia a alors éclaté de rire.

– La tête qu'elle a faite !

– T'abuses, l'ai-je grondée, la température de mon corps redescendant à des valeurs proches de la normale.

– Arrête, c'était drôle.

Elle m'a tapoté le dos. Je suis sûr qu'elle a senti la transpiration sur mon teeshirt, mais n'a rien dit. Elle a juste posé le menton dans sa main et m'a dit avec un intérêt sincère :

– Parle-moi de Michelle et n'oublie aucun détail.

*

* *

Une heure plus tard, des boîtes vides de hamburgers et de frites s'empilaient dans une corbeille sous notre table. En général, je ne mangeais pas beaucoup quand j'étais nerveux, mais notre conversation était si détendue et facile que je m'étais empiffré sans même le remarquer. En ravalant un rot, j'ai réfléchi à voix haute :

– Il vaut mieux que je me lance dans le droit ou dans les sciences de l'environnement ? J'aimerais travailler au Conseil de défense des ressources naturelles, mais Tesla fait aussi des trucs incroyables.

– Ah oui ? Je n'arrive pas à me décider entre l'Union pour les libertés civiles, Médecins sans frontières et Greenpeace. C'est vrai que les trois sont complètement différents, mais j'ai peur, si je choisis une voie, de découvrir que quelqu'un d'autre a besoin de mon aide alors que je me serai déjà spécialisée et… argggh !

– Exactement ! Je…

Le téléphone de Kaia a vibré. À ma grande déception, elle a lu le message.

– Oh non ! Je savais que j'aurais pas dû m'engager là-dedans. Ils sont encore en train de débattre entre « Sous la mer » et « Atlantis » pour le thème du bal de fin d'année. Ils peuvent pas décider sans moi ? Pourquoi est-ce que c'est moi qui dois trancher ? C'est pareil, les gars ! Pour les deux, on prend des ballons bleus ! a-t-elle ponctué d'un grognement exaspéré.

– Il n'y a pas de produit de substitution pour les ballons ? Quelque chose qu'on pourrait recycler ou donner après le bal ? ai-je demandé pour apporter mon soutien.

– Si seulement ! Ils n'en feraient rien de bien de toute façon. J'ai essayé de leur proposer d'inclure une affiche de la barrière de corail pour alerter sur les menaces qui pèsent sur son écosystème. Ils ont refusé parce que « ça casse l'ambiance ». Sérieusement.

– Si c'était toi et moi qui l'organisions, la piste de danse serait sans doute une île en plastique à la dérive.

Je ne plaisantais qu'à moitié, mais elle a quand même ri.

– T'imagines ? C'est mieux qu'on le fasse pas, alors. Je peux te dire un secret ?

– Oui ! ai-je répondu, un peu trop enthousiaste.

Personne ne m'envoyait jamais de petits mots ou ne me dévoilait de secrets. Peu importe de quoi il s'agissait du moment que ça venait de Kaia.

– J'adore l'idée d'un bal à l'ancienne, fleur bleue et hyper romantique, a-t-elle confessé, une lueur dans les yeux.

– Ah oui ?

Est-ce que je pourrais être à la hauteur de son rêve ? Elle a dû prendre l'inquiétude sur mon visage pour une critique.

– S'il te plaît, ne me dis pas que, toi aussi, tu penses qu'une fille ne peut pas à la fois aimer les paillettes et vouloir sauver le monde.

J'ai rapidement changé d'expression.

– Non, vraiment, j'aime les bals de fin d'année.

Je voulais qu'elle sache que j'étais à fond pour une soirée hyper romantique, si c'était *notre* soirée.

– Qui ne les aime pas ? C'est justement l'occasion d'être vieux jeu.

– N'est-ce pas ? a-t-elle confirmé avec emphase.

Mais son visage s'est soudain décomposé et elle s'est affaissée.

– Je sais même pas si Steve sera en état d'y aller.

Oh… non…

J'ai essayé de rassembler autant de tristesse que possible, mais ça ne venait pas. Est-ce qu'elle m'offrait une ouverture ? Bon sang ! Est-ce qu'elle voulait que je lui propose de l'y emmener au cas où ?

– Et j'ai déjà acheté une robe…

Mais oui ! Elle me parlait même de sa robe après m'avoir bien expliqué combien cette soirée lui tenait à cœur. Tous les feux verts imaginables ! Je n'allais tout de même pas attendre qu'elle m'invite, elle.

Mon estomac s'est noué, mais ça pouvait être mon système digestif qui luttait avec toute la nourriture que je lui avais imposée.

– Cam Webber est invité à venir sur le terrain.

Quoi ? Est-ce que c'était le fruit de mon imagination ? On venait de m'appeler sur le terrain pour m'empêcher de proposer à Kaia de l'emmener au bal de fin d'année ? Mon angoisse utilisait de nouveaux ressorts surprenants.

– On vient de t'appeler, non ? a demandé Kaia, confirmant que je n'avais pas d'hallucinations.

– Je crois pas…

– Cam Webber, venez nous rejoindre sur le terrain, a insisté le commentateur.

Kaia m'a adressé un regard intrigué.

– Tu vas remplacer le goal ?

*

* *

L'herbe crissait sous mes pieds. Les projecteurs du stade peignaient l'endroit d'une lumière blanche spectrale. Aveuglé, j'ai plissé les yeux, le temps de m'y habituer. Quelqu'un m'attendait sur la ligne médiane.

– Bonjour, lycée Buenaventura ! Je vous ai manqué ?

La voix a retenti avec force et a aussitôt été accueillie par un tonnerre d'applaudissements. À côté de moi, Kaia a sursauté. Mon estomac s'est serré et tout ce que j'avais mangé a menacé de ressortir. Au milieu du terrain, Steve Stevenson marchait sur une petite estrade, un micro à la main.

– Je sais, je sais. Vous vous dites probablement : quoi, ce gars-là a un cancer ? Impossible ! Il est tellement sexy !

Cabotin, il a esquissé une petite révérence. La foule l'a acclamé.

– Mais ce soir, on ne va pas parler de mes abdos…, a-t-il continué en soulevant son teeshirt.

Hurlements d'excitation dans les gradins.

– Ni de mes muscles…

Il a contracté ses biceps. Nouveaux hurlements.

– Ni du fait que je peux porter tout ce que vous voulez au développé couché.

Cris hystériques, sifflets admiratifs. Steve a souri avant de prendre un air sérieux.

– Non, je suis ici pour quelque chose de plus incroyable encore.

Après avoir fixé le micro sur son support, il a sauté de l'estrade pour venir vers nous. Kaia et moi étions scotchés sur place, sans doute pour des raisons très différentes. Un pur bonheur illuminait son visage, alors que le mien devait être totalement éberlué. Steve nous a pris tous les deux par la main pour nous entraîner vers la scène.

– Comment vas-tu… Pourquoi ? Où est-ce… Je ne…, a bredouillé Kaia, hors d'haleine.

Pareil, ai-je pensé.

– Je ne suis pas en train de mourir, a-t-il murmuré dans son oreille en me regardant, une étincelle coquine dans les yeux. Je peux encore m'amuser.

Avant que j'aie le temps de me demander ce qu'il avait en tête cette fois, Steve m'a entouré les épaules de son bras et a repris le micro.

– Je suis ici pour soutenir mon pote Cam et sa nouvelle idée farfelue qu'il a postée sur SauvonsSteve.org !

Les spectateurs ont pris leurs téléphones pour comprendre de quoi il parlait. Je me suis tourné vers Steve.

– Mais… j'ai changé le mot de passe ! ai-je murmuré.

Steve a mis une main sur le micro et s'est penché vers moi.

– Mon pauvre Cam, c'est pas parce que je suis populaire et bien plus séduisant que toi que je n'ai pas de cerveau. C'est pourtant ce que tu penses, hein ?

Je me suis alors souvenu que Steve suivait les mêmes options que moi et même d'autres auxquelles je n'étais pas inscrit. Comment ne l'avais-je pas pris en compte ? Satisfait par mon expression ébahie, Steve a poursuivi son discours.

– Donc, Cam invite tous ceux qui le veulent à verser un petit don et à le rouler jusqu'au but.

– Quoi ? Me rouler ? ai-je répété, incrédule.

Il a levé les bras au ciel.

– APPORTEZ LA BALLE POUR HAMSTERS !

Ses mots ont résonné dans les tribunes et les spectateurs ont poussé des exclamations de joie. De la musique s'est échappée des haut-parleurs et quatre pom-pom girls souriantes sont arrivées sur le terrain en roulant une balle géante en plastique transparent, avec, au centre, un petit trou assez grand pour s'y glisser.

Steve s'est approché de moi.

– Tu digères encore, Cam ? T'as pas trop mangé, j'espère.

Et j'ai enfin compris le plan machiavélique de Steve. Je lui ai attrapé le bras.

– Je ne…

J'ai lâché un rot nauséabond. Oh non !

– Cam ! Pourquoi tu m'as rien dit ? est intervenue Kaia. J'ai déjà vu ces ballons sur YouTube ! C'est une idée géniale !

Elle me souriait à pleines dents. C'était tellement bon et réconfortant de sentir son regard sur moi. Et brusquement, je n'avais plus en tête que palmiers et ukulélés. Des vagues nous léchaient les pieds. Le paradis.

– Je… voulais te faire la surprise.

Quel idiot.

– Wouah ! Regardez-moi ça ! s'est extasié Steve.

Au pied de l'estrade, vingt personnes attendaient leur tour. Ils agitaient tous un billet de cinq dollars dans les airs.

– Tout le monde a envie de faire rouler Cam ! s'est-il écrié en direction de Kaia. Va récupérer l'argent, Kaia, OK ?

Elle s'est exécutée et a placé les volontaires en rang.

– C'est seulement cinq dollars, Cam ? a-t-elle demandé, les sourcils froncés.

– Oui, moi aussi ça m'a étonné que ce soit si peu cher, a confirmé Steve en me donnant une grande tape dans le dos.

– … cinq ? ai-je répété, me retenant de pleurer.

– Mais je constate que ça attire plus de monde, a-t-il conclu en voyant la file d'attente grossir.

– Exact, s'est enthousiasmée Kaia, rassurée.

Steve m'a poussé vers la balle.

– C'est le moment, mec !

J'ai examiné l'immense ballon transparent, sans aucune envie d'y entrer. Le terrain m'a paru incroyablement long et large et j'avais le ventre tellement plein. J'ai ravalé un autre rot, ce qui n'a malheureusement pas échappé à Steve. Ses yeux se sont mis à pétiller.

– Cam. Cam. Cam. Cam, a-t-il chantonné.

– Cam. Cam. Cam. Cam, a répété la foule.

– Cam. Cam. Cam. Cam, les a rejoints Kaia en tapant dans ses mains.

Mes pieds touchant à peine le sol, j'ai avancé vers la balle que les pom-pom girls radieuses maintenaient en place. J'ai attrapé les deux poignées de l'entrée pour me glisser à l'intérieur. Le plastique a crissé sous mes doigts.

Aussitôt, les bruits de la foule ont été étouffés et, du monde extérieur, je ne voyais plus qu'un mirage flou de visages, de couleurs et de lumière. Je me trouvais dans une balle plus petite à l'intérieur de la grande et j'arrivais à peine à tenir debout. Ma respiration embuait les murs en plastique. J'avais l'impression de manquer d'air et une odeur chimique montait dans mes narines. Qu'est-ce qui allait se passer maintenant ? Je n'entendais rien. Il fallait juste que j'attende que quelqu'un me fasse rouler ?

Soudain, le visage de Steve est apparu à l'entrée du ballon, comme dans une parodie de film d'horreur.

– Bonne digestion, mon gars. Prépare-nous de bons Camburgers !

– Steve !

J'ai bondi vers lui, prêt à le supplier de m'épargner, mais il était déjà parti. À travers le plastique, je l'ai vu retourner vers le centre de l'estrade pour s'adresser aux spectateurs. Les acclamations qui ont répondu à son annonce ont traversé la paroi de la balle.

Quatre silhouettes floues se sont approchées de moi, remplaçant celles des pom-pom girls. À en croire leur carrure, ça devait être des joueurs de foot.

La balle a commencé à rouler. J'ai marché pour suivre le rythme. OK, ce n'était pas si compliqué. J'étais comme un hamster. Les footballeurs ont accéléré. D'accord, ça devenait plus difficile. Je glissais vers l'avant, mes mains tentant d'agripper le plastique. Et après un grand coup de pied, je me suis mis à rebondir sauvagement. Mes pieds ont perdu le contact avec la surface. *BOUM.* Mon visage s'est retrouvé collé dans la balle. Je tournais dans tous les sens. Pieds en l'air, tête en bas. Je voyais tour à tour les projecteurs aveuglants et la pelouse.

Mon estomac a protesté. J'ai serré la mâchoire.

VLAN. La balle s'est arrêtée dans le but. J'étais écartelé à l'intérieur comme une étoile de mer. J'avais les cheveux plaqués contre le front. Dans la balle, l'air était humide de ma transpiration. Mais je n'avais pas vomi. De dehors me parvenaient les acclamations de la foule. J'ai même cru voir Kaia applaudir. Dans ta gueule, Steve.

– C'est reparti ! Mais cette fois, TOUT LE MONDE ENSEMBLE !

– Quoi ?

Voyant une meute accourir vers moi, je me suis assis.

– Eh, les mecs, attendez !

Des mains sont apparues sur le plastique tout autour de moi. Je me suis retrouvé dans le noir, les corps agglutinés bloquant la lumière. La balle a roulé.

– Attendez ! Laissez-moi récupérer !

Personne ne m'entendait, tout le monde riait et criait.

– Cam. Cam. Cam. Cam.

La balle a pris de la vitesse. Je tentais désespérément de garder l'équilibre, les paumes posées sur le plastique devant moi. Mes pieds glissaient. Mon estomac tournait. L'odeur chimique se mélangeait à ma transpiration.

Plus vite encore. Ils me poussaient plus vite.

– Un, deux,trois.

C'était comme si une vague me frappait de plein fouet. Je n'avais plus aucun contrôle. La balle faisait des rebonds géants. Mes jambes gigotaient dans tous les sens sous moi. *BOUM*. Je me suis écrasé au sol. *BOUM*. J'étais collé au plafond. *BOUM*. J'étais violemment secoué de tous les côtés. Encore et encore. Tête en bas, pieds en haut. Lumière. Pelouse. Lumière. Pelouse. Tout se brouillait.

Une sueur froide m'a recouvert. Ma bouche s'est remplie de salive. Ça arrivait. Oh, bon sang, je ne pouvais rien faire pour l'arrêter. J'ai tenté de déglutir. En vain. Mon estomac s'est soulevé. *Abandonne*. Le mot a surgi dans mon esprit. *Vas-y lâche-toi, tu te sentiras tellement mieux après*. Non, non, non. C'était impossible. Kaia me regardait. J'ai serré les dents et fermé les paupières.

Grossière erreur.

En un jet, le vomi a jailli de ma bouche, éclaboussant le plastique autour de moi. Des morceaux s'accrochaient à mon visage et à mes cheveux. Et ça a provoqué un nouveau haut-le-cœur. Plus fort cette fois-ci. Les vannes étaient ouvertes, je n'avais aucun moyen de les arrêter. Le contenu de mon estomac recouvrait en couche épaisse tout l'intérieur de la balle. Je le sentais sur mes joues, mes bras, mon pantalon, à l'intérieur de mes chaussures. Et une odeur de hamburgers végétariens assaisonnés aux milk-shakes sans lactose au chocolat a envahi ma prison désormais opaque.

Dehors, la foule a tout de suite réagi. Seulement, personne n'a réussi à stopper la balle et j'ai continué à rouler dans mon océan de vomi. Quand je me suis enfin immobilisé, baigné dans cette mare chaude et nauséabonde, j'ai fermé les yeux. Des pas ont résonné près de moi et j'ai entendu des cris de dégoût et d'horreur.

– Cam ? Cam ? Ça va ?

C'était Kaia.

– Reste pas là…, ai-je supplié d'une voix rauque.

Mais je savais que le son de ma voix ne l'atteindrait pas. Et je savais ce qu'elle avait devant les yeux : une énorme balle pour hamster totalement noyée d'une substance immonde qui me dégoulinait sur la tête.

– Allez chercher une civière ! a crié un homme.

Des pas. Quelqu'un s'est approché. Le plastique a crissé en même temps que des mains apparaissaient dans l'ouverture. La balle a légèrement pivoté et j'ai dû refouler une nouvelle vague de nausée.

– Waouh ! C'est incroyable les quantités qu'il a ingurgitées, ce mec.

Steve. Cette enflure de Steve.

– Mince, je regrette maintenant de vous avoir fait livrer tous ces hamburgers.

La voix est devenue plus faible à mesure qu'il reculait.

– Mais il savait ce qu'il avait prévu, quand même…

*

* *

Le jet d'eau froide m'a frappé le dos.

– Par ici, à côté de son oreille. Je vois encore un morceau, je crois, a dit Steve.

Kaia dirigeait le tuyau, me rendant complètement sourd l'espace d'un moment. J'avais été transporté sur la ligne de touche et Kaia avait tenu à me laver. Estimant que je n'avais pas besoin de leurs soins, l'équipe médicale lui avait passé le relais. Assis sur un banc, Steve lui indiquait précisément toutes les parties de mon corps encore sales.

– Je crois que c'est bon, ai-je lancé.

J'étais complètement trempé, mais dans un bien meilleur état que quelques minutes plus tôt. Kaia a fermé l'eau.

– Tu vas bien ? a-t-elle demandé en faisant un pas vers moi.

Je fixais ses chaussures, incapable de soutenir son regard.

– Oui.

Elle a dû deviner qu'elle n'obtiendrait rien de plus de ma part. Nerveusement, elle passait d'un pied sur l'autre.

– Bon, je pense que je vais y aller, alors. Steve doit rentrer. Ça fait long déjà pour lui. Pour nous tous, à vrai dire.

J'ai hoché la tête. Moi aussi, je voulais fuir le plus loin possible de moi-même. C'était ce que Steve avait eu en tête, j'imagine. Objectif atteint.

– Bon, ben, au revoir.

– Au revoir.

J'ai entendu les pas de Kaia et de Steve crisser sur le gravier en s'éloignant. Steve a murmuré quelque chose et Kaia a répondu tout bas :

– Je sais. Je crois que cette odeur s'est imprégnée à vie dans mes narines.

11

Je me suis réveillé avec un petit goût de vomi dans la bouche. Et une terreur sourde : Steve avait gardé la main sur mon site.

J'ai attrapé mon portable sur la table de chevet. La veille, j'avais tenté pendant des heures de réinitialiser le mot de passe, mais je n'avais plus aucun accès. Comment avait-il fait ?

– Pourvu qu'il n'ait rien mis de nouveau.

Mais si. SauvonsSteve promettait désormais que, pour fêter les mille-trois-cents dollars de dons, je porterais une barbe d'abeilles.

J'ai jeté mon téléphone à l'autre bout de la pièce, ce qui le fissura encore plus.

Une heure plus tard, j'ai sonné à la porte de Steve. Il fallait que je mette fin à son petit manège avant qu'il me tue. J'avais répété avec différentes intonations « On veut tous les deux la même chose, Steve ». Et je n'étais pas sûr d'avoir trouvé le bon ton, mais tant pis.

Ce serait peut-être ses parents qui m'ouvriraient. De préférence sa mère, elle m'aimait bien. Avec un peu de chance, elle parviendrait à l'influencer. Peut-être.

La poignée s'est baissée et la porte s'est ouverte.

Steve. Dans un maillot de bain rose vif. Il mangeait un bol de glace et ne semblait pas étonné de me voir devant chez lui.

– Hello, Camburger. Je suis désolé, mais tu t'es trompé d'adresse, la réunion des Vomisseurs anonymes, c'était la semaine dernière. Et si tu revenais, peut-être... jamais ?

Et il a claqué la porte de toutes ses forces.

Je devais juste dire à Kaia que Steve avait piraté mon site. Mais je n'avais aucune preuve. Que je n'aie plus mon mot de passe ne suffisait pas. J'avais accepté de venir au lycée en couche et de courir dans une balle pour hamster. Au mieux, ça faisait de moi un dingue.

J'ai de nouveau frappé à la porte. Rien. J'ai crié à travers le chêne massif :

– Steve, je veux juste...

La porte s'est ouverte et Steve m'a souri comme s'il me voyait pour la première fois aujourd'hui.

– Eh ! Salut Cam. Waouh ! Merci d'être passé, mais là je suis justement avec des copains qui bandent pas pour ma petite copine. Peut-être demain...

Il a fait un mouvement pour fermer la porte.

– On peut parler du site ? l'ai-je interrompu.

Steve a fait mine de ne pas comprendre de quoi je parlais.

– Le site ? Quel site ?

– Tu sais, celui que tu as piraté.

– Comment je pourrais pirater un site, Cam ? J'ai l'air d'un petit génie de l'informatique ? Je ne suis qu'un crétin avec un cancer. Ce qui aggrave encore mon quotient intellectuel.

Il a alors enfourné une grosse cuillère de glace cookies and cream, sans se soucier du trop-plein qui coulait sur son menton.

– Je cherche juste à t'aider. On peut pas essayer de s'entendre ?

– S'entendre ? Mais quel relou.

– Steve… redonne-moi simplement le mot de passe. Comment t'as fait pour l'obtenir ?

– Tu sais, t'es plutôt con pour un gars sympa, Cam. J'ai ajouté mon adresse mail au contact principal et je me suis fait administrateur du site. Et comme ça, j'ai pu virer les vieux contacts inutiles. Je suis le seul maintenant à pouvoir réinitialiser le mot de passe.

Steve a pris une autre cuillerée de glace.

– Mais je pourrais te rendre la main si tu voulais bien dire une chose.

– D'accord. Quoi ? ai-je demandé sur un ton docile.

– Steve, tu as raison. Je fais tout ça pour me taper Kaia, a-t-il dit d'une voix censée m'imiter, mais qui ressemblait plus à celle d'une vieille dame.

– Steve, c'est faux…

– Dis-le.

– Je ne peux pas. C'est pas vrai.

– Alors pourquoi c'était « Kaia » ton ancien mot de passe ?

– Parce qu'on a travaillé dessus ensemble.

– Et vous auriez pas pu choisir « Steve » ?

– Tu peux pas avoir le nom de ton site comme mot de passe.

– Dis-le, Cam.

– Sérieusement, je ne fais pas ça pour…

– Te taper Kaia ?

– Arrête ! Je déteste ce mot.

– Le mot, mais pas la perspective, hein ?

– Je ne vais rien dire du tout.

– Alors tu seras magnifique avec des abeilles sur le visage, a conclu Steve, content de lui. Tu penses qu'elles vont entrer dans ton nez ? Et si l'une d'elles se coince à l'intérieur ?

J'ai croisé les bras.

– Je ne viendrai pas, OK ? Qu'est-ce que tu dis de ça ? Vas-y, poste ce que tu veux, mais ça ne veut pas dire que je mettrai en pratique tes idées débiles.

– Cam ? Qu'est-ce que tu fais ici ? nous a interrompus Kaia en apparaissant derrière Steve.

Est-ce qu'elle était là depuis le début ? Est-ce qu'elle avait entendu Steve me dire que je voulais me la taper ?

– Euh, je suis venu… prendre des nouvelles de Steve.

– Je croyais que tu voulais qu'on parle du site, Cam ? s'est étonné Steve avec un sourire tranchant.

– Oh, euh, oui… Je…

– Tu sais, j'ai vu le truc sur les abeilles, est intervenue Kaia, horrifiée.

– Oui, c'est une idée idiote, vraiment, ai-je commenté.

J'aurais dû lui dire que c'était l'idée de Steve.

– Tellement idiote, a acquiescé Steve sur un ton inquiet. J'ai dit à Cam de ne pas le faire. C'est trop dangereux et ça risque d'être super douloureux si elles le piquent.

Il affichait une mine sérieuse, mais je voyais bien la petite lueur de délice qui dansait dans ses yeux.

– C'est ce que j'ai pensé aussi, a confirmé Kaia.

Ouf ! Je me suis détendu, mais elle ne s'est pas arrêtée là.

– Mais il faut que tu viennes voir ça !

Elle nous a fait signe de la suivre dans la maison, et son enthousiasme m'a terrorisé.

Steve a haussé un sourcil impatient.

J'ai dégluti.

Dans le salon, Kaia a soulevé son ordinateur portable pour me le montrer.

– Regarde !

L'écran était ouvert sur le site de Steve.

– Tu as fixé pour objectif mille-trois-cents et on en est déjà à cinq-mille !

Et merde, merde, merde, merde, merde.

– Le coup de la balle de hamster, c'était vraiment dégoûtant, et je crois que j'ai jamais vu autant de vomi sortir d'une seule personne, mais ça a carrément attiré l'attention.

À la pensée de ce que j'avais traversé, j'ai eu un nouveau haut-le-cœur.

– Oh, waouh. C'est… génial.

Je sentais déjà les abeilles sur mon visage.

Steve s'amusait comme un petit fou à l'idée de la torture que j'allais m'infliger.

– Mais tu ne vas tout de même pas te faire cette barbe d'abeilles, si ? a-t-il dit d'une voix de fausset. Je m'inquiète pour toi, Cam. Je veux pas que tu te fasses mal.

Il m'avait coincé. Si j'abandonnais, Steve gagnait, et en plus il passait pour un gars hyper attentionné. Et si j'acceptais ce défi… avec les abeilles ? Pourquoi je ne cherchais pas plutôt une autre fille qui me plairait autant ? J'avais déjà eu d'autres coups de cœur, je pouvais bien tomber amoureux de quelqu'un d'autre. Kimberly Longacre était assez mignonne. Mais Kimberly Longacre n'avait pas passé toute une nuit avec moi dans les marais à lire un essai sur la fin du monde. Kimberly Longacre ne défendait pas quatorze causes différentes. Kimberly Longacre ne m'avait pas réconforté après mon érection en couche-culotte. Kimberly Longacre ne sentait pas la noix de coco.

Argggh !

Kaia semblait séduite par l'instinct paternel que me témoignait soudain Steve.

– Je sais, je sais, tu as raison, Steve. Cam, c'est de la folie. Tu ne peux pas le faire.

Elle a posé son ordinateur et l'a fermé en soupirant.

Bon sang, j'avais déçu Kaia.

– Bon, on est tous d'accord, a conclu Steve en s'écroulant, victorieux, sur le canapé.

C'était pas si effrayant que ça, après tout, des abeilles.

– On peut rendre aux gens leur argent, a proposé Kaia, complètement abattue. Je suis désolée, j'étais hyper excitée, parce que ça nous rapprochait de notre but.

Elle voyait déjà les vingt-mille dollars se profiler. Nos vingt-mille dollars.

– Mais ça n'en vaut pas la peine si c'est pour que tu te mettes en danger.

Sa déception m'a dévasté plus violemment que la disparition de la calotte glaciaire.

Ce n'était que de toutes petites abeilles, non ?

– Bien sûr que je le ferai.

– Cam ! s'est écriée Kaia sur un ton inquiet. Tu ne peux pas.

– Oui, Cam, s'il te plaît, c'est pas raisonnable, a renchéri Steve d'une voix blanche.

Il était au spectacle.

J'ai regardé Kaia.

– Tout ira bien. Je serai prudent. Les gens qui s'occupent de la ruche savent ce qu'ils font, non ?

– Peut-être. Leur site ne m'a pas vraiment inspiré confiance. L'endroit n'a pas l'air hyper bien entretenu, a commenté Steve en croisant les chevilles et en mettant les mains derrière la tête.

Kaia avait les yeux rivés sur moi.

– Tu es sûr ?

L'espoir a illuminé son visage.

– Parfaitement.

Nous nous sommes regardés un long moment et je l'ai laissée admirer mon courage (ou ma folie, difficile de savoir comment elle l'interprétait.)

– Bien. Content que ce soit réglé. Kaia, Netflix nous attend…, a lancé Steve.

Il a allumé la télé.

– Tu veux rester ? a proposé Kaia, comme si ça lui faisait vraiment plaisir.

Steve a écarté les bras sur toute la longueur du canapé.

– Ben oui, Cam, viens. On va être là à se faire des câlins, mais si t'as envie de rester et d'être mal à l'aise, assieds-toi avec nous.

– Steve ! C'est pas sympa ! l'a grondé Kaia.

Il s'est ratatiné sur les coussins. J'ai fait en sorte de graver sa réaction dans mon esprit.

– Désolé, a-t-il ronchonné. Je me faisais juste une joie de passer du temps avec toi.

– Excuse-moi, a soupiré Kaia. J'ai été très occupée ces derniers jours. On n'a pas eu de temps pour nous, tu comprends ?

J'ai hoché la tête, soulagé de pouvoir m'éclipser.

– Bien sûr, oui. Évidemment. On se retrouve à la ruche.

Elle m'a enlacé.

– T'es génial, Cam.

Ses bras autour de moi, sous les yeux de Steve, m'ont permis d'oublier l'essaim d'abeilles qui m'attendait. L'espace d'un très court instant.

Pressé de m'échapper avant que Steve trouve un nouveau moyen pour m'humilier, je suis parti vers la porte d'entrée. Mais juste avant de mettre la main sur la poignée, j'ai entendu la voix de M. Stevenson.

– J'ai pas besoin qu'on me fasse la charité, Cheryl !

Je me suis figé.

– Ce sont ses amis, ils essaient de l'aider, a répliqué la mère de Steve. Tu as vu nos frais ? On a besoin de cet argent !

Je ne voulais pas assister à cette discussion. Je me suis efforcé de sortir discrètement.

– Oh, tu voulais que j'accepte ces contrats ? a lancé M. Stevenson d'une voix venimeuse. J'en ai déjà refusé trois. Mais qui s'occuperait de Steve, hein ?

– Je serais restée à la maison...

– Mais c'est ta boîte qui finance l'assurance santé, je sais. Et c'est pour ça qu'on devrait recevoir des aumônes comme des bons à rien fainéants ?

Je ne me souvenais pas vraiment des sujets de dispute de mes parents, mais ce genre d'échange m'était familier. Je me suis senti affreusement triste pour la mère de Steve. Contrairement à la mienne, elle devait encore supporter l'attitude machiste et toxique de son mari.

J'ai refermé doucement la porte derrière moi et, soudain, M. Stevenson a éclaté de rire.

– Mais je suis curieux de voir ce que ce drôle de gosse va faire avec une barbe d'abeilles.

Les abeilles.

*

* *

J'ai fait le tour des vidéos d'abeilles sur YouTube et ça m'a un peu aidé. Les gens pris dans un essaim gigotaient et hurlaient, mais ils survivaient tous. Ce n'était sans doute pas aussi effrayant que dans mon imagination. Et apparemment, les abeilles se regroupaient naturellement pour former une barbe. Elles le faisaient même en dehors de leur ruche pour s'entourer du parfum de leur reine, qui devait sûrement sentir la noix de coco.

Et pour atteindre les dix-mille dollars, j'étais prêt à supporter quelques piqûres.

Une des vidéos suggérées par YouTube s'appelait *Une barbe d'abeilles qui tourne mal !* Quoi ? Quelle idée ! Je n'allais tout de même pas cliquer sur ce lien. J'essayais de me rassurer. Je n'allais pas cliquer. Non, sûrement pas.

Clic.

Un millier d'abeilles se jetaient sur un pauvre gars. Paniqué, il se précipitait vers un champ, la nuée furieuse à ses trousses. Même le type qui tenait la caméra fuyait en criant.

– On va tous mourir !

Ça y est, j'étais en hyperventilation.

Bzzzzzz. Le son ne venait pas de l'écran. Mince, c'est dans ma chambre qu'il résonnait. Elles étaient ici !

Non, c'était mon portable qui vibrait.

Kaia : Je me suis libérée tout l'après-midi pour pouvoir te filmer.

J'aurais dû lui dire de ne pas venir. Je ne voulais pas que son dernier souvenir de moi soit mon corps piqué à mort.

En entendant la porte de ma chambre s'ouvrir, j'ai rapidement fermé mon ordinateur.

– Tu as vu ? m'a demandé ma mère en brandissant son téléphone. La ruche a un charmant petit salon de thé qui fait un délicieux goûter dînatoire.

Elle a continué à explorer le site.

– Et ils l'appellent « Des abeilles au goût thé ». C'est adorable, non ? Tu me rapporteras quelque chose de là-bas ?

Un charmant salon de thé ? C'est tout ce qu'elle retenait de mon épreuve à venir ?

– Tu n'es pas inquiète pour moi ?

Elle a posé son téléphone et s'est assise lourdement sur mon lit.

– Mon chéri, je suis terrorisée, bien sûr. J'allais même t'interdire de le faire parce que franchement, c'est de la folie. Mais j'ai compris que tu fais exactement ce que je t'ai appris. Pour changer les choses, il faut prendre des risques. Du coup, au travail, quand j'ai eu une crise d'angoisse, je me suis rappelé que tu n'étais pas allergique aux abeilles. Et l'endroit a l'air professionnel. Ils ont fait douze barbes d'abeilles l'an dernier.

– Ça veut dire que je serai le treizième…

– Et quand tu y penses, tu attires l'attention sur deux grandes causes : Steve et les abeilles en danger.

Son visage s'est rembruni.

– Tu as lu le rapport sur Monsanto ? L'oligarchie de l'industrie agroalimentaire, je te jure ! Leur herbicide tue des colonies entières. S'ils appelaient ça « poison pour abeilles », tu penses que les gens en achèteraient encore pour se débarrasser de leurs pissenlits ? Ils ne pensent qu'à leurs marges bénéficiaires.

Elle m'a montré du doigt.

– Ne deviens pas comme ces salauds !

Et elle m'a enlacé.

– On dîne dans dix minutes.

Et elle a filé aussi vite qu'elle était arrivée.

Bzz !

Un autre message de Kaia.

Ça va être mielveilleux. 🐝 🎉

Les jeux de mots de Steve me tapaient sur les nerfs, mais quand c'était Kaia, je fondais littéralement. Je ne pouvais pas lui dire de ne pas venir. Soudain, je me suis rappelé ce que venait de me dire ma mère. « Un charmant salon de thé ». J'ai ouvert le site de la ruche sur mon téléphone et je l'ai tout de suite trouvé : *le repaire du romantisme.* Parfait pour moi.

Moi : J'y serai ma-beille, ça va faire le bzzz ! 😉 😋

Ce serait le lieu idéal. Si je survivais.

*
* *

J'avais étalé de la vaseline sur mes yeux et sur mes lèvres, et enfoncé des boules de coton dans mes oreilles et mes narines. Mes manches étaient serrées sur mes poignets. Mais j'étais quand même terrorisé par toutes les ruches qui vrombissaient à côté de moi. Kaia n'était pas encore arrivée, et heureusement. Je n'étais pas sûr de vouloir qu'elle me voie comme ça.

Mais j'avais réservé une table au salon de thé, qui méritait amplement d'être qualifié de repaire du romantisme. Tout autour, les champs chatoyaient, agités par une douce brise. L'air était si délicieusement parfumé qu'il fallait que je me souvienne de mes boules de coton dans le nez pour ne pas les avaler en respirant trop fort. J'avais l'impression d'être dans un tableau vivant de Monet. Ou Manet ? J'avais toujours été nul en histoire de l'art.

Jesse et Paula, les apiculteurs, au départ plutôt sympathiques, commençaient maintenant à s'impatienter. L'heure tournait, je le savais bien, mais au moins, eux, ils avaient des chapeaux avec un voile et des combinaisons protectrices. Moi, j'étais comme nu. Et pourtant, ils consultaient régulièrement leur montre qu'ils ne pouvaient même pas voir.

– Encore cinq minutes, s'il vous plaît, ai-je imploré.

Au-delà des parterres de bergamote, primevères et lilas sauvages (ils m'avaient fait faire un tour du propriétaire), je ne voyais que colibris et insectes voleter autour de la ferme. Eux aussi semblaient à bout de patience.

– On ne peut plus attendre, Cam. Dans une demi-heure, on doit commencer nos rondes.

Ça n'aurait pas dû me surprendre : Kaia était toujours en retard. Elle arriverait sans doute quand je serais en plein dans l'action.

– Bon, d'accord. Mais, euh... est-ce que l'un de vous pourrait me filmer ? J'ai besoin d'une preuve.

Paula a sorti son téléphone et Jesse s'est emparé de la cage avec la reine à l'intérieur. Pourquoi avaient-ils besoin de tout faire si vite ?

– En général, je propose un calmant, mais comme t'es mineur, tu vas simplement devoir respirer et t'imaginer dans un lieu paisible. Comme je te l'ai expliqué, je vais d'abord t'attacher cette petite boîte en bois avec la reine autour du cou.

La grosse voix de Jesse accompagnait chacun de ses gestes. Je ne voyais pas la reine, mais je l'entendais s'agiter en bourdonnant.

Paula a levé son portable et j'ai essayé de sourire.

– Donc, moi, je vais envoyer sur toi des abeilles par poignées. Elles vont arriver au niveau de ton torse pour remonter petit à petit.

Une abeille s'est élancée vers moi et j'ai sursauté. Une seule abeille ! Il allait en lâcher plusieurs milliers ! Plusieurs milliers d'abeilles allaient se ruer sur moi. J'étais indubitablement le type le plus débile de tout Ventura. Fichu Steve !

J'ai pensé au conseil de Jesse. Respirer profondément. Un lieu paisible. Quel était le lieu dans lequel je me sentais bien ?

Jesse a sorti une poignée d'abeilles de la ruche. Elles s'accrochaient à sa main. Il allait les mettre sur moi. Je voulais m'enfuir, mais ce serait pire, avec la reine suspendue à mon cou. Il les a secouées vers le logo SauvonsSteve.org écrit sur mon teeshirt. Tous les organes se sont ratatinés à l'intérieur de mon corps. Les abeilles montaient sur moi. Malgré le coton dans mes oreilles, je les entendais de plus en plus fort. Je n'osais pas baisser les yeux. Je regardais devant moi, espérant que Kaia finirait par venir. On pourrait déjeuner ensemble. Un repas romantique. Avec Kaia. C'était ça, mon lieu paisible.

Le salon de thé, en fin d'après-midi. Une douce lumière, Kaia radieuse. Elle rit à ce que je lui dis. Elle lèche une cuillère de miel et sourit. Elle dit que je dois goûter et me tend la cuillère pour que je la lèche à mon tour. C'est tellement bon…

Zzzzz !

Une nuée d'abeilles pulsait sur mon torse. Quelques-unes remontaient le long de mon cou. Leurs petites griffes grattaient ma peau. D'autres encore les ont suivies. Abeilles sur abeilles sur abeilles ! De minuscules pattes d'abeilles sur mes pores. Elles se tenaient les unes aux autres et la file grandissait encore et encore.

Le thé au miel me réchauffe la gorge alors que Kaia glisse une boucle de ses cheveux magnifiques derrière son oreille. Elle me dit que le miel est aphrodisiaque. (En fait, c'est plutôt moi qui pouvais dire ça, parce que je l'avais lu sur Internet, mais ça faisait un peu lubrique venant de moi.) *Je prends une cuillerée de miel. Elle coule dans ma…*

La première abeille est arrivée sur mon visage. Je m'étais badigeonné de vaseline pour protéger ma peau, mais la petite intruse creusait pour atteindre mes lèvres. Et d'autres l'ont rapidement rejointe. Elles cherchaient l'humidité de ma bouche. Leurs griffes essayaient de me la faire ouvrir. Elles étaient fortes, si fortes. Je me pinçais les lèvres.

– Ferme aussi les yeux, maintenant, m'a conseillé Jesse. Elles adorent boire les larmes.

Je ne me suis pas fait prier. Les paupières closes, la sensation devenait plus insupportable encore. Les abeilles me taquinaient avec leurs dards pour m'intimider. Je ne savais pas si j'avais déjà ma barbe d'abeilles, mais en tout cas je n'étais pas loin de l'infarctus.

– Oh, ça y est, tu as de la visite, a annoncé Paula.

Et le calme est revenu en moi. Le vrombissement s'est transformé en doux murmure, pareil à un chant tibétain. Les griffures m'ont paru plus agréables que des caresses. Je voulais dire bonjour à Kaia, mais je ne pouvais pas ouvrir la bouche.

– Mmh mmh, ai-je laissé échapper.

Pour la voir, j'ai courageusement entrouvert les paupières. Je n'ai aperçu que sa combinaison, mais elle m'a fait un signe de la main et, prudemment, j'ai remué les doigts. Même dans cette tenue, elle était magnifique. Le goût du miel a parfumé mes papilles. Elle allait se régaler. Mais je n'allais pas mentionner le fait que c'était aphrodisiaque. Peut-être qu'elle allait le dire, elle.

– Voilà, c'est tout, a déclaré Jesse.

Je n'en revenais pas. J'avais réussi. Je m'étais fait une barbe d'abeilles. Il fallait maintenant que je m'en débarrasse, mais avec Kaia à mes côtés, je retrouvais confiance. Les abeilles étaient des insectes amicaux. Jesse allait rapidement les renvoyer dans leur ruche.

– Maintenant, tu vas faire des bonds et te réceptionner le plus lourdement possible, a expliqué Jesse. Il faut qu'elles se décrochent toutes.

Quoi ? Il voulait que je saute ? Avec des abeilles sur moi ?

– Et ensuite, j'orienterai le souffleur sur elles. Compris ?

Au moins, il y avait un souffleur.

– Un, a commencé à compter Jesse. Deux.

Je suis retourné une dernière fois dans mon lieu paisible.

On se donne des cuillerées de glace au miel recouverte de petites abeilles en chocolat.

Trois !

J'ai sauté. Les abeilles se sont détachées. Mais pas juste pour tomber par terre et faire la sieste : elles se sont mises à voler autour de moi, affolées. Elles semblaient furieuses. Et la reine était toujours sur mon cou.

– Enlevez-la ! Enlevez-la ! ai-je supplié.

Le souffleur m'a alors enveloppé d'une rafale puissante. Ma mâchoire tremblait. *Waaaaaaooooooouuuuuuh !* J'ai reculé, poussé par un vent chargé de vrombissements. Les abeilles se cognaient sur mon visage plus violemment que des billes de plomb. *Aïe !* J'ai senti une piqûre sur l'oreille ! Ce n'était pas ce qui devait se passer. Quand une abeille vous pique, elle envoie le signal à toutes les autres de faire pareil. C'est ce que j'avais lu sur Google ! Bon sang !

– On va tous mourir ! ai-je hurlé. AHHHHH !

– Détends-toi. Tout va bien, mon gars, a assuré Jesse en retirant de mon cou la cage de la reine.

– Tout va bien ?

Le vrombissement s'est éteint, remplacé par des rires. Des rires que j'ai tout de suite reconnus. Des rires moqueurs. Pas du tout le rire de Kaia.

J'ai ouvert les yeux.

Steve.

Dans la combinaison d'apiculteur.

L'enflure.

– Mec ! a-t-il chantonné, savourant ma déception. Dézzzzzolé, Kaia a été retenue par une autre de ses causes qui lui tiennent tant à cœur. Elle m'a demandé de la remplacer. J'ai promis de lui envoyer une photo.

Il a soulevé son téléphone vers moi.

– Souris !

Et sans attendre, il m'a immortalisé dans une pose où je devais certainement ressembler à un garçon de trois ans ébouriffé qui vient de faire tomber son cornet de glace.

Je n'étais pas dans mon lieu paisible.

J'ai foncé vers ma voiture en longeant le parterre de fleurs. La piqûre sur mon oreille me faisait moins mal que tout le reste.

– Ils font aussi une couverture d'abeilles si tu veux passer à l'étape au-dessus, mec, a commenté Steve qui me suivait comme un petit chien fidèle.

Je marchais au pas de course, chassant une abeille sur mon passage.

– Je suis content de te faire rire. Mais je vois personne d'autre qui fasse tout ça pour toi.

Je venais de relever un défi incroyable pour sa famille et il ne me remerciait même pas.

– Cam Webber ? a appelé une femme vêtue d'une robe jaune vif. Votre table pour deux est prête.

– Une table ? a répété Steve en s'arrêtant net.

– Pour le goûter dînatoire, a expliqué la dame.

– Oh, Cam ! Pour moi ? a demandé Steve, tout excité.

– En fait, c'est pas la peine. Je pense…

Mais Steve n'allait pas me lâcher aussi facilement.

– Quoi ? Non, c'est tellement romantique. Un peu comme… un rendez-vous galant, Cam ? a-t-il suggéré, une pointe de menace dans la voix. Et tu ne savais même pas que je venais.

– C'est…

– On pourrait s'installer à côté de la fenêtre ? J'adooooore la vue ici, a dit Steve en battant des cils vers la dame.

– Bien sûr, a-t-elle répondu. Suivez-moi.

Steve a passé son bras sous le mien.

– Viens, chéri !

Et il m'a entraîné dans ce cadre ultra-romantique.

Sur les murs s'ébattaient des abeilles habillées en cuisinières et en fermières, des abeilles déguisées en fées ou en sirènes avec une longue nageoire à la place du dard. Et une section était consacrée aux abeilles célèbres : Maya l'abeille, l'Abeille et la Bête, Buzz Aldrin… Des mobiles d'abeilles butinant des fleurs pendaient au plafond, et, en musique de fond, on entendait *Le vol du bourdon*.

Des napperons en dentelle décoraient chaque table et chaque chaise, et aussi les murs, et le plafond ! Tellement de dentelle !

– C'est un cadre délicieux ! s'est extasié Steve en soulevant la théière en forme d'abeille pour se verser une tasse de thé.

Une assiette de sandwichs miniatures nous attendait (concombre, cresson, roquette). Et à côté s'empilait une pyramide de petits pots de miel (myrtille, café, luzerne, fleur d'oranger et sauce barbecue).

En plus de nous, le salon de thé comptait quelques vieilles dames avec des chapeaux festifs. Elles nous souriaient et l'une d'elles ne s'est pas gênée pour admirer Steve de la tête aux pieds.

Steve a pris un sandwich avec une grande délicatesse.

– Je suis époustouflé par tant de raffinement. Je pense… que ce minuscule sandwich va me faire tomber amoureux de toi, Cam.

Il l'a avalé en une bouchée et m'a fait du pied sous la table.

– Ce n'est pas un rendez-vous galant, Steve. C'était le seul endroit pour manger, ai-je assuré, refusant d'avouer mes intentions, même si elles sautaient aux yeux.

La serveuse est arrivée avec un plateau de desserts parés d'abeilles en sucre.

– Tout va bien ? a-t-elle demandé.

– C'est exquis, a répondu Steve en minaudant.

Elle a souri avant de s'éloigner.

– Cam, regarde ce petit gâteau avec l'abeille dessus. Tu sais ce qu'il veut dire ? « Est-ce que tu veux sentir mon pénis en toi » ?

– C'est un dessert, Steve, ce n'est pas un message caché.

– Et ce thé ! Si aromatique ! Est-ce que je trouverai ton petit cul plus attirant si je le bois ?

Il a pris une longue gorgée bruyante et s'est arrêté. En avalant, il a ouvert de grands yeux.

– Bon sang ! C'est de la bombe !

J'ai pris un air excédé.

– Je te mens pas, mec, a-t-il insisté avant de me servir.

Certain qu'il se moquait de moi, j'ai bu sans enthousiasme et j'ai reposé la tasse. Et soudain :

– Waouh !

– N'est-ce pas ?

Le nectar des dieux ! Une explosion de sucre dans la bouche.

– C'est grâce au miel. Du miel tout frais.

– Ce n'est pas le thé ?

Steve a pris le pot de miel sur la pyramide et a trempé son doigt dedans.

– Je crois pas… On doit pas…

Mais il a enfoncé son index dans sa bouche. Avec ma cuillère, j'ai goûté à mon tour. Waouh ! Une vague de plaisir m'a emporté.

– Il est à la fleur d'oranger, celui-là.

Steve a reposé le bocal.

– Bon sang, t'as raison, c'est dingue ! On sent le goût de ce que les abeilles ont butiné.

Les vieilles dames se tordaient le cou pour nous regarder, outrées.

– Ouais, ai-je confirmé en me léchant les lèvres.

– Donc on mange de la merde d'abeilles.

– Mais non, c'est pas ça, c'est une excrétion.

– Du sperme, alors ?

– Arrête.

– Le sperme d'abeilles est un régal, a-t-il dit avant de faire couler le miel directement du bocal dans sa bouche.

La serveuse est arrivée. Embarrassé, j'ai donné un coup de pied à Steve sous la table. Elle avait, à l'évidence, entendu notre conversation et avait ressenti le besoin de nous corriger.

– En réalité, le miel est stocké dans la partie de l'estomac des abeilles appelée le jabot. Quand elles retournent dans la ruche, elles régurgitent le nectar. Ensuite commence le processus de trophallaxie qui est le transfert alimentaire de l'ouvrière vers la reine.

Contente de son petit exposé, elle nous a resservis et a de nouveau pris congé.

Steve et moi sommes restés un moment silencieux pour traiter cette information. Lentement, il a remis le bocal.

– Donc… c'est du vomi ? ai-je demandé.

– Non, c'est pire. Elles se vomissent dans la bouche. C'est un double vomi.

J'ai repoussé ma tasse pleine.

Mais le liquide sirupeux enrobait encore ma langue. Quand on y pense, les yaourts, ce n'est pas la joie non plus. Ce sont des bactéries.

– C'est délicieux, ai-je commenté en observant Steve pour voir s'il supportait cette révélation.

– Allez, passe-moi un biscuit au vomi d'abeilles, a-t-il conclu en soupirant.

J'ai ri et je me suis servi en premier. Le délicieux cookie croustillant a baigné mes papilles d'une saveur exceptionnelle. En un temps record, on a terminé le plateau. Alors qu'on se délectait de ces desserts, je me suis demandé si ce goûter avec Steve n'était pas la meilleure chose qui pouvait nous arriver. Si on passait un peu de temps ensemble, il verrait peut-être que je ne voulais que son bien.

– Comment se passe ton traitement ? Tu vas devoir faire deux séances de chimio, n'est-ce pas ?

– Non, mais pourquoi tu tues l'ambiance ? a grogné Steve.

– Sérieusement, c'est sûrement plus dur que tu veux bien le laisser paraître.

– Ça va, a-t-il répondu en ramassant des miettes dans l'assiette. Si j'avais su qu'un petit cancer pouvait me faire sécher les cours, je me serais payé des tumeurs depuis longtemps.

J'ai hésité à abandonner le sujet, mais je me suis rappelé la dispute entre ses parents. Je connaissais bien ça.

– Ta mère est assez bouleversée.

Contrairement à ce que j'avais espéré, Steve s'est tout de suite crispé.

– Qu'est-ce que t'en sais ?

– C'est juste que… je les ai entendus se disputer. Ça doit être stressant pour toi.

J'ai essayé d'y mettre le plus de sentiment possible, mais ça n'a fait que le mettre encore plus sur la défensive.

– Ça te suffit pas d'essayer de me voler ma petite amie ? Maintenant tu vas juger ma famille ?

Qu'est-ce qui venait de se passer ? Une minute à peine avant ça, on échangeait un fou rire. Comment est-ce qu'on en était arrivés là ?

– Je ne veux pas du tout… j'essaie de te montrer que je comprends ce que tu traverses…

Steve a jeté son assiette vers moi, faisant cliqueter le reste du service.

– Écoute, reste en dehors de ma vie, OK ? On sait tous pourquoi t'es ici. Et c'est pas pour moi.

Il était hors de lui.

– T'as pas besoin de faire semblant d'être mon meilleur pote tout à coup parce que t'as laissé traîner tes oreilles où t'aurais pas dû et que t'as compris des trucs de travers. On va bien. Personne ne veut de toi dans les parages, Cam. Personne ne veut de *toi*.

Mon estomac s'est noué, mes jambes se sont contractées.

– Alors continue à rôder autour de Kaia si ça te chante et lâche ma famille.

Il s'est levé et a arraché sa serviette.

– On n'est pas amis.

Les vieilles dames nous ont regardés sous leurs chapeaux.

– On pourrait le devenir…, ai-je lâché désespérément pour tenter de le calmer.

– Vraiment ? a-t-il dit en m'adressant un sourire cruel. On verra.

Et il est parti.

Je suis resté sur ma chaise, sonné.

La serveuse est alors revenue avec l'addition sur laquelle était écrit : « Une journée sans amis c'est comme un pot sans plus une seule goutte de miel à l'intérieur », Winnie l'ourson.

12

Parce que c'est mon meilleur ami pour toujours, si on récolte quinze-mille dollars, je me ferai tatouer « Steve Stevenson » sur les fesses.

Horrifié, j'ai lu l'annonce sur la vitre brisée de mon téléphone. Quelle enflure ! J'avais déjà collecté huit-mille dollars pour lui, mais ça ne lui suffisait pas. On aurait pu être amis. Mais plutôt que de profiter de mon oreille attentive pour parler de sa famille, il préférait s'acharner sur moi. Typique du connard indifférent qu'il était. Comme il voulait. J'avais pris le risque de me faire piquer par des milliers d'abeilles enragées, alors, ce n'était pas un petit tatouage qui me faisait peur… On peut se les faire retirer. J'ai relu les messages émerveillés de Kaia sur les abeilles.

Kaia : Incroyable !

Kaia : La vidéo a 3 000 vues ! 🎉

Kaia : Quel buzz ! 😊

Kaia : Je viens de rêver de ta barbe d'abeilles ! C'est sûrement à cause de mes remords. Je suis désolée de ne pas être venue, ça craint. Tu es le meilleur ! Un héros !

Elle rêvait de moi ! Je sentais déjà le goût des vingt-mille dollars. Et le tatouage de Steve nous conduisait tout droit vers notre objectif.

Quand faut y aller…

*

* *

– Tu vas le regretter, a lancé ma mère en griffonnant son nom sur le formulaire d'autorisation. Mais tant pis. Les erreurs aident à grandir. Et à vrai dire, quand tu es adulte, tu continues d'en faire. Bref, j'ai déjà parlé à Mario de le faire recouvrir. C'est lui qui a dessiné la rose sur le nom de ton père.

Ça n'avait pas été facile de convaincre ma mère, mais j'étais déterminé. Je n'allais pas laisser Steve me battre. Bien sûr, ce n'était pas comme ça que je l'avais présenté à ma mère. Je lui avais juste montré tous les dons qu'on avait déjà reçus, et je lui avais rappelé qu'elle s'était fait tatouer pour la première fois à quinze ans dans le garage d'une amie. Parfois, le besoin irrépressible de ma mère de tout me raconter m'était très utile.

– Tu as pensé au henné ? a-t-elle demandé. Ça ferait passer le message, aussi. Mais de façon moins permanente.

L'écoutant d'une oreille distraite, j'ai examiné la pièce. Dans un coin, Steve parlait à Mario. Bien sûr, il avait tenu à tout enregistrer lui-même. Quand nos regards se sont croisés, il a levé ses pouces vers moi, hyper enthousiaste. Depuis notre déjeuner au salon de thé, nous n'avions pas échangé plus que quelques phrases. Mais aujourd'hui, Steve avait décidé de faire comme si de rien n'était.

Ma mère a consulté son portable.

– Je dois filer, j'ai un rendez-vous. Bonne chance, mon cœur.

Elle a lissé son blazer et m'a embrassé sur la joue.

– Ce sont tes fesses. C'est à toi de décider. Même si je ne suis pas d'accord avec ça, je suis fière de toi.

Cinq minutes plus tard, j'étais allongé sur le ventre, le pantalon baissé, tandis que Mario traçait soigneusement « SauvonsSteve » au feutre sur ma peau, tout en disant combien ma mère était merveilleuse. Je me concentrais sur l'immense fresque de démon peinte sur le mur du fond, me félicitant de ne pas avoir convié Kaia à cette épreuve. Pas la peine qu'elle fixe mon postérieur nu pendant des heures. Pareil pour Steve, mais je n'avais pas eu le choix.

– C'est parfait, a-t-il commenté. Cam, t'es vraiment le meilleur des amis.

Il a approché son téléphone de mon arrière-train.

– Montre-lui, Mario.

Le tatoueur a sorti un miroir qu'il a incliné pour que je voie le mieux possible son œuvre d'art. Le résultat était plus grand que je le craignais. Et en Comic Sans. Steve avait lancé un sondage sur le site et, bien sûr, tout le monde avait opté pour la police la plus ridicule. Du coin de l'œil, j'apercevais le sourire dentifrice d'un Steve hilare.

– Alors ? a-t-il demandé, visiblement fier de sa blague. Ça te plaît ?

J'ai soutenu son regard, ne trahissant aucune pointe de regret.

– Carrément.

– J'adore l'écriture. Complètement déjantée. Excellent pour quelque chose qui marquera ton corps jusqu'à ta mort.

– Je suis prêt à tout, pour toi, Steve, ai-je rétorqué, esquissant un sourire censé paraître sincère.

– Ça marche. Accroche-toi, ça ne devrait prendre que quelques minutes, a annoncé Mario en s'armant de son aiguille.

Il l'a allumée et elle s'est mise à vibrer, plus inoffensive qu'une petite abeille. Confiant, j'ai inspiré profondément. Steve a pointé son portable sur mon visage.

Un sourire aux lèvres, je me suis adressé à la caméra.

– SauvonsSteve.org, les amis !

– Tu vas sentir un pincement…, a averti Mario.

ZIZZT !

Une douleur fulgurante m'a saisi. Elle est remontée le long de ma colonne vertébrale pour irradier tout mon corps. J'avais l'impression d'être Homer Simpson quand il s'électrocute et qu'il ne reste de lui qu'un squelette clignotant.

– Aïïïïïe !

J'ai bondi et, remontant mon pantalon, je me suis éloigné de la table. Le plus vite possible, le plus loin possible de Mario et de son aiguille de la mort.

Alors que j'approchais de la porte d'entrée, la voix de Steve m'a rattrapé.

– Reviens, meilleur pote. Reviens ! T'es mon meilleur poooooooote !

*

* *

– Tu t'es fait pirater, comme les Démocrates en 2016. Tu ne peux pas laisser ce salopard s'en tirer à si bon compte. Il faut que tu le dises à Kaia, a déclaré Todd, un gobelet de café réutilisable à la main.

On aurait sans doute dû arrêter de se réunir au Bio Café pour la Terre, parce que la caféine finissait toujours par nous mettre sur les nerfs. J'étais tellement survolté par mon double mocaccino que je m'étais mis à parler de Steve.

– Je te l'avais dit, Cam, m'a sermonné Patricia. On ne touche pas à une histoire d'amour autour d'un cancer. Regarde *Un été sur Terre*, c'est un classique.

– Elle recommence…, a soupiré Todd.

Patricia a fait comme si elle ne l'entendait pas.

– Je sais que ce n'est pas ta génération, a-t-elle continué, enthousiaste. Mais c'est vraiment pile-poil ce que tu vis. Une gamine atteinte d'un cancer doit choisir entre un type bien et un vrai connard. Devine lequel elle choisit ?

– Kaia n'a pas de cancer, lui ai-je rappelé.

– Le connard, a répondu Patricia.

Elle a pris une microgoutte de son lait d'or au curcuma.

– Et qu'est-ce que je dois en conclure ?

Manifestement, Patricia ne comprenait rien à ce qui se jouait.

Todd m'a donné un petit coup de coude en me montrant la porte. Kaia venait d'entrer, vêtue de son sweat à capuche « Sauvons le requin ». Les autres manifestants l'ont saluée et je me suis levé. C'était la première fois que je la voyais depuis la débâcle du tatouage et je tenais à lui assurer qu'on atteindrait notre objectif. J'avais juste le début d'un S sur les fesses, rien de plus. On aurait dit une marque de naissance bizarre. Un échec total.

Me faufilant entre les tables bondées, je suis enfin arrivé à sa hauteur.

– Hello, l'ai-je saluée, les mains dans les poches.

Elle avait l'air perdue.

– Désolée d'être en retard. J'étais coincée dans un procès fictif. Comment ça va ? On a élu notre porte-parole pour le conseil municipal ?

– Pas encore.

J'ai baissé les yeux, soudain mal à l'aise en sa présence.

– Ah parfait, s'est-elle réjouie en faisant un signe à Todd.

Il m'a adressé un sourire d'encouragement.

– Je suis désolé de ne pas être allé au bout de cette idée de tatouage. Apparemment, mon seuil de tolérance à la douleur est exceptionnellement bas…

– Eh, je ne te reproche rien. Tu penses que ça m'aurait plu que toutes les filles pensent à Steve en te voyant nu ? a-t-elle demandé en riant.

Pourquoi n'y avais-je pas pensé ? Et pourquoi parlait-on d'autres filles ? Et de moi, nu ?

– Dommage qu'on doive rendre l'argent, a-t-elle lancé en soupirant.

En annonçant que je renonçais à me faire tatouer, j'avais déclenché une avalanche de protestations.

– Je sais. C'est dingue qu'AideQuelqu'un.org ait une politique de remboursement tellement pratique.

– Les gens n'ont pas de cœur. Comme si sauver Steve n'était pas le plus important.

– Exact… J'ai réfléchi à quelques actions qui pourraient nous remettre à flot…, ai-je commencé pour qu'elle reprenne confiance.

– Ce sera difficile de faire plus fort que les abeilles, je pense, m'a-t-elle interrompu avant même que je puisse lui exposer mes idées. Et si tu essaies encore de te surpasser, mais que tu n'arrives pas à assurer, les gens vont s'agacer et se lasser.

– C'est vrai, mais…

– On devrait peut-être se contenter des réseaux sociaux et des mails. Ce serait plus sage, question planning en tout cas.

Elle m'a gratifié d'un sourire désolé. J'avais dégringolé dans son estime, je le sentais bien.

– Je veux toujours atteindre les vingt-mille, ai-je lâché d'une petite voix désespérée.

– Je sais. Mais c'était de la folie de penser qu'on pourrait y arriver.

Le rêve s'évanouissait. Elle était prête à passer à autre chose et à considérer SauvonsSteve comme une de nos collaborations parmi d'autres. Un souvenir.

– Écoute, laisse-moi encore essayer. J'ai une super idée.

– Ah oui ? Quoi ?

À travers le doute qui marquait sa voix, j'ai perçu une lueur d'intérêt. Elle n'avait pas abandonné. Pas encore. Et même si je ne savais pas du tout quelle était cette super idée, je pouvais entretenir le rêve le temps de trouver ce qui pourrait être plus impressionnant qu'une barbe d'abeilles.

– C'est une surprise ! ai-je affirmé, mon plus beau sourire aux lèvres.

*

* *

J'ai appuyé avec le coude sur la sonnette de la porte de Steve. Les sacs et seaux que je transportais me cisaillaient les épaules et les paumes.

– Quoi ? a demandé Steve dans un grésillement.

L'interphone rendait sa voix plus faible et fragile. Passant tous les sacs dans une main, j'ai appuyé sur le bouton pour répondre.

– Je voulais te présenter ma nouvelle idée pour notre collecte ! Tu vas l'adorer.

Pas de réponse. Et juste au moment où je me disais qu'il était retourné tuer des trucs sur sa Xbox, la porte s'est ouverte.

– T'as toujours pas renoncé ? Je croyais que ton hurlement de douleur mettait un point final à ton petit manège.

Et affublé d'un peignoir duveteux et de chaussons licorne, il m'a décoché un regard méprisant. Mais ce n'est pas le ridicule de sa tenue que j'ai remarqué en premier.

– Tu es chauve...

Les mots sont sortis de ma bouche sans que je puisse les en empêcher.

L'expression sur son visage a changé, mais il s'est vite ressaisi et a pris un air exaspéré.

– J'ai un cancer, petit génie. Allez, montre-moi ce que tu m'apportes.

En maillot de bain, dans la cour de derrière, mon téléphone fixé sur un trépied, je tenais une cruche sur ma tête. Perplexe, Steve me regardait, toujours dans son peignoir et ses chaussons. À ses pieds, j'avais laissé les seaux que j'avais apportés.

– C'est une déviance sexuelle, c'est ça ?

– Allez, commence à filmer !

En haussant les épaules, Steve a appuyé sur le bouton d'enregistrement du téléphone. J'ai renversé la cruche et une rivière de miel a coulé sur mes cheveux, mes yeux et tout mon corps.

– Ah ouais, un truc sexuel grave tordu.

– C'est le même principe que les défis en chaîne qu'on voit sur les réseaux sociaux. Les gens se filment en train de relever un défi pour une bonne cause et les vidéos deviennent virales et rapportent plein d'argent.

– Je sais pas, mais franchement, tu m'excites.

– Ce n'est pas une perversion sexuelle ! ai-je crié, mais les mots se sont noyés dans le miel qui m'inondait le nez et la bouche.

J'ai avalé le nectar délicieux au goût de fleur d'oranger et j'ai continué.

– C'est du miel. C'est notre truc, le miel, non ?

J'espérais que Steve me donnerait son approbation pour cette nouvelle épreuve, mais avant tout je cherchais à savoir si on pouvait passer outre notre dispute du salon de thé. Je voulais lui montrer que je ne lui en tenais pas rigueur, qu'on pouvait tourner la page.

– Ah ouais ? On a un « truc » tous les deux ?

Ignorant sa remarque, j'ai désigné les seaux.

– Ouvre-les et tu verras ce que tu vas lancer sur moi. Tu comprends ? Le miel, ça…

Schloup ! Sans me laisser le temps de finir ma phrase, Steve m'avait balancé une poignée de farine.

– Colle ! a terminé Steve. Je comprends, oui.

Ont alors suivi cinq longues minutes de lancers de farine, céréales, paillettes, plumes, Lego et boules de peluche multicolores. Steve sautillait de joie en me décorant comme un sapin de Noël, jetant des paillettes en l'air pour les faire retomber en pluie sur moi. Dès qu'un Lego approchait de mes parties intimes, il éclatait de rire. Il a fini par s'asseoir, satisfait de son œuvre, et a éteint le téléphone. On souriait tous les deux.

– Bon sang, a-t-il dit, haletant. C'était carrément marrant !

– N'est-ce pas ? ai-je dit en retirant un Froot Loops de mes sourcils. Les gens vont adorer.

– Je suis impressionné, Cam.

– Alors, t'es partant ? On télécharge la vidéo ?

– Et comment !

*
* *

Je suis sorti de la salle de bains en me séchant les cheveux. J'avais réussi à retirer tout le miel, ce qui n'avait pas pris trop de temps, parce qu'il devait y avoir au moins douze pommeaux dans l'énorme cabine de douche de la chambre de Steve. Alors que je m'essuyais, j'ai remarqué tous les flacons de médicaments sur le bord du lavabo et même une boîte avec les jours de la semaine. J'avais toujours pensé que seules les vieilles personnes en avaient. J'ai rapidement détourné le regard, comme quand je regardais le crâne chauve de Steve trop longtemps.

Quand je suis entré dans sa chambre, il a levé les yeux de son ordinateur.

– Cam, mon ami collant, je viens de poster ta nouvelle idée !

Il a tourné vers moi son portable.

– Attends… c'est pas ce que je viens de faire.

Sur l'écran, il n'y avait pas de vidéo, mais juste du texte.

Steve s'est adossé dans son fauteuil, les bras derrière la tête.

– Tu crois quand même pas que j'allais mettre en ligne ce défi débile ? C'est clairement fait pour être indolore et à peine humiliant, et pourtant, ça t'aurait permis de collecter des fonds pour impressionner ma petite amie. T'es vraiment trop bête, Cam.

Il a lâché un petit rire sans joie.

– Mais ça m'a donné une excellente idée.

Je me suis penché pour lire :

« Désolé, en échouant lamentablement à mon défi tatouage, j'ai mis mon ami Steve dans la mouise. Pour me racheter, je prends sa place dans le concours de play-back de la semaine prochaine. J'interpréterai notre chanson préférée, *Money* de Cardi B, la déesse du rap. Et si vous voulez me voir habillé comme elle, versez dès maintenant l'argent. »

En descendant sur la page, j'ai vu Cardi B, pratiquement nue. Horrifié, j'ai levé les yeux vers Steve, mais il n'était plus à son bureau. Il fouillait dans son placard pour en sortir un tout petit déguisement, semblable à ce que la chanteuse portait. Seules les bottes montantes couvraient quelque chose.

– Je l'avais acheté avant d'avoir un cancer. Ça fait deux ans que je domine le concours de play-back. J'ai l'assurance et le charisme nécessaires pour mettre en valeur un tout petit morceau de Lycra. Mais pas toi, Cam. Pas avec tes pectoraux de gamin de huit ans et ton pauvre petit cul marqué d'un pitoyable bout de S. Quand Kaia te regardera après ça, elle ne verra pas Cam, le gentil activiste au cœur d'or. Non, elle se rappellera Cam Cardi avec sa peau pâle et flasque.

Il s'est penché vers moi pour me murmurer à l'oreille :

– Eh oui, c'est ce qui va se passer. Je l'ai essayé. Ça ne laisse aucune place à l'imagination.

Il a reculé.

– Mais quelle importance, puisque tu fais tout ça pour moi, n'est-ce pas ?

Il chantonnait à présent.

Mon téléphone a vibré.

Kaia : Cam, je suis pas sûre que ce soit une si bonne idée.

Steve a lu le message par-dessus mon épaule. Il a souri. Pas comme quand il m'avait décoré de paillettes et de céréales. Il affichait une expression de triomphe mêlé de sadisme.

– Trop hâte de te voir te dandiner sur scène.

Ma main agrippant fermement le téléphone, j'ai tenté de ne pas réagir. Steve savait qu'il m'avait coincé. Il savait que je détestais Cardi. Il savait que je serais ridicule dans cette tenue. Il savait que Kaia ne me regarderait plus jamais de la même façon. Seulement, il ignorait le plus important…

13

... j'avais fait sept ans de danse.

– Merci, Abby Rosendale, pour ce medley de *Cats*, a tonné la présentatrice, notre professeure de théâtre, Mme Buyikian.

Je patientais dans un coin sombre de l'auditorium. Le concours de play-back était l'évènement le plus populaire de l'année. Il ne restait plus un seul siège libre dans le public.

– Avant d'assister à la performance de notre prochain candidat, je vous demanderai d'accueillir chaleureusement Steve Stevenson ! continua Mme Buyikian.

Une salve d'applaudissements a retenti aussitôt.

Au premier rang, à côté de Kaia, Steve s'est levé pour saluer. Même de là où je me trouvais, caché dans l'ombre, je percevais son sourire satisfait. Toute la semaine, il m'avait envoyé des SMS pour me rappeler qu'il se faisait une joie de me voir sur scène. Et moi aussi, j'étais pressé d'y monter. Cette fois, Steve n'avait aucune idée de ce qui l'attendait.

– Et maintenant, c'est au tour de Cam Webber, qui va nous présenter *Money* de Cardi B dans sa version censurée pour la radio !

Les lumières ont baissé et un bruissement d'excitation s'est élevé de la foule. J'ai vu la silhouette de Steve qui se penchait pour murmurer à l'oreille de Kaia. Le léger sifflement de la machine à vapeur a fait taire les spectateurs. Steve a tourné la tête, étonné.

Il y a neuf ans, fraîchement divorcée, ma mère s'est mis dans la tête que je deviendrais un jeune homme complet, fier de sa masculinité affirmée. Et elle m'a donc inscrit à l'école de danse de Mme Bea, où j'ai appris la danse classique, le hip-hop, le modern jazz et les claquettes. J'ai suivi tous les cours. Six Noëls de suite, j'ai joué dans le *Casse-Noisette* de Ventura. Alors forcément, quand Steve a sorti son déguisement à paillettes pour m'effrayer, j'ai eu beaucoup de mal à retenir un sourire triomphant. Ce ne serait pas le premier justaucorps que j'enfilerais.

Les premiers accords de la chanson ont secoué l'auditorium. Quatre projecteurs se sont allumés pour éclairer quatre danseuses, les cheveux attachés en chignons serrés, et vêtues de corsets en cuir assortis et de cuissardes noires en dentelle. Tandis que la brume leur léchait les chevilles, elles gardaient la tête baissée et les yeux rivés sur le sol. Elles ont levé les bras en même temps et j'ai entendu le public lâcher une exclamation de surprise. Au pied de la scène, Steve s'était crispé.

Dès qu'il a eu publié ce nouveau défi, je suis retourné à l'école de Mme Bea, qui m'a tout de suite prêté une salle pour répéter avec quatre anciennes camarades. On a travaillé notre chorégraphie d'arrache-pied pendant une semaine, ne quittant le studio que pour aller au lycée. Déjà que j'étais contre la musique de Cardi B, l'idée d'un garçon blanc parodiant une femme de couleur me paraissait tout simplement scandaleux et révoltant. Il fallait que je m'assure que personne ne se sentirait blessé par cette performance. J'avais l'intention d'exploiter les milliers d'heures de cours de danse que j'avais pris dans ma vie pour éblouir les spectateurs.

J'ai écrit à des sites antiracistes pour être sûr de ne heurter aucune sensibilité. Avec ma mère, on a fait des retouches à la tenue de Steve. J'ai regardé toutes les vidéos possibles de Cardi B. Et ma motivation est montée en flèche quand j'ai découvert, grâce à mes recherches, qu'elle s'était associée à Michelle Obama pour inciter les jeunes à voter. Je me suis investi comme jamais pour ce moment.

– C'est qui, ces nanas ? Je veux voir mon Cam ! s'est exclamé Steve.

Au fond de l'auditorium, j'ai souri en comptant lentement dans ma tête… *cinq, six, sept, huit.*

Un projecteur s'est alors dirigé vers moi. Les sièges ont craqué sous le poids des spectateurs qui se tournaient. J'ai levé les bras au ciel pour que le satin de la robe que ma mère m'avait cousue brille dans la lumière. C'était une imitation de la Thierry Mugler que Cardi B portait pour les Grammy Awards, sur laquelle des plis s'ouvraient en un demi-cercle depuis la taille pour remonter en l'entourant et la faire ressembler à une perle au centre d'une huître. J'avançais dans l'allée principale en roulant des hanches, la robe dressée dans mon dos telle la queue d'un paon.

Cardi a commencé à chanter, sa voix résonnant sur les murs de l'auditorium. J'ai mimé les mots avec les lèvres, chaussé des bottes à talons hauts et semelles plateformes que Steve m'avait données et qui rayonnaient à chacun de mes pas.

Le public était stupéfait. Je sentais mon cœur battre à tout rompre et un filet de sueur couler sur ma peau. Mais il fallait que je continue. M'arrêter maintenant serait la pire des catastrophes. La tête haute, je ne trahissais aucune hésitation. Déterminé, j'avançais vers les marches qui menaient à la scène. Deux de mes danseuses sont descendues à ma rencontre.

Quand nous nous sommes croisés sur l'escalier, elles ont attrapé les bords de ma robe et ont tiré dessus d'un coup sec. Le tissu s'est arraché dans un bruit de Velcro, révélant le justaucorps de Steve, sur lequel j'avais cousu une mosaïque de diamants. La lumière s'est reflétée dessus en un arc-en-ciel éblouissant. Je suis arrivé sur la scène sous des hurlements enthousiastes. Les spectateurs avaient retrouvé leur voix.

Et ce n'était que le début. Sur le mot « *cartwheels* », j'ai effectué une roue parfaite, bras écartés, jambes tendues. Tête en bas, j'ai vu au ralenti les lèvres de Steve dessiner un « putain de merde ! » silencieux. Mes talons ont claqué sur le sol et j'ai atterri juste en face du public. Les cris de la foule ont couvert la musique, mais je ne me suis pas laissé déconcentrer. Dans un craquement de cuir, je me suis agenouillé pour regarder le visage ahuri de Steve et j'ai continué ma chorégraphie.

Derrière moi, les filles dansaient à contretemps avec une précision redoutable. Je les ai rejointes au moment du refrain.

« *Diamonds on my neck...* » Mains dans le dos, torse bombé vers le plafond, une jambe pliée, j'ai glissé l'autre en avant, pied en pointe, et j'ai levé les hanches.

La foule s'est enflammée.

« *... But nothing in this world...* » Je me suis retourné pour me tortiller par terre, malgré le revêtement du sol qui m'écorchait les cuisses et les mains. La bouche de Steve pendait, béante. Kaia ouvrait de grands yeux ébahis. Mon visage demeurait impassible.

« *... that I like more than checks.* » Je me suis relevé à temps pour retourner auprès de mes danseuses. En rythme avec la musique, elles et moi avons ouvert et refermé les cuisses. On tournait la tête, roulait des épaules, agitait les fesses, le tout dans une synchronisation parfaite. Complètement habité par la danse, je n'entendais plus rien, ni la chanson ni la foule.

Steve était devenu le cadet de mes soucis.

Enfin, les filles sont parties vers le fond de la scène pour l'apothéose de mon numéro. Elle m'avait donné du mal toute la semaine, mais pas ce soir. De plus en plus vite, j'effectuais les mouvements avec une agilité remarquable devant un public en liesse. Et après une dernière accélération, je suis tombé à genoux pour glisser jusqu'au bord de la scène. En vrillant sur moi-même, je me suis immobilisé, les fesses vers les spectateurs. En me cambrant, j'ai regardé par-dessus mon épaule et, un sourire faussement pudique aux lèvres, j'ai remonté mon justaucorps pour montrer…

… un tatouage entier « SauvonsSteve ». J'étais retourné chez Mario la semaine précédente, décidé à relever mon seuil de tolérance à la douleur et à réparer mon échec. Pendant que le public contemplait l'œuvre d'art sur mon postérieur, une grande banderole SauvonsSteve.org descendait au fond de la scène et de faux billets de cinq-cents dollars se sont déversés sur moi, le titre de la chanson, *Money*, se répétant à l'infini.

La salle a bondi comme un seul homme en m'ovationnant. Haletant, aveuglé par la sueur qui coulait dans mes yeux, j'ai laissé les applaudissements me caresser. Ils ne s'arrêtaient plus, déferlant sur moi en vagues répétées. Seul Steve ne s'était pas levé pour m'acclamer.

J'ai croisé son regard en souriant.

*

* *

Dans les coulisses, après avoir soigneusement suspendu mon costume de scène sur un cintre, j'ai enfilé un pantalon de jogging et un vieux teeshirt. C'est en me frottant le visage avec une serviette que je me suis rappelé combien c'était pénible de se démaquiller. Je ne faisais sans doute qu'étaler l'eyeliner et les paillettes. Mais mon sourire, en tout cas, je ne pouvais pas l'effacer. Il était collé à mes lèvres pour toujours. J'étais aux nues, je me sentais pousser des ailes. J'aurais pu aller au parc aquatique de Ventura pour libérer le requin. Renonçant à me débarrasser des traits de crayon autour des yeux, je suis sorti du vestiaire de fortune installé pour les participants.

Je me suis retrouvé aussitôt assailli. Tous les techniciens sur place ont arrêté ce qu'ils faisaient pour me taper dans la main, dans le dos ou dans le poing. Soudain, j'ai aperçu Kaia et Steve qui se dégageaient de la mêlée pour venir vers moi. Mon sourire s'est encore agrandi. Après avoir pris congé des techniciens, je me suis frayé un passage vers eux.

– … et après, il a remué des hanches et… waouh ! s'est exclamée Kaia en agitant les bras.

En entendant son enthousiasme, j'ai eu l'impression de fondre comme du chocolat dans un bain-marie. J'ai dû me cacher derrière un pommier en contre-plaqué pour me ressaisir.

– Sérieux, c'était hallucinant, a continué Kaia.

– Dingue, oui. On lui a carrément offert une scène pour faire son coming out, s'est moqué Steve.

Kaia s'est figée.

– Pardon ? Tu es resté aux normes genrées du vingtième siècle, c'est ça ?

– Non, mais, Kaia, reconnais qu'elle faisait un peu gay sa choré.

– C'est une critique, pour toi, « gay » ? a demandé Kaia, vraiment tendue, maintenant.

– Euh… non ? a balbutié Steve.

Presque désolé pour lui, je suis quand même resté caché dans l'ombre, ravi que Kaia le remette à sa place.

– Parce que, franchement, je ne suis pas sûre de comprendre ce que tu essaies de dire, là.

Elle a croisé les bras.

– Allez, Kaia, dis pas que c'était normal.

– *Pardon ?*

– Je dis pas qu'être gay, c'est pas normal… je veux dire… euh… Sérieux, il portait une robe !

Steve a prononcé ces mots comme si c'était la preuve d'une démonstration dont il avait perdu le fil. Il semblait complètement perdu. Kaia a secoué la tête, dégoûtée.

– Tu sais quoi ? Tu devrais rentrer chez toi. Tu as l'air épuisé à force de te sentir menacé dans ta virilité.

– Comme tu veux. Bon Dieu ! T'es vraiment…

– Quoi ? a grondé Kaia en faisant un pas vers lui.

Ses yeux étaient plus froids que de la glace, sa voix presque un murmure.

– Je suis quoi, Steve ? Une salope ?

Le temps s'est prolongé à l'infini.

– Bon, a finalement lancé Steve en fourrant les poings dans ses poches avant de s'éloigner.

Il a donné un coup de pied dans un objet qui a rebondi plusieurs fois au sol avec un claquement métallique.

Je me suis agenouillé pour refaire mes lacets. J'avais besoin de quelques secondes pour intégrer ce qui venait de se passer. Kaia et Steve venaient-ils vraiment de se disputer… à cause de moi ?

À travers les branches du faux arbre, j'ai vu Kaia demander au régisseur s'il m'avait vu. Pour éviter qu'elle me surprenne tapi dans l'ombre, je me suis levé.

– Kaia ?

Une étincelle dans les yeux, elle s'est élancée vers moi.

– Cam !

J'ai reculé d'un pas quand elle s'est jetée à mon cou pour me serrer dans ses bras.

– Bon sang ! Sérieusement, Cam ! C'était terriblement… sexy !

Tout ce que j'avais éprouvé depuis la fin de ma performance est revenu de plein fouet m'inonder. J'étais remonté sur mon nuage. Et Kaia Gonzales m'enlaçait. Je l'ai serrée contre moi et l'ai fait tournoyer dans les airs avant de la reposer. À bout de souffle, j'ai fait un pas en arrière.

– J'ai été très injuste avec Cardi B. Je le comprends maintenant. Si se dévêtir est un choix et qu'on ne le fait pas contraint par les inégalités propres au système, alors pourquoi pas ? Et oui, c'était dingue, hein ?

Tout à coup, un mot m'est revenu à l'esprit.

– Tu as dit que j'étais sexy ? ai-je demandé, un grand sourire aux lèvres.

Rouge d'embarras, Kaia m'a donné une tape dans l'épaule.

– Allez, tu sais bien que c'était hyper suggestif. Chaud bouillant.

Je me suis trémoussé comme je l'avais fait sur scène. Quelques machinistes m'ont applaudi et Kaia a fait mine de s'éventer avant d'éclater de rire.

– Ce que je ferais pas pour Steve.

Le visage de Kaia s'est décomposé, et je me suis maudit de gâcher l'instant.

– Ouais. Il a dû partir. Il ne se sentait pas super bien.

Bon, on était tous les deux mal, maintenant. Super.

– Oh, pas grave.

J'ai cherché quelque chose à ajouter, mais je ne trouvais rien. Elle allait sans doute partir, elle aussi.

– Tu fais quoi maintenant ?

Attends. Est-ce qu'elle…

– Je voulais inviter les danseuses chez Denny pour les remercier.

– Sympa.

Elle a baissé la tête.

Je volais. J'étais capable de tout.

– Tu veux venir ?

*

* *

Vingt minutes plus tard, on était tous tassés autour d'une table qui débordait de nourriture : pancakes aux pépites de chocolat, frites, bâtonnets de mozzarella et un banana split géant. Nos cuillères s'entrechoquaient dans notre combat pour avoir les dernières bouchées. Kaia était collée contre moi, tout le monde se parlait et nos rires remplissaient la salle. Les autres clients nous jetaient des regards agacés, sans parvenir à nous calmer.

– Et après, t'as levé les bras…, a rappelé Mei, bien plus fort que nécessaire.

– Et le public s'est tu…, a ajouté Tamara.

– Mais quand on t'a arraché ta robe…, a continué Alyssa.

– Ils se sont tous déchaînés ! a conclu Lainey, surexcitée.

On était tous hilares. Kaia m'a regardé dans les yeux et on a souri.

– Vous êtes amis depuis combien de temps, avec Cam ? a-t-elle demandé quand le silence a fini par revenir.

– On n'est pas vraiment amis. On dansait ensemble, mais on se voyait jamais en dehors de l'école, ai-je répondu, conscient que ce détail ne jouait pas en ma faveur.

Je n'avais rien contre l'idée qu'elles soient mes amies, pourtant. Je les aimais bien.

– Cam a toujours été un mystère pour nous, a dit Alyssa en croquant dans un bâtonnet de mozzarella.

– On l'appelait Webber l'Éphémère, parce qu'il disparaissait à peine le cours terminé, a lancé Mei.

Et c'était vrai. Je les voyais toujours partir manger une glace et j'avais envie de me joindre à elles. Mais jamais je n'ai réussi à le leur demander. Ma gorge se serrait chaque fois que j'essayais.

– *Hop !* Comme par magie, a poursuivi Mei en claquant les doigts.

– Vous m'intimidiez ! me suis-je défendu. Vous étiez toutes tellement douées, j'arrivais même pas à enchaîner deux mots devant vous.

Ma remarque les a fait rire.

– Non, mais on n'a pas besoin de dormir les uns chez les autres pour être amis, a nuancé Lainey.

– Quoi, tu veux dire qu'on était amis ?

Nouveaux gloussements.

– Mon Dieu, Cam, t'es irrécupérable !

Mei a posé une main sur mon épaule et m'a expliqué lentement, comme si elle s'adressait à un enfant :

– On passait des heures ensemble, toutes les semaines, Cam. Oui, on était amis.

Ému, j'ai cligné des yeux plusieurs fois.

– Ben oui, a ajouté Alyssa. Tu crois vraiment qu'on aurait passé une semaine à répéter dans ce studio pour n'importe qui ? Tu veux voir mes ampoules ?

– Tu parles, les miennes sont bien pires, a renchéri Lainey.

À côté de moi, le téléphone de Kaia a vibré. Elle a consulté l'écran avant de lever les yeux au ciel.

– Ta mère ? l'ai-je interrogée.

– Non, a-t-elle soupiré. C'est juste Steve. Il a dit

quelque chose de très très bête tout à l'heure et il n'arrête pas de s'excuser.

– Mets sur silencieux. Fais-le souffrir, a suggéré Mei.

– Non, je lui ai déjà écrit que tout allait bien, mais il continue à être désolé.

Kaia m'a regardé et a détourné la tête.

Alyssa a haussé les épaules, avant de piocher une nouvelle fois dans le banana split.

– Il est sexy.

Lainey lui a donné une tape sur le bras, nous éclaboussant de glace et de sauce au chocolat.

– Alyssa, voyons ! Il est malade.

– Et alors ? Ça le rend pas moins sexy.

Tamara s'est adossée à la banquette.

– Je suis d'accord avec Alyssa. 11 sur 10, il mérite. Un canon, ce gars.

– Les filles, ça suffit. Vous faites rougir notre nouvelle amie, est intervenue Mei en riant.

Et elle a lâché la frite qu'elle tenait dans la main.

– Oh ! J'ai une idée ! Qui veut aller à la plage ?

En guise de réponse, on a tous poussé un cri suraigu, et rapidement on a sorti de nos portefeuilles l'argent pour payer nos consommations. Je me suis tourné vers Kaia.

– Tu viens ?

Ses épaules se sont un peu affaissées.

– J'ai encore pas mal de travail pour finir l'album du lycée…

– Pas de problème, si tu es occupée, ai-je lancé, pas étonné qu'elle refuse.

Je n'en revenais toujours pas qu'elle ait accepté mon invitation chez Denny.

– Et puis merde ! s'est-elle écriée en posant un billet sur la table. Je viens avec vous.

*

* *

On était assis sur une bande de sable plongée dans le noir. Derrière nous, les voitures qui passaient sur l'autoroute nous éclairaient à intervalles irréguliers. Le grondement de leurs moteurs se mêlait au fracas des vagues sur la plage. Devant nous, on voyait à peine l'océan, perdu dans l'obscurité. Seule l'écume, qu'on apercevait ici et là, prouvait qu'on ne regardait pas juste une étendue de ciel infinie.

Les filles s'étaient précipitées directement dans l'eau. Elles dansaient en criant, en s'aspergeant et en évitant les vagues. À côté de moi, Kaia les observait, ses pieds nus enfouis dans le sable froid. Brusquement, elle a sorti son portable de son sac pour pianoter sur le clavier.

– Désolée, je viens d'avoir une super idée pour la couverture de l'album. Des empreintes de pas sur le sable.

Elle s'est interrompue, ses pouces figés au-dessus de l'écran.

– Ça fait trop cliché ? J'ai l'impression que c'est du déjà-vu. Peut-être juste une plage ?

Elle a poussé un grognement.

– Qu'est-ce que je fabrique ? C'est une si belle nuit. Je devrais en profiter, mais, au lieu de ça, je pense à l'album de fin d'année. Alors que si Kendra avait rendu sa couverture dans les temps, ce serait même pas mon problème.

En soupirant, elle a lâché son téléphone.

– Désolée, je suis pas de bonne compagnie. Je ne sais pas m'amuser.

– T'inquiète pas. Moi non plus.

– Qu'est-ce que tu racontes ? Tu viens de faire une choré de Cardi B et il y a quelques semaines, à peine, tu portais une barbe d'abeilles.

Qu'est-ce que je devais répondre à ça ? « Qu'est-ce que je ferais pas pour Steve ? » Pour ton petit ami. Parce que, en réalité, j'étais plus du genre à rester assis sur le sable qu'à courir dans les vagues.

– Je te jure. Je sais encore moins m'amuser que toi. Je passe la plus grande partie de mon temps à me demander à quoi ressemblera la fin du monde.

Kaia a levé un sourcil.

– Sérieux ? Parce que moi, quand je regarde les vagues devant moi, tout ce que je vois, c'est l'élévation du niveau de la mer.

– Et moi, la pollution marine, ai-je surenchéri.

– Je vois les tortues étouffées par des sacs plastiques.

– Les effets néfastes de la surpêche.

– La pollution acoustique subaquatique.

– L'expansion des algues bioluminescentes ! ai-je terminé, triomphant.

En riant, Kaia a levé le poing.

– Les jumeaux de l'Apocalypse à l'action.

Tristement, on s'est tapé dans la main et on s'est tournés vers les danseuses. Elles virevoltaient dans l'eau et plongeaient gracieusement dans les vagues.

– Debout !

– Quoi ? a demandé Kaia, intriguée, alors que je me levais.

Après avoir épousseté mon pantalon de jogging, je lui ai tendu la main et elle l'a prise, toujours perplexe.

– On va essayer de s'amuser.

– Je ne sais pas danser, Cam. Je ne sais pas…

Je lui ai tapoté l'épaule.

– C'est toi, le chat.

Elle m'a dévisagé, n'y comprenant toujours rien. J'ai reculé en esquissant quelques pas de danse.

– Qu'est-ce qui te prend ? T'as huit ans, ou quoi ?

– Non, je m'amuse, ai-je répondu avec un sourire coquin.

Elle a secoué la tête, mais, sans avertissement, s'est jetée sur moi. J'ai reculé juste à temps. Elle a réessayé de m'attraper, mais j'ai réussi à filer. Frustrée, elle a poussé un soupir. Elle a de nouveau bondi, et j'ai failli perdre l'équilibre en tentant de l'éviter. Elle a commencé à rire.

– Tu vois ? Je ris, tu ris.

– Non ! a-t-elle crié en se ruant vers moi. C'est toi, le chat.

J'ai tourné les talons et foncé sur la plage. Kaia m'a poursuivi, projetant le sable autour d'elle. J'ai creusé l'écart entre nous, me délectant de l'air frais qui me fouettait le visage.

– Comment tu fais pour courir si vite ?!

– J'ai dansé trois heures par jour, tous les jours de cette semaine ! Je pourrais continuer toute la nuit !

J'ai éclaté de rire, sans m'arrêter, heureux de voir la plage s'étendre devant moi à l'infini.

– Ralentis !

– Pour que tu m'attrapes ?

Elle n'était pas très loin derrière, mais luttait pour ne pas se laisser distancer.

– Regarde ! Des détritus !

– Où ça ?

J'ai tourné la tête pour vérifier ce qu'elle m'indiquait. *Voum !* Kaia m'a attrapé par la taille pour me plaquer au sol. On s'est tous les deux écroulés sur le sable, morts de rire. À bout de souffle, j'ai fini par me redresser en secouant la tête pour l'éclabousser avec ce qui s'était coincé dans mes cheveux.

– Waouh !

Elle s'est également assise, du sable durci collé sur la joue.

– Oui, hein. C'est trompeur, le sable, on pense que c'est tout doux.

– Pas faux.

J'ai contemplé la plage. Les filles étaient trop loin pour qu'on les voie, mais on entendait encore par moments leurs cris couvrir les vagues. Quand je me suis tourné vers Kaia, elle me regardait. Je me suis demandé ce qu'elle voyait en moi. Sans doute un gars ébouriffé, avec un coude écorché et du sable dans les yeux. Je savais, moi, ce que je voyais : une fille qui me connaissait assez pour gagner à chat en me faisant croire qu'il y avait des déchets par terre.

– Tu vois, ai-je dit, un peu plus bas que je ne l'aurais voulu. C'était amusant.

On n'a plus bougé, ni elle ni moi, comme si on était suspendus dans le temps.

– C'est pour ça, tu sais, a-t-elle dit doucement.

– Quoi ? ai-je demandé avec l'impression que je sortais d'un rêve.

– Pour ça que je suis avec Steve.

Oh.

Je l'avais oublié, lui. L'espace d'un instant, il n'y avait plus eu que Kaia et moi sur une plage pratiquement vide.

– Pour m'amuser, a-t-elle expliqué, avec une petite moue. C'est pour ça que j'ai commencé à sortir avec lui. Ce n'est pas une grande histoire d'amour. On avait un devoir à faire pour le lycée. Quand je me suis retrouvée en binôme avec Steve, je me suis dit que je devrais tout faire toute seule. Mais en fait, il a fait sa partie du travail. Et si je me mettais à trop stresser, il riait. Et après, il m'a demandé de sortir avec lui. Alors, j'ai pensé, c'est peut-être ce dont j'ai besoin. C'était pas du tout le genre de petit ami que j'aurais imaginé avoir… mais je me suis dit, pourquoi pas. Et je ne voulais pas le vexer en refusant, alors j'ai dit oui.

Aussi simple que ça. Alors que, moi, j'avais passé des heures à réfléchir au bon moment, Steve s'était contenté de l'inviter à sortir avec lui, sans doute en chemin vers la cantine, alors qu'il pensait déjà à son déjeuner. Ça lui aurait sûrement fait ni chaud ni froid si elle avait refusé. C'est pour ça que tout était si facile pour lui. Et j'ai remarqué que Kaia parlait encore.

– … et on a commencé à sortir ensemble. J'espérais trouver en lui plus que ce que j'avais déjà perçu, parce que je l'aimais bien. Je l'aime bien. Mais… il n'est pas…

Elle a baissé les yeux.

Il n'est pas quoi, Kaia ? J'avais le cœur coincé dans la gorge. *IL N'EST PAS QUOI ??*

– Et après, je me suis dit que ça ne durerait pas. Il a déjà largué assez de filles.

– Oui, six l'année dernière, ai-je confirmé.

– Exact. Mais il ne m'a pas larguée. Et c'est pas trop mon genre de quitter quelqu'un. Enfin, je n'ai jamais vraiment eu de petit ami avant lui… Et ensuite, il a eu son cancer. Qu'est-ce que je pouvais faire ? Tu peux quand même pas quitter un gars malade.

Tout ce que je retenais, c'était « quitter ». Le mot revenait encore et encore, comme la houle.

Kaia s'est frotté les yeux.

– Désolée, je…

J'aurais voulu lui entourer les épaules de mon bras, mais, au lieu de ça, j'ai fait une plaisanterie.

– Attends, à quel moment t'as cru que Steve Stevenson éprouvait des émotions ?

Elle a éclaté de rire, mais a terminé par un sanglot.

– Cam ! C'est pas drôle.

Elle s'est effondrée, une main sur les yeux.

– Je sors avec un type qui appelle son pénis « le Merveilleux ».

– Je n'ai rien entendu, ai-je lâché en m'étranglant presque.

Elle a légèrement écarté les doigts qui cachaient ses yeux.

– Tout le monde va me détester si je romps avec lui ?

De nouveau, elle parlait de séparation. Je n'aurais pu rêver d'entendre quelque chose de plus réjouissant. J'avais porté une couche, une barbe d'abeilles, un justaucorps, j'avais dansé en public et je m'étais fait tatouer le derrière dans ce seul but.

– C'est sûr qu'il ne risque pas de rester seul très longtemps. T'as vu les commentaires sur le site ?

– Malheureusement.

À mesure que la campagne devenait plus populaire, de plus en plus de filles laissaient des messages de « soutien », se portant volontaires pour guérir Steve de toutes les façons possibles.

– Est-ce que je suis horrible de me dire qu'une fois qu'on aura atteint les vingt-mille dollars, je pourrai le quitter ? On est proches du but, non ? Sa famille sera bientôt à l'abri du besoin ? Mais tu penses qu'on me détestera quand même ?

Elle a retiré complètement sa main et m'a transpercé de son regard plein d'espoir.

– Moi, je te détesterai pas, ai-je répondu du fond de mon cœur.

En soupirant, elle a fermé les yeux. Un sourire s'est de nouveau dessiné sur ses lèvres, discret, mais bien là. Elle a ouvert les paupières.

– Je peux te raconter un secret ?

– Carrément.

– Je t'ai élu « Personnalité de l'année » dans l'album du lycée.

– Vraiment ?

J'ai eu du mal à croiser son regard. Mon rêve se réalisait. Pas entièrement, bien sûr, mais Kaia me voyait comme j'avais envie qu'elle me voie. Alors pourquoi est-ce que je ne bondissais pas de joie ? Pourquoi est-ce que j'avais des scrupules ?

– Oh, arrête de jouer les modestes. Tu sais bien que tu le mérites.

– Pas du tout.

– Dis-moi un truc méchant que tu as fait dans ta vie. Et oublier de recycler un pot de yaourt, ça compte pas.

J'ai tourné la tête vers l'océan.

– D'accord : je t'ai fait croire que je voulais venir en aide à ton petit ami pour t'impressionner. Et même s'il m'a bien torturé comme il fallait, mon plan a réussi et maintenant on est assis sur cette plage, tes cheveux flottant dans le vent et tu me dis que tu veux rompre avec lui. Et même si j'en suis vraiment ravi, je me sens aussi un peu perdu et coupable et je ne sais pas pourquoi.

J'aurais pu dire tout ça, mais j'ai préféré me contenter de :

– J'ai déjà fait des trucs pas bien.

– Vraiment ? a insisté Kaia en s'approchant. S'il te plaît, dis-moi que c'était vraiment quelque chose d'affreux, parce que…

Son visage était à quelques centimètres à peine du mien.

– Quoi ?

Je ne pensais plus à rien. Elle était si proche.

Kaia a tendu la main pour retirer une saleté de ma joue.

– Tu ne serais pas la personnalité de l'année…

Attends, qu'est-ce qu'elle disait maintenant ? Elle ne voulait plus me donner le titre ? Et alors ? Ça n'avait peut-être aucune importance. Comment avais-je fait pour ne jamais remarquer qu'elle avait des taches de rousseur ?

– Et aussi ?

– Quoi ? ai-je demandé d'une voix étranglée.

Elle a posé une main sur mon épaule et a murmuré à mon oreille.

– C'est toi le chat !

En criant, elle s'est reculée et s'est levée d'un bond. Je suis resté cloué sur place. Elle s'est alors retournée, ses pieds nus dansant sur le sable.

– Alors, tu m'attrapes ?

14

Tandis que ma mère préparait une montagne de pancakes pour fêter ma victoire, je consultais le site. Qu'est-ce que j'allais devoir faire maintenant ? Plonger d'un hélicoptère en parachute ? Courir avec des taureaux ? Brûler une forêt tropicale ?

À mon grand étonnement, la page d'accueil était inchangée. Steve avait dû s'endormir avant d'y toucher. On était samedi, j'ai pris une profonde inspiration, m'efforçant de profiter de ce répit. Les paupières closes, j'ai savouré le souvenir de la plage avec Kaia. Elle m'avait élu personnalité de l'année ! Je ne pouvais m'empêcher de me demander si cette soirée n'était pas juste le fruit de mon imagination. Est-ce qu'elle avait vraiment dit qu'elle allait rompre avec Steve ?

Le lendemain, le site n'avait toujours pas bougé. Dans un brouillard de bonheur, j'errais chez moi, pendant que ma mère passait les vidéos de Cardi B et dansait, fière de son petit garçon. Je n'arrivais toujours pas à me détendre complètement. S'il n'avait pas tout de suite posté son défi suivant, c'est qu'il me réservait quelque chose de vraiment horrible. Il allait sûrement le révéler le lundi pour toucher plus de monde en même temps et profiter en direct de l'impact de mon humiliation. Il avait peut-être fini par laisser tomber. Ou peut-être que Kaia l'avait quitté. Cette idée m'a fait lâcher mon portable et l'écran s'est brisé davantage. Il était bon à jeter à la poubelle, maintenant. Tant mieux. Être déconnecté ne pouvait que me rendre service. J'ai même laissé la batterie de mon ordinateur se vider. Ainsi, j'étais libéré de la tentation d'aller vérifier le site toutes les trente secondes. J'avais bien mérité de ne rien savoir. La veille, j'avais lu *Les langages de l'amour* que j'avais offert à ma mère à Noël, l'année précédente. J'espérais que Kaia saurait lire mes sentiments pour elle dans tout ce que j'avais fait au cours de ces derniers mois.

Le lundi matin, je n'avais toujours pas branché mon ordinateur. J'avais enfin réussi à bien dormir toute la nuit et je ne voulais rien d'autre que continuer à m'entourer d'ondes positives. Mais en arrivant au lycée, j'ai tout de suite remarqué une différence dans l'air. En général, personne ne me remarquait quand je marchais vers mon casier. Mais là, tout le monde me souriait, quelqu'un m'a tapé dans la main, deux gars de l'équipe de basket m'ont félicité. Même Mark, le délégué, m'a fait des compliments, et aussi ma prof d'histoire de l'art, qui me détestait. Bien sûr, j'avais assuré, mais quand même.

Ça devait être un prank. Steve avait demandé à tout le monde d'être sympa avec moi pour tout à coup… quoi ? Est-ce qu'ils me collaient des insultes dans le dos ? J'ai vérifié. Rien. Ils me coupaient peut-être les cheveux en douce. Je me suis examiné dans une vitre. Non, apparemment pas. L'humiliation pouvait-elle encore monter d'un cran ? La plupart des élèves m'avaient déjà vu en couche-culotte avec une trique de folie ou couvert de vomi.

Je me suis éloigné de la foule pour respirer un peu et chercher quelqu'un dont je n'avais pas à me méfier. À côté du foyer, j'ai enfin repéré Kaia qui vendait des billets pour le bal de fin d'année.

– Cam ! Cam ! Oh mon Dieu ! s'est-elle écriée en fonçant vers moi.

– Qu'est-ce qui se passe ? Pourquoi ils sont tous… ? ai-je demandé, toujours sur le qui-vive.

– Tu n'as pas vu le site, ce matin ?

– Quoi ? Non, mon téléphone et mon ordinateur sont morts.

– Mec, tu as réussi !

Elle m'a montré son portable.

– Réussi ? ai-je répété, perdu.

SauvonsSteve.org s'affichait à l'écran.

– Notre objectif est atteint. Tu as réussi !

Je n'arrivais pas à en croire mes yeux. C'était une erreur de son téléphone.

– La vidéo de ton numéro de danse est devenue virale pendant le weekend ! Elle a obtenu quelque chose comme soixante-mille vues sur YouTube et il y a plein d'extraits publiés sur TikTok !

J'ai de nouveau regardé le compteur sur l'écran. On n'avait pas seulement atteint notre objectif, on l'avait explosé. On en était à vingt-neuf-mille-trois-cent-quarante-deux dollars.

– Ça fait carrément beaucoup d'argent, tout ça, ai-je commenté sans pouvoir quitter des yeux le chiffre qui clignotait.

– Je sais. J'arrive pas à y croire, Cam. Tu as sauvé Steve !

Kaia avait les larmes aux yeux et un sourire si immense que j'imaginais des petits cœurs volants en sortir. C'était exactement la tête que je lui avais imaginée en cas de victoire.

– Et Cam… tu as vu ?

Elle a repris son téléphone, hyper enthousiaste. Après avoir passé quelques fenêtres, elle me l'a rendu.

– Vois un peu qui a retweeté ta vidéo.

– Furrydick15 ? ai-je lu, perplexe.

– En dessous, a-t-elle dit en me montrant avec son index. Celle qui veille sur toi la nuit !

Mais oui ! Juste en dessous de Furrydick15…

– Michelle… oh… mais, sérieux… oh, mon Dieu…, ai-je lâché à bout de souffle. Oh mon Dieu !

Amusée, Kaia a terminé pour moi, comme j'étais incapable d'ajouter un seul mot.

– Michelle Obama, bien sûr !

Et elle m'a serré contre elle si fort que j'ai eu peur d'exploser.

Michelle Obama avait retweeté ma choré ! Parce que j'avais collecté près de trente-mille dollars ! Parce que j'avais sauvé Steve ! Parce que j'étais extraordinaire. Et je tenais Kaia dans mes bras. J'ai senti l'émotion me submerger et je n'ai pas pu me retenir de pleurer. Je versais des larmes de joie et d'émerveillement.

Des larmes de victoire.

Steve n'était plus qu'une histoire ancienne.

*

* *

Avec des petits bouts de scotch, j'accrochais des posters « Sauvons le requin » un peu partout dans la ville. Une mission qui laissait mon cerveau libre de réfléchir à comment inviter Kaia au bal de fin d'année. Elle était peut-être en train de quitter Steve à cet instant même. J'attendrais un peu pour ne pas passer pour un opportuniste, mais pas trop longtemps. Et de toute façon, je ne lui ferais pas ma demande en public. Je m'étais déjà assez donné en spectacle pour Steve, je ne voulais pas qu'elle pense que c'était une manie chez moi. Elle traversait une période de grands bouleversements émotionnels, et je ne voulais pas donner l'impression d'en profiter. Il faudrait que ce soit parfait. Peut-être dans les marais ! Je pourrais l'inviter à un pique-nique, sortir mon exemplaire de

La Terre inhabitable pour faire un clin d'œil et simplement lui dire « Dis, Kaia, je me demandais si tu voudrais aller avec moi au bal de fin d'année. » Non, il fallait que je sois plus sûr de moi. «Tu veux aller au bal avec moi... » « Et si on allait... »

– Salut, ai-je entendu derrière moi, et un frisson a parcouru mon dos. Kaia m'a dit que je te trouverais là.

Est-ce qu'il m'avait entendu répéter ? Est-ce qu'elle venait de rompre avec lui ? Est-ce qu'il était venu me tabasser ?

– Eh, salut Steve...

J'ai essayé de faire comme si je ne me doutais de rien.

– Ça fait un moment qu'on s'est pas vus. Du coup, ça fait un moment que j'ai pas été piqué, battu ou trempé dans des fluides corporels.

– Tu t'es infligé ça tout seul, a-t-il répondu sur un ton neutre.

– Parce que je voulais t'aider !

– Parce que tu bandes comme un malade pour Kaia.

– Je ne...

– Bon sang, mais admets-le, enfin ! T'as gagné. Bravo, a-t-il continué, un peu abattu.

Ça y est, elle avait rompu ! Je commençais à ressentir ce dont il m'accusait.

– Je t'ai sous-estimé avec ton petit numéro du gars sympa. Kaia me parle pratiquement plus. Heureux ?

Mince, elle ne l'avait pas quitté. Ils étaient juste fâchés.

– Écoute, c'est pas pour ça que je suis ici.

Là, je n'y comprenais plus rien. Pourquoi était-il venu me parler alors ? Il semblait plutôt calme et un peu fatigué.

– J'essaie de changer. J'essaie... Bref, je suis là... parce que... je voulais te remercier, OK ?

– Quoi ? me suis-je écrié.

Ce n'était pas très poli, mais franchement, je ne le suivais plus du tout.

– L'argent que tu as collecté. Ça nous a vraiment rendu service. À mes parents... Disons que c'était cool de voir ma mère pleurer de joie pour une fois.

Non, non, non, je n'allais pas me laisser avoir cette fois. J'avais vu trop de pénis griffonnés sur trop de casiers pour oublier qui il était vraiment. J'avais un tatouage sur les fesses. Il fallait que je reste sur mes gardes.

– Oh. Pas de quoi, ai-je répondu pour lui faire croire que j'étais dupe.

– Et j'ai un service à te demander.

Il a tout de suite vu mon ahurissement.

– Pourquoi tu imagines tout de suite le pire ?

– Désolé, j'arrive pas à te faire confiance. Va savoir pourquoi.

– Est-ce que tu peux juste venir un peu plus tôt au lycée demain ?

J'ai plissé les yeux.

– Sérieusement, ce n'est pas méchant. Promis.

Sa voix trahissait une pointe de vulnérabilité et de regret qui me forçaient à me demander s'il n'était pas sincère.

Steve s'est éloigné, mais s'est arrêté, comme s'il se rappelait autre chose.

– Tiens, j'ai failli oublier.

Il m'a tendu un bout de papier.

– Un billet pour le parc aquatique ?

– Je l'ai reçu en cadeau. Mais je ne veux pas les soutenir, avec ce qu'ils font au requin.

– Alors jette-le à la poubelle.

– J'ai écrit le mot de passe de ton site au dos. J'arrête de te torturer.

Et il est parti.

J'ai mis un temps infini à tourner le billet, sonné par ce que je venais de vivre.

« CamL€Connard!! »

*

* *

C'était le bon mot de passe. Alors pourquoi est-ce que j'étais ici ? Qu'est-ce qui m'avait poussé à venir au parc aquatique ? J'aurais pu juste jeter le billet à la poubelle. Je voulais voir le requin. J'avais besoin de le voir. Malgré tout le temps que j'avais passé pour le sauver, je ne l'avais jamais vu en vrai. Peut-être parce que j'avais une peur panique des requins. Même les figurines de requins me tétanisaient. C'était vraiment spécifique aux requins, parce que les monstres et les extraterrestres jouets ne me faisaient aucun effet. Je les aimais plutôt bien. Je n'avais peur ni des tyrannosaures ni de la créature glacée dans la *Reine des neiges*. Juste les requins. Un des rares souvenirs que j'avais de mon père, c'était quand on avait regardé les *Dents de la mer* ensemble. J'avais quatre ans. Il avait dit que c'était un vieux film nunuche. Quel idiot, ce mec !

On était mardi, en fin d'après-midi. Il n'y avait pratiquement personne dans le parc aquatique. Je me suis caché sous la capuche de mon sweat pour que personne ne me reconnaisse. Je suis passé à côté du magasin de souvenirs et du cinéma, pour me rendre directement à l'expo du requin. Des poissons de toutes les couleurs nageaient en cercles dans d'immenses aquariums. Une version instrumentale de *Sous l'océan*, la chanson de *La Petite sirène*, s'échappait des haut-parleurs, partout dans les couloirs. Un trio de poissons géants animatroniques avec des visages souriants et des hauts-de-forme sur la tête chantait en chœur. Ce genre d'endroit avait toujours besoin de donner un aspect humain à la vie sauvage. Pourquoi les animaux ne pouvaient-ils pas rester les êtres magiques et mystérieux qu'ils étaient ? Fallait-il vraiment qu'ils ressemblent aux humains pour qu'on puisse les comprendre ? Un poisson ne pouvait-il pas rester un poisson ?

J'ai suivi les panneaux sur lesquels était dessiné un requin aux crocs dégoulinants de sang. Des familles s'agglutinaient là, criant et se tordant le cou pour apercevoir la grande créature blanche. À la surface de l'immense bassin, quelques planches de surf flottaient tranquillement, laissant penser que leurs propriétaires s'étaient fait dévorer. Un promontoire avait été installé pour offrir une vue imprenable sur l'aileron mythique. De là, avec un peu de chance, on pouvait voir le requin surgir pendant le terrible spectacle. La peur faisait acheter des billets. Et pourtant, ce n'était qu'un magnifique animal qui méritait d'être libre.

Une pancarte indiquait la direction d'une salle souterraine par laquelle on voyait l'intérieur du bassin à travers une vitre. Le couloir sombre qui y menait était décoré d'autres poissons souriants. Une musique menaçante accompagnait mes pas. Bien sûr, ils avaient décidé de présenter le requin comme un monstre effrayant. Plus facile ainsi de le garder prisonnier. D'immenses affiches avertissaient du danger. J'ai fini par entrer dans la zone du requin. Un mur de verre circulaire de trois-cent-soixante degrés donnait sur l'aquarium relié à l'océan, auquel le requin n'avait aucun moyen d'accéder.

J'ai plissé les yeux vers l'eau verte et sombre pour le trouver. Des petits poissons, condamnés à lui servir de repas, nageaient là, inquiets. Un groupe d'écoliers est venu, puis reparti. Et alors, je l'ai vu, qui flottait dans le bassin, visiblement désœuvré. Sa peau grise semblait flétrie. De petites entailles striaient ses nageoires. Et il avait la gueule entrouverte sur ses immenses rangées de dents. On aurait dit un sourire terrible et affamé. Le sourire de Steve.

Steve.

Pourquoi m'avait-il donné le mot de passe ? Pourquoi se montrait-il si gentil ? Quel était le service qu'il allait me demander ? Qu'est-ce que je n'avais pas compris ? Avait-il l'intention de me dévorer ?

J'ai chassé cette pensée de mon esprit. Ce n'était pas un requin, c'était juste Steve. On avait atteint l'objectif de notre cagnotte. Il ne pouvait plus rien contre moi.

Je me suis concentré sur le grand requin blanc qui paraissait profondément déprimé.

– Hello, mec, ai-je dit sur un ton calme, comme s'il pouvait m'entendre. On va te sortir d'ici.

J'ai fait un pas hésitant vers la vitre.

– Il n'y a rien à craindre, n'est-ce pas ?

Encore un pas.

Il se déplaçait avec grâce et assurance. Il savait comment se servir de sa force. Kaia l'aimerait sûrement beaucoup. Surtout s'il avait un cancer.

Arrête !

– Tu n'es qu'un poisson. Tu ne vas pas briser la vitre tout à coup pour me dévorer.

Avec une grande inspiration, j'ai tenté d'absorber le calme de la nature : l'ondulation de l'eau, la lente danse des algues, le bruit blanc des vagues au loin. La façon dont le requin se ruait sur moi, les yeux grands ouverts. Sa puissance orientée vers moi ! Sa mâchoire béante ! Il souriait ! Il riait ! Il complotait !

J'ai reculé.

Et trébuché sur un enfant qui s'est mis à hurler.

– Qu'est-ce que vous faites ? a grondé le père.

Je me suis écarté en m'excusant.

– Requin ! a annoncé le bambin ravi, le doigt pointé sur l'aquarium.

Tout excité, il a brandi sa petite figurine dont il n'avait manifestement pas peur du tout.

*

* *

Une camionnette de la télévision de Ventura était garée devant le lycée. Est-ce que cela faisait partie du service que me demandait de lui rendre Steve ? Il y avait forcément un lien. La seule fois où nous avions eu la visite de la télé, c'était quand M. Jenkins s'était enfermé dans les vestiaires pour femmes.

En arrivant dans la cour, je suis tombé sur une assemblée d'adolescents réunis autour d'un podium installé là pour l'occasion. Sur scène, Steve se tenait à côté de ses parents. Il portait un costume. Mon radar s'est tout de suite allumé.

– Oh, parfait, vous êtes là, a lancé une grosse bonne femme armée d'un micro de la chaîne locale.

Elle m'a attrapé par le bras pour me forcer à avancer. Steve m'a fait un signe de la main en souriant.

– Qu'est-ce qui se passe ? ai-je demandé, mais elle était trop occupée par sa mission de me monter sur scène pour me répondre.

– Placez-vous sur la croix à côté de Steve.

Je n'arrivais pas à lire son expression. Arrivé sur le X dessiné au sol, je me suis tourné vers lui.

– Qu'est-ce que tu fais ?

– Tu vas voir. C'est une surprise.

Il m'a de nouveau décoché son sourire charmeur et un goût de vomi est monté dans ma bouche.

– Steve ? Cam ? nous a appelés Kaia, au pied de l'estrade. Qu'est-ce qui se passe ?

J'ai haussé les épaules. Steve a continué à sourire.

– Installe-toi confortablement, s'est-il contenté de répondre.

Les sourcils froncés, elle s'est plantée devant le reste de la foule, visiblement excédée par les facéties de Steve.

Steve s'est emparé du micro.

– Bonjour tout le monde. Merci d'être ici aujourd'hui. Bon, c'est pas trop comme si vous aviez le choix. C'est quand même un jour de semaine.

Éclat de rire général.

– On t'aime, Steve !

Steve a levé un pouce dans la direction du cri. Son crâne rasé lui conférait une élégance que cachait en général sa tignasse hirsute.

– J'ai une petite annonce à faire.

Toute l'assemblée a retenu son souffle.

– Ne meurs pas ! a crié soudain une fille.

Kaia m'a paru un peu sidérée.

Steve a levé une main pour demander le silence.

– Je ne suis pas en train de mourir.

Tous les lycéens présents ont poussé un soupir de soulagement.

– Vous savez tous, sûrement, que mon cancer se guérit très bien et que je vais bientôt attaquer ma dernière série de chimio. Je vous remercie encore pour votre générosité.

Il a fait un grand geste vers la foule.

– Je remercie également ma petite amie Kaia, a-t-il ajouté en la désignant. Mais je tiens tout particulièrement à exprimer ma reconnaissance à mon bon ami, Cam.

Il s'est tourné vers moi.

– Grâce à lui, ma famille a reçu tout l'argent nécessaire pour mon traitement, et plus encore.

Une salve d'applaudissements a ponctué cette bonne nouvelle. Kaia m'a adressé un sourire, auquel j'ai eu beaucoup de mal à répondre, encore inquiet de ce que Steve me réservait. Il a baissé alors la voix pour parler avec une sincérité que je ne lui connaissais pas.

– Mais il y a tellement d'enfants malades du cancer qui n'ont pas ma chance. J'étais avec eux dans les salles d'attente, j'ai fait mes chimios avec eux. J'ai beaucoup appris sur le fonctionnement de notre système de santé. Même avec la meilleure des assurances, tous les frais ne sont pas couverts.

Plus personne ne parlait. Kaia contemplait Steve avec un regard que je ne lui avais jamais vu. On aurait dit qu'elle le voyait pour la première fois.

– Par conséquent, avec l'argent collecté par « SauvonsSteve », j'ai créé une fondation : le Fonds de solidarité Cam Webber, a-t-il ajouté, d'une voix réjouie.

J'avais bien entendu mon nom, mais n'ai vraiment compris ce qui se passait que lorsque Kaia s'est exclamée tout bas « Oh mon Dieu ! » La foule a poussé des acclamations de liesse.

– Cam Webber est resté à mes côtés, fidèlement, faisant preuve d'un courage remarquable. Il a relevé des défis que personne ne devrait réaliser !

À chaque mot qu'il ajoutait pour décrire ma bravoure, je voyais le visage de Kaia se radoucir. Il s'est tourné vers moi et m'a décoché un autre de ses sourires ravageurs.

– Tu mérites cet honneur et bien plus encore.

Il s'est emparé d'une plaque qu'il m'a tendue.

– Merci. Je… euh…

Abasourdi, j'ai pris la plaque, sentant les caméras se concentrer sur moi. Il a fait signe à ses parents de s'approcher. Ils m'ont tous les deux enlacé, son père avec un peu trop d'entrain. Kaia a essuyé une larme sur sa joue.

– Je t'en prie ! a répondu Steve en m'attrapant par l'épaule, comme aurait pu le faire un politicien en campagne électorale. Avant de descendre de cette estrade, je voudrais ajouter encore une chose, a-t-il enchaîné, s'adressant de nouveau à la foule.

Et là, il s'est mis à hurler aussi fort qu'un chauffeur de salle :

– CARDI B PROPOSE DE CHANTER À NOTRE BAL DE FIN D'ANNÉE !!!!!!

Euphorie générale. Steve a levé les bras en signe de triomphe. J'ai vu « Bon sang ! » se dessiner sur les lèvres de Kaia. Le sol s'est dérobé sous mes pieds. La foule scandait « Steve ! Steve ! Steve ! » Il semblait sur un petit nuage de félicité.

Et soudain, il a sauté de l'estrade, juste devant Kaia. Comme un magicien, il a sorti de nulle part une longue rose rouge.

– C'est pour toi, Kaia…, a-t-il lancé de sa voix la plus chaude.

Elle a rougi.

Oh-oh.

– Je pense que tu sais ce qui va suivre.

Des haut-parleurs s'est échappée la chanson que Jay-Z avait écrite à Beyoncé pour s'excuser. Il s'est agenouillé. Des sifflements d'excitation ont retenti tout autour d'eux. Kaia a détourné le regard, intimidée, mais visiblement émue.

– Je sais que j'ai tout gâché. Et je sais que tu étais en colère contre moi. Mais je suis désolé.

Kaia a croisé son regard implorant. Les lycéens fondaient sur place.

– J'espérais que, si ça ne te dérange pas de sortir avec un gars chauve et cancéreux…

– Steve…, a-t-elle murmuré.

– Qui est aussi un danseur minable…

– Arrête…

– … tu accepterais de venir avec moi au bal de fin d'année.

Et il a tendu sa rose.

Une moue sur le visage, elle a hoché la tête, trop bouleversée pour parler.

– Je crois que la caméra veut que tu le dises tout haut pour immortaliser l'instant, a-t-il minaudé, sous les applaudissements de l'assemblée.

Il a brandi son micro vers Kaia.

– Oh oui, oui, OUI !

La foule a eu un orgasme collectif quand il a attiré Kaia dans ses bras pour l'embrasser.

Ma plaque dans les mains, bêtement planté sur la scène, j'avais l'impression de me désintégrer, quand Steve a sorti sa dernière arme. Il a regardé Kaia dans les yeux, a éloigné le micro pour qu'elle seule entende, mais que tout le monde le voie lui dire :

– Je t'aime.

Kaia a ouvert de grands yeux, submergée par l'émotion. Elle était sur le point de répondre.

Mais le corps de Steve s'est soudain raidi. Et l'inquiétude a remplacé l'émerveillement sur le visage de Kaia.

– Steve ?

Il s'est évanoui dans ses bras.

– Steve ?

La foule a poussé un cri d'effroi. Trop lourd pour Kaia, il a glissé au sol.

– Steve !

M. Stevenson a bondi.

– Appelez une ambulance !

La mère de Steve est descendue de scène à son tour, et rapidement une foule dense s'est agglutinée autour d'eux. J'ai foncé au bord de l'estrade, mais je ne pouvais rien voir.

– Reculez, s'il vous plaît. Reculez tous ! a grondé le père de Steve.

J'ai fait un pas en arrière. Et un autre. Jusqu'à ce que je devienne invisible.

*

* *

Un instant plus tard, j'attendais à côté de l'ambulance qu'on emmène Steve. Je voulais m'assurer qu'il allait bien. Je n'avais pas organisé cet évènement, mais je me sentais en partie responsable. Et j'étais complètement chamboulé. Avait-il vraiment donné mon nom à une fondation ? Était-il tellement reconnaissant ? Est-ce qu'il avait changé ?

Au milieu d'un mouvement de foule, j'ai vu les ambulanciers transférer Steve sur une civière. Ses parents et Kaia les accompagnaient. J'ai foncé vers eux.

– Steve ? Steve ? ai-je appelé, désespéré, mais il n'a pas réagi.

Mon cœur battait à tout rompre. Est-ce qu'il était mort ?

– Steve…

J'étais pris de panique. Un précipice s'ouvrait devant moi.

Brusquement, il a tourné la tête et ouvert les yeux.

– Merci mon Dieu !

Et il m'a adressé… un clin d'œil ? Est-ce que j'avais bien vu ?

– Tu as tout simulé ? ai-je demandé, sidéré.

Il m'a fait signe d'approcher et a murmuré à mon oreille :

– Tu peux pas rivaliser avec un mourant.

Nouveau clin d'œil. Je me suis figé.

Avant que je puisse réagir, la civière a été hissée dans le véhicule. Faiblement, il a levé la tête.

– Kaia ! a-t-il appelé avec l'énergie du désespoir.

Elle est montée le rejoindre.

– Steve. Oh mon Dieu ! Steve. Chuuut. Je...

PAN ! Les portes arrière se sont refermées.

Les parents de Steve sont partis en courant vers leur voiture, et l'ambulance a démarré en trombe.

Quelques minutes plus tard, je n'avais toujours pas bougé. Je restais là, ma plaque toujours dans les mains. Patricia avait raison depuis le début.

15

Assise dans sa voiture, Shailene Woodley lit la lettre qu'Ansel lui a écrite avant de mourir. Allongée sur l'herbe, son tuyau d'oxygène dans le nez, elle regarde les étoiles.

– OK, lâche-t-elle.

Clic.

Des larmes coulent sur les joues de Keanu Reeves, seul dans un parc. Charlize est morte sans laisser Keanu la voir mourir.

Clic.

– Je t'avais dit de ne pas tomber amoureux de moi, murmure Mandy Moore dans la nuit.

Elle se marie et meurt.

Clic.

J'ai repoussé mon ordinateur et pris un autre mouchoir. Bon sang, Patricia avait raison. Elle avait tellement, tellement raison. (Je me suis mouché.) Une histoire d'amour autour d'un cancer est une force impossible à arrêter. Personne ne peut résister à la combinaison grand amour-mort imminente.

Et vous savez qui d'autre en était parfaitement conscient ? Steve. Ce salopard de simulateur. C'était une version diabolique du gosse dans le film préféré de ma mère *La folle journée de Ferris Bueller*. Mais au lieu de faire semblant d'avoir la migraine pour ne pas aller à l'école, Steve faisait croire que son cancer s'aggravait pour manipuler Kaia.

Et Ferris Bueller, lui, n'avait raté qu'une seule journée de cours. Steve allait-il s'inventer de nouveaux symptômes jusqu'à la fin des temps ? Comment pourrait-il rester aussi merveilleux s'il n'arrêtait pas de s'évanouir, de baver et de tourner de l'œil ? Ce ne serait plus vraiment Steve. Son plan était voué à l'échec.

J'ai pris une profonde inspiration et je me suis mouché encore une fois. Il fallait que j'arrête de m'inquiéter. Kaia avait été sur le point de le quitter, le soir de ma choré, sur la plage. Il avait simplement joué sa dernière carte, se sachant vaincu.

*

* *

Le lendemain, j'ai traversé le couloir vers mon casier, ma capuche sur la tête. J'ai regretté de ne pas avoir un casque sur les oreilles. Ça m'aurait évité d'entendre le seul sujet de conversation qui circulait au lycée.

– Mec, t'as vu Steve ? Il avait l'air mal.

– T'as entendu les dernières nouvelles ? On lui a mis une sonde pour le nourrir.

– Kaia a dû lui tenir la main toute la nuit.

– Il ne peut même plus parler. Il doit cligner des yeux en morse. Et la seule chose qu'il répète en boucle, c'est « Je t'aime, Kaia ».

Un gars de mon cours d'économie m'a regardé pendant que je buvais à la fontaine. Quand j'ai eu terminé, il s'est approché et a posé les deux mains sur mes épaules en me regardant dans les yeux.

– Toutes mes condoléances, a-t-il dit avant de s'éloigner.

– Il n'est pas mort ! ai-je crié dans son dos. Il va bien. Il est resté à peine une heure à l'hôpital avant de rentrer chez lui ! Il est en train de jouer à ses jeux vidéo à l'heure qu'il est.

Mais le type avait déjà tourné à l'angle du couloir.

– Bon Dieu ! ai-je lancé en tapant dans le mur.

– Laisse-moi deviner : tout le monde pense que Steve est mort.

C'était Kaia, une affiche dans les mains, son sac à dos sur une épaule.

– On t'a fait le même coup ?

– Trois filles sont venues pleurer dans mes bras parce que je ne trouverai plus jamais l'amour.

– Waouh ! Ça doit être terrible de se dire à seize ans qu'on n'est plus qu'un rebut, face à un désert infini de tristesse.

– J'ai acheté quelques voiles noirs en dentelle sur Amazon, a-t-elle ajouté, une étincelle de malice dans les yeux.

Je me suis détendu, comprenant qu'elle voyait clair dans le petit manège de Steve.

Elle ne s'était pas laissé avoir. Son « Je t'aime » n'avait été qu'une réponse automatique, provoquée par la surprise de l'instant.

– Bref, je suis contente de te voir, a continué Kaia. Je voulais te demander quelque chose…

– Je t'écoute.

Elle semblait nerveuse. Un bon signe ? Forcément.

– Ça va te paraître bizarre, je sais. On a discuté sur la plage, tout ça, mais je me demandais si…

Elle venait de parler de la plage ! Excellent. J'ai pris un ton serein.

– Ouais ?

– Kaia ! Je te trouve enfin.

Un garçon maigrichon du conseil des lycéens s'approchait de nous. Impuissant, j'ai regardé Kaia se tourner vers lui.

– Salut Cole ! J'ai le poster.

Non ! Non ! Non ! Le poster peut attendre !

– Attends, c'est pas le poster, s'est indigné Cole.

– Mais si.

Ça suffit avec ce poster ! Revenons-en à la plage.

– Non, il est trop fin. J'ai besoin de quelque chose de plus épais. On dirait qu'il est fait en polystyrène.

– Tu avais commencé à parler, Kaia, les ai-je interrompus. De la plage.

– C'est ce que tu voulais, non ?

– Alors je me suis trompé, désolé. Tu peux le mettre sur un matériau plus solide ?

– Pas de problème, a-t-elle répondu avec un sourire crispé.

– On en a besoin pour ce soir. Merci !

Quand il est parti, Kaia a écrabouillé le poster pour le mettre dans la poubelle. Elle a tout de suite regretté son geste et l'a récupéré en grommelant :

– Je vais juste coller des bouts de carton au dos, après le comité du bal de fin d'année.

– Je t'aurais pas envoyé coller une affiche sur du polystyrène, moi, ai-je dit en souriant.

– C'est pour ça que je t'aime, toi, a-t-elle répliqué en riant.

Oh, mon Dieu, elle venait de dire qu'elle m'aimait ! Il fallait que je la remette sur les rails.

– Donc… tu voulais me demander quelque chose ?

Elle a secoué la tête. Ça lui revenait.

– Oui, c'est vrai. Je me demandais, si tu serais d'accord…

Je serais d'accord pour tout.

– … tu peux très bien refuser.

Jamais je ne lui refuserais quoi que ce soit.

– Est-ce que tu accepterais de partager ton titre de Personnalité de l'année avec Steve ?

Je n'avais jamais reçu de coup de poing dans le ventre, mais j'étais sûr que c'était la même sensation. Brusquement, l'air s'était échappé de mes poumons.

– Oh…

Ma voix nous est parvenue de très loin.

– Tu parles de l'album de l'année.

– Je suis vraiment désolée. Je veux pas te vexer. T'es quelqu'un d'extra. C'est juste…

– Steve.

– Oui. Les dernières vingt-quatre heures ont tout changé à la situation. Je crois avoir vu pour la première fois qui il est réellement et je pense n'avoir jamais vu quelqu'un de plus généreux. Il a la main sur le cœur.

En plus du coup de poing, maintenant on approchait une torche tout près de mon visage.

– Steve a la main sur le cœur.

Peut-être qu'en le disant tout haut, ça aurait du sens. Mais en fait, non. Steve avait réussi, en un tour de passe-passe, à me voler mon identité.

– N'est-ce pas ? Tu as remarqué, toi aussi, bien sûr. Tu as eu l'occasion de t'en rendre compte. S'il te plaît, s'il te plaît, oublie tout ce que je t'ai dit sur la plage. Je me sens tellement bête. Et dire que j'avais l'intention de rompre avec lui. Si je l'avais fait… mon Dieu, je n'aurais jamais découvert qui il est. Il m'a tout expliqué à l'hôpital. Il se remet à peine. Ça lui a demandé beaucoup de courage de faire ce qu'il a fait.

– S'évanouir ? n'ai-je pu m'empêcher de demander.

C'était ridicule. Comment Kaia avait-elle pu se laisser avoir par une comédie aussi grossière ?

– Quoi ? Non, se montrer si vulnérable devant tout le monde. Devant moi. Le voir s'écrouler dans mes bras m'a fait réaliser combien la vie est fragile.

Amour, cancer, quelle galère !

– Tu as vu *La folle journée de Ferris Bueller* ?

– Pardon ? Euh… non. C'est quoi le rapport ?

– Rien. Simplement… Steve s'est rétabli plutôt rapidement, je trouve.

– Je sais. Les médecins étaient étonnés. Il est si fort !

Elle est devenue un peu rêveuse sur le dernier mot, comme si elle revoyait le puissant biceps de Steve autour de sa taille.

– Et tu ne penses pas que son rétablissement était même… je sais pas… un peu trop rapide ?

– Qu'est-ce que tu insinues ?

– Je ne…

– Tu crois qu'il ne s'est pas évanoui ?

J'avais plutôt intérêt à mentir et à en finir avec cette conversation.

– Pas vraiment.

– ET TU CROIS AUSSI QU'IL SIMULE SON CANCER ?

J'ai reculé, effrayé par le regard de tueuse que Kaia me décochait.

– Bien sûr que non ! Jamais de la vie.

Des lycéens s'étaient tournés vers nous.

– Je sais que Steve a un cancer.

Comment est-ce que je pouvais me rattraper, maintenant ?

– Alors tu penses qu'il fait semblant de perdre ses cheveux ?

– Non !

J'ai fait un nouveau pas en arrière, les mains levées en signe de reddition.

Elle s'est approchée.

– Et il faisait semblant quand il vomissait après ses séances de chimio ?

– Bien sûr que non !

En reculant encore, j'ai percuté les casiers.

– Alors quoi ?

Elle bouillonnait d'une colère qu'elle réservait en général aux compagnies pétrolières.

J'aurais voulu me glisser dans un des casiers derrière moi.

– Rien, ai-je gémi.

– Pourquoi est-ce que quelqu'un ferait semblant de s'évanouir ?

– Pour t'impressionner, ai-je lâché en un seul souffle.

Elle m'a dévisagé, sidérée.

– C'est peut-être pas la peine que tu partages le prix de Personnalité de l'année.

*
* *

Je n'ai pas revu Kaia le lendemain ni le surlendemain. Un bon millier de fois, j'avais consulté mon téléphone fraîchement réparé pour vérifier si elle m'avait écrit. J'avais seulement raté un message de ma mère me demandant d'acheter du chou chinois. Je ne pouvais pas envoyer de SMS à Kaia, parce que l'idée de ne pas recevoir de réponse me démoralisait trop.

Au moins, ce soir, je la verrais au conseil municipal. L'amendement sur les créatures marines allait être voté, et Todd m'avait demandé de parler au nom du groupe, en tant que représentant de la « culture jeune », de la « génération Z » et de « l'air du temps ». Je pouvais lui présenter mes excuses juste avant de monter faire mon discours. Et si j'avais gain de cause contre le parc aquatique, peut-être qu'elle accepterait d'oublier notre dernière conversation.

Poussé par un élan d'espoir, j'ai traversé Main Street, mais j'étais déjà un peu en retard. J'avais fait l'erreur de jeter un œil sur le site SauvonsSteve rebaptisé Fonds de solidarité Cam Webber. J'avais perdu la notion du temps en épluchant les centaines de commentaires célébrant la générosité de Steve. Et les filles déjà complètement amoureuses de leur idole se déchaînaient carrément, maintenant. Elles lui envoyaient des poèmes, très explicites parfois. Et même si le site portait désormais mon nom, personne ne le citait jamais.

Un klaxon a retenti. J'ai écrasé le frein de toutes mes forces pour laisser passer un pick-up qui grillait un feu rouge. Je l'avais échappé belle.

– Connard ! a crié le chauffeur.

– Tu plaisantes ? ai-je hurlé.

Il était clairement en tort.

Il a levé son majeur.

J'ai alors baissé ma vitre.

– Non, c'est toi, le connard ! C'est pas moi ! Connard !

Mais il a foncé, me laissant vociférer sur une rue vide.

*

* *

– Le parc a déjà investi des centaines de milliers de dollars pour un aquarium dernière génération, directement relié à l'océan. Nous avons pris des risques financiers conséquents…

Le lobby du parc aquatique de Ventura se défendait devant le conseil municipal. Sur l'écran derrière moi défilaient des chiffres et des graphiques.

Je m'étais installé sur une des vieilles chaises grinçantes qui dataient sûrement de la construction du bâtiment. Pour réserver une place à Kaia, j'avais posé mon sac sur le siège à côté de moi. Elle n'était pas encore arrivée. Au début, je ne m'étais pas inquiété, elle arrivait toujours en retard. Mais au bout d'une heure et demie, j'ai commencé à me dire qu'elle ne viendrait peut-être pas du tout. Pour la centième fois, j'ai jeté un coup d'œil discret vers la porte du fond, espérant la voir entrer.

– Toujours pas là ? a demandé Todd.

Je me suis retourné, dépité.

– Qu'est-ce qui s'est passé ? D'habitude, vous êtes collés, tous les deux.

– Oui, on s'est disputés.

Patricia s'est penchée vers nous, depuis la rangée de derrière.

– Je t'avais prévenu, a-t-elle chantonné. *Un été sur Terre.*

– C'est pas pareil !

J'avais vu le film depuis, et je savais de quoi je parlais. Ce n'était pas pareil. D'abord parce que Steve ne mettrait jamais un teeshirt aussi large que celui de Chris Klein. Je n'en pouvais plus. Il fallait que je lui écrive. Je ne pouvais pas faire mon discours dans ces conditions.

Moi : Je suis désolé

Envoyé.

Maman : Le meilleur fils de tous les temps ! Je regarde en direct !

Je l'ai remerciée, le cœur lourd. Toujours rien de la part de Kaia. Le lobbyiste était sur le point de terminer. Elle était peut-être en route. Si elle était au volant, elle ne pouvait pas répondre. Kaia n'était pas du genre à écrire en conduisant.

Moi : C'est bientôt mon tour

Normal que j'insiste un peu, non ? Même si elle était furieuse contre moi, elle n'allait tout de même pas rater ça. On travaillait ensemble depuis des mois sur ce projet. Une petite dispute ne pouvait tout de même pas tout gâcher. Bien sûr, elle avait changé d'avis sur Steve et tenait à lui plus que jamais, mais ça ne voulait pas dire qu'elle renoncerait à tout ce qui comptait pour elle. Elle n'allait pas oublier le requin.

– Cam, mec, c'est à toi, a lancé Todd en me donnant un petit coup de coude.

Je me suis dirigé vers l'avant de la salle silencieuse. Elle était remplie aux trois quarts environ. Toujours pas de signe de Kaia.

Quelqu'un s'est raclé la gorge. J'étais planté devant l'assemblée, sans parler. Je me suis dépêché de prendre mes notes.

– Membre du conseil municipal, ce lobbyiste du parc aquatique vous dit que cet habitat particulier relié à l'océan est un bon moyen de garder les requins en captivité. Mais vous a-t-il donné le contexte des statistiques qu'il vous a présentées ? Selon lui, les requins vivent trois fois plus longtemps en captivité. Trois fois plus longtemps que quoi ? Un requin sauvage ? Bien sûr que non ! Trois fois plus longtemps que la durée de vie scandaleuse d'un requin dans un parc aquatique traditionnel des années 1990. Ces requins mouraient après quelques semaines. Alors au mieux, ici, ils vivront quelques années. Mais, dans la nature, un requin blanc peut vivre jusqu'à soixante-dix ans !

Mon portable a vibré. Je l'avais posé sur le pupitre. Le voyant lumineux clignotait. J'ai tourné l'écran pour pouvoir lire le message.

Kaia : Pas de problème. Tout ça, c'était dingue. Steve n'était pas en forme, alors je suis passée chez lui. On te regarde en direct. Bonne chance !

Elle ne viendrait pas.

Parce qu'elle était avec Steve.

Salopard de menteur, simulateur de malheur qui allait sûrement très bien. Ils étaient blottis l'un contre l'autre devant leur ordinateur. J'avais l'impression de voir son rictus satisfait à travers la caméra pointée sur moi.

– C'est tout ? a demandé un membre du conseil.

Carrément pas ! J'ai fixé l'objectif. J'ai fixé Kaia.

– N'est-ce pas clair ? Il cherche, avec ses boniments, à nous aveugler. Comment faire confiance à un tel personnage ? Le problème n'est pas tant le requin que le combat du bien contre le mal !

J'ai frappé le poing contre le pupitre et plissé les yeux vers Steve.

– J'en ai plus qu'assez que ce soit toujours le truand qui l'emporte !

Un cri de triomphe venant de mes camarades a accueilli mes mots, et quelques applaudissements ont retenti dans le reste de la salle.

Porté par l'énergie des spectateurs, j'ai continué en m'adressant directement à eux.

– Pas vous ?

Cette fois, les applaudissements ont redoublé.

– Oui ! a crié, en bondissant sur ses pieds, un vieil homme vêtu d'une chemise hawaïenne.

– Alors ne laissons plus les truands gagner ! On n'en peut plus !

J'ai de nouveau frappé le pupitre, encore plus fort, cette fois. Et toute l'assemblée s'est levée pour m'acclamer.

Je suis descendu de l'estrade et j'ai traversé la foule en acceptant les tapes dans le dos et les félicitations.

– Merci, jeune homme, pour votre enthousiasme, m'a complimenté une des membres du conseil en triant les papiers devant elle. S'il n'y a pas de question, on peut passer au vote.

À bout de souffle, je me suis assis, juste au moment où mon portable vibrait.

Kaia : Super discours ! 🎉 On va gagner, c'est sûr ! Dans tes dents, Steve.

– Non ! a gémi Todd en se levant d'un bond.

– Quoi ?

Sur tous les visages s'affichait une profonde consternation.

– On a perdu, a murmuré Patricia, abattue.

– Quoi ? Mais comment ?

Les autres manifestants se sont levés à leur tour, en sifflant. Les membres du conseil ont appelé au calme, ce qui n'a fait que redoubler les protestations.

– Le système est pourri, Cam ! a crié Todd. Voilà ce qu'on obtient quand on se montre réglo !

– Si vous ne vous taisez pas tout de suite, je vais devoir appeler la police !

À côté de la sortie, un officier en uniforme s'est avancé. Sans se taire, les manifestants se sont dispersés pour quitter la salle. Todd a hurlé une citation de Nelson Mandela et une menace.

J'ai suivi le cortège, incapable de crier avec les autres. Je n'y comprenais rien. Nous avions raison, comment la ville ne le voyait-elle pas ? Autour de moi, les gens scandaient « On n'a pas dit notre dernier mot ! » Mon téléphone a vibré.

Steve : Désolé pour toi, gentil mec 😉 laisse tomber ton requin

Et tout à coup, je me suis mis à hurler avec les autres en marchant vers la rue.

– On n'a pas dit notre dernier mot ! On n'a pas dit notre dernier mot !

*

* *

À travers ses mèmes, ses gif et ses vidéos moqueuses, on découvrait le vrai Steve. Steve dans sa voiture avec des potes, à faire le signe de la victoire en tirant la langue. Steve volant de l'alcool. Steve faisant l'équilibre avec un casque de Viking sur les fesses. Steve mettant le feu à ses pets. Steve allumant des feux d'artifice pour écrire le mot « prout ». Steve prenant une pose obscène au centre commercial avec une fusée entre les jambes. Steve remplaçant le P de « poutre » par un F sur un panneau de travaux.

– Personnalité de l'année et quoi encore !

Tous les mois, il prenait un selfie avec une autre fille. Madeline Fields. Angelie Shishbangar. Nancy-Lee Nguyen. Brianna Stonebrook. Emma Napolitano. Emma Montoyez. Emma Chan. Emma Bumgartener. Emma-Grace Hurwitz III.

Kaia n'était qu'un nom de plus à ajouter à la longue liste. Ou, pire, elle n'était qu'un pion dans son jeu. Il voulait juste me battre. Prouver qu'il obtenait tout ce qu'il voulait. Il avait déjà certainement une autre petite amie en vue. J'étais curieux de voir la réaction de Kaia si elle le découvrait avec une autre fille. Elle comprendrait enfin le personnage. Le vrai Steve Stevenson. Et elle le jetterait comme une vieille chaussette.

Mais je ne pouvais tout de même pas lui dire de regarder son compte Instagram. Elle dirait que c'était du passé, qu'il n'était plus le même garçon. Elle dirait que son cancer l'avait changé. Il fallait que je lui montre que c'était faux. Steve était toujours le même salopard. L'idée de les voir ensemble au bal de fin d'année me rendait malade.

Et soudain, j'ai eu une idée.

Fébrilement, j'ai ouvert le site de Steve pour parcourir les commentaires. Il fallait que je trouve les messages les plus équilibrés, pas trop dingues, pas trop osés. J'ai tout de suite éliminé les poèmes où « chimiothérapie » rimait avec « je te veux dans mon lit ». Parfait ! Les *FillesdeSteve*. C'était leur login, accompagné d'une photo de trois lycéennes mignonnes comme tout. Leur message était simple : on peut t'offrir une bière, Steve ? <3 <3 👯 🍻

– On ne gagne rien à se montrer toujours réglo, ai-je lancé, façon méchant de western.

Mais je n'étais pas un méchant. J'étais la personnalité de l'année et j'allais le prouver à Kaia.

16

Le soleil se couchait derrière la maison de Steve alors que je répétais dans ma voiture. Je n'aurais qu'un seul essai et j'étais bien conscient que ça lui ferait bizarre de me voir débarquer chez lui pour l'inviter à sortir avec moi.

– Hello, Steve. Je voulais te remercier d'avoir créé une fondation à… euh… mon nom. Ça m'a beaucoup touché…

Non, il n'allait jamais gober ça. Pas après le clin d'œil qu'il m'avait adressé. Il fallait un truc plus crédible. Peut-être plus pro : la télé voulait nous interviewer, Kaia, lui et moi, au sujet de Cardi B.

– J'ai pensé qu'on pourrait se mettre d'accord sur ce qu'on va dire.

Bof. On pouvait aussi bien le faire sur le pas de sa porte. Pourquoi est-ce qu'il aurait besoin de sortir pour ça ? Qu'est-ce qui pourrait le convaincre d'accepter de me suivre ?

Il se faisait tard, il fallait que je me presse, et je n'étais pas particulièrement doué pour ça. Mais j'avais déjà tendu le filet, il ne me restait plus qu'à l'y attirer.

Après quelques coups hésitants à sa porte, c'est son père qui est venu m'ouvrir pour une fois, avec un teeshirt hyper serré sur sa large poitrine. Il semblait sincèrement ravi de me voir.

– Oh, salut Cam ! T'es justement celui que j'attendais !

– Ah oui ? ai-je bafouillé.

Il m'a pris par le bras, exactement comme Steve le faisait toujours, pour m'entraîner dans la maison.

– Entre, faut que tu voies ça. Tu vas adorer !

Un écran plat de quatre-vingts pouces, un mini-frigo, un juke-box d'où s'échappait la BO de *Pulp Fiction*, des fauteuils de gamers, une table de ping-pong électrique.

– Regarde ce que t'as offert à Steve ! s'est exclamé M. Stevenson en me guidant dans son repaire amélioré.

Steve était installé au centre de tout cet équipement neuf. En me voyant, il a pris un air étonné. Son père l'a joyeusement secoué par les épaules.

– On n'allait tout de même pas gaspiller cet argent en frais médicaux. Regarde comme ça fait plaisir à mon fils !

Donc, c'est ce qu'ils avaient fait de la somme que j'avais collectée pour le traitement de Steve ? C'est à ça qu'avaient servi mes efforts et mon humiliation ? J'avais tellement envie de lui faire la peau !

– Allez, dépêche-toi d'aller tuer quelque chose, m'a invité le père de Steve.

– Oh, non. Je voulais juste…

Comment est-ce que j'allais pouvoir le sortir de ce paradis pour ado ?

– En fait, je voulais proposer à Steve de sortir avec moi, ai-je lancé, timidement. Pour fêter… euh… notre succès.

– Fêtez-le ici ! a objecté M. Stevenson. Qu'est-ce qui pourrait être mieux que ça ?

Il a allumé la table de ping-pong et une cascade lumineuse façon Tetris a éclairé la surface.

– Cam est végétarien, socialiste et pacifiste. Il est en dehors de son environnement, ici, est intervenu Steve.

– Je suis pescétarien, me suis-je senti obligé de préciser, même si on n'était pas en train de commander de la nourriture.

Steve m'a décoché un regard mauvais.

– On n'a pas besoin qu'il vienne critiquer nos loisirs.

Il faisait tout ce qu'il pouvait pour se débarrasser de moi et je voyais de moins en moins comment j'allais pouvoir le convaincre de sortir de chez lui.

– Comment est-ce qu'on peut s'amuser sans faire un massacre ? a plaisanté M. Stevenson en lançant une balle sur la table de ping-pong, ce qui a provoqué une explosion de lumière.

– On peut, ai-je répondu.

Steve a bondi de sa chaise. Je m'attendais à ce qu'il me jette dehors, mais non, il a posé sa manette en souriant.

– Allez, Cam, d'accord, on va sortir faire la fête.

Quelques minutes plus tard, on était dans ma voiture. Ça avait été tellement facile, je n'en revenais toujours pas. Trop facile. Et pourtant Steve ne savait même pas que j'allais venir. Impossible qu'il ait manigancé quelque chose contre moi. Il a refermé sa portière et j'ai attaché ma ceinture.

– Alors, t'as pensé à quoi ?

– Je... euh... je me suis dit qu'on pourrait jouer au mini-golf.

Un lieu sympa où on pouvait croiser des gens.

– Tu veux qu'on joue au *mini-golf* ?! T'es sûr que la pelouse synthétique est pas pleine de produits toxiques ? Et les moulins à vent, ils sont racistes, non ?

J'ai résisté à mon envie de répondre pour que l'ambiance reste amicale et bon enfant.

– Écoute, Steve, et si on arrêtait de se chamailler comme des gosses ? C'est l'occasion de prendre un nouveau départ.

Steve m'a dévisagé un long moment, avant de s'adosser sur son siège.

– OK, ça me va. Pourquoi pas ? Prenons un nouveau départ.

À son tour, il a attaché sa ceinture et a allumé l'autoradio sur *Get Lucky* des Daft Punk.

*
* *

Une belle brochette de SUV et de monospaces noircissait le parking du Mini-golf & Plus. Alors qu'on se dirigeait vers l'entrée, un kart a filé sur les rails devant le parking, un enfant de huit ans, euphorique, à l'intérieur.

– Parfait. On va s'éclater, a ironisé Steve.

Une maman pressée, les bras chargés d'un gâteau et de ballons, nous est passée devant.

– Tu crois que Tyler va le remarquer, si on débarque dans sa fête d'anniversaire de sept ans ?

– Sérieux, tu risques pas de t'amuser si tu continues avec cette attitude.

– D'accord, maman.

– Qui sait, on pourrait avoir des surprises.

– J'en doute.

*

* *

De la musique pop et une odeur de renfermé inondaient la salle sombre. Ce qui devait être la fête d'anniversaire de Tyler battait son plein dans un coin. À notre droite, un groupe de collégiens tapaient sur la machine à jetons dans l'espoir d'en faire tomber plus. Un gamin de six ans dégommait des zombies à côté de la piscine à boules. J'ai cherché les filles du regard. Je leur avais écrit de nous rejoindre sur le terrain de golf, mais elles étaient peut-être arrivées en avance.

– Tu me files une pièce pour la machine à pince ? Il me faut un nouveau hand spinner, a demandé Steve, sur un ton grave.

– On doit chercher nos clubs.

– C'est toi le patron, monsieur rigolo.

À la caisse, un groupe de filles faisait déjà la queue. Je me suis crispé, stressé pour mon plan. On s'est placés derrière elles et j'ai tenté de les observer discrètement. Les photos d'elles dans les commentaires ne me donnaient qu'une vague idée de ce à quoi elles pouvaient ressembler. Une blonde, deux brunes. L'une d'elles avait des lunettes, et une, des taches de rousseur. Je me suis penché vers elles, mais leurs visages étaient cachés derrière leurs téléphones. Je me suis écarté, mais, en s'avançant, une fille m'a bloqué la vue et j'ai évité de peu de me faire percuter par son sac à dos Totoro.

J'ai jeté un rapide coup d'œil à Steve pour m'assurer qu'il ne remarquait pas mon agitation. Heureusement, il contemplait, hilare, un garçon qui avait grimpé sur la rampe d'un jeu de balles pour enfoncer ses frites dans les trous.

Je me suis raclé la gorge, mais sans attirer l'attention des filles.

Je me suis encore approché et enfin j'ai pu voir qu'une d'elles avait des taches de rousseur et les cheveux châtains. Pas sûr que ce soit elle. Je me suis penché plus près d'elle encore et un enfant, trop absorbé par son iPad pour regarder devant lui, m'a bousculé et je suis tombé dans les bras de la fille aux taches de rousseur.

– Eh ! C'est quoi ton problème !?

J'ai enfin réussi à les voir de près. Ce n'étaient pas les fans de Steve. Elles ne devaient pas avoir plus de treize ans et je les avais terrorisées.

– Désolé, j'ai… euh… trébuché.

– T'as réussi à trébucher alors que tu marchais pas ? a demandé une gamine particulièrement furieuse, les mains sur les hanches.

– Bon sang, Cam, si c'est ta méthode de drague, faut qu'on ait une conversation sérieuse, tous les deux, s'est moqué Steve. T'as jamais entendu parler de #MeToo ? On se frotte pas comme ça.

J'ai reculé, rouge de honte.

– Je me… jamais j'aurais… J'ai lu Simone de Beauvoir.

Mon argument n'a servi à rien. Manifestement peu sensibles aux intellectuelles du vingtième siècle, elles m'ont lancé des regards horrifiés, comme si je venais de m'exhiber devant elle.

– Dégueulasse.

L'employé à l'épaisse tignasse de mouton derrière le comptoir leur a tendu leurs clubs et elles ont filé.

Certain qu'il avait tout entendu de notre échange et me prenait lui aussi pour une espèce de pervers, je me suis senti obligé de me justifier :

– Je n'essayais pas de les draguer.

– Sans blague ? a-t-il répondu en levant les yeux au ciel.

Steve semblait exaspéré.

– On sait, Cam. Tout le monde le sait. Ta réputation est indemne.

Il m'a donné une tape dans le dos.

– Ta façon de draguer, c'est plus sur le long terme, à essayer de piquer les copines des autres, hein ?

Il s'est ensuite tourné vers M. TêtedeMouton.

– Deux, pour le mini-golf, s'il vous plaît. J'ai tellement hâte.

Des lumières bleues et vertes nous ont guidés jusqu'à la première piste. J'ai encore cherché les filles du regard. L'endroit était bien plus spacieux que dans mon souvenir, quand j'avais huit ans. J'ai repéré une famille sur le trou du Vieil Ouest, un groupe de filles autour du château de la princesse, et un couple d'ados qui s'embrassaient au bord de la mare à crocodiles. Mais pas les *FillesdeSteve*.

– Ça va être physique, a commenté Steve en s'arrêtant.

En effet, il y avait beaucoup d'escaliers et de rampes. Steve a paru un peu découragé. C'est dingue, j'oubliais tout le temps qu'il avait un cancer.

– Désolé, j'avais pas pensé à tes chimios. Tu m'as toujours l'air tellement indestructible.

Nous nous sommes regardés un moment. Une partie de moi attendait qu'il me demande de rentrer. Ça m'aurait soulagé. Maintenant qu'on était là, je me sentais un peu moins en colère contre lui.

– C'est trop ? ai-je demandé.

Il a réfléchi et regardé derrière lui en direction de l'arcade à côté de laquelle on était passés. Il a expiré bruyamment.

– Cam, les papis de quatre-vingts ans avec des coronaires en bouillie jouent au golf de taille normale. Alors ça, je crois que je devrais y arriver.

Il s'est ensuite dirigé vers les marches qui menaient au premier trou.

– Tu penses que j'arriverai à vaincre ce cancer ?

– Je… euh…

Qu'est-ce que j'avais loupé ? Je pensais que son cancer se guérissait très bien…

– Je parle du trou, a-t-il précisé.

Il parlait de l'automate en forme de crabe souriant, dont les pinces orange se refermaient lentement pour bloquer le passage.

– Ah, ça ! me suis-je exclamé, rassuré.

– T'es trop sérieux, a-t-il ponctué en tapant la balle qui s'est faufilée entre les pinces, sous le ventre du cancer et droit dans le trou.

Bien évidemment.

J'ai posé ma balle, mais elle a roulé et j'ai dû la replacer. Je l'ai tapée avec mon club. Pas assez fort. Elle m'est revenue.

– Un, a compté Steve.

J'ai immobilisé et remis la balle sur son socle. Je l'ai de nouveau frappée, elle m'est de nouveau revenue.

– Deux.

De plus en plus agacé, je l'ai frappée encore une fois, mais plus fort. Le crabe me l'a renvoyée.

– Trois.

– Je sais !

Encore. Pareil.

– Quatre.

– Je sais compter.

Encore. Pareil.

– Ta balle a peut-être besoin de petites roues.

– La ferme !

Encore. Pareil.

– Je vais me chercher une chaise ?

Encore. Plus fort. Cette fois, elle a rebondi sur le béton, percuté un poteau, heurté un oiseau en céramique, tapé le coin d'un banc, roulé jusqu'à un gobelet laissé à l'abandon… et fini par revenir sur le green.

– Il fallait que tu trouves le chemin le plus tordu, évidemment.

– Ha, ha !

On a suivi la piste jusqu'au trou pour arriver de l'autre côté du crabe. Trois filles descendaient l'escalier principal. Dans leurs robes noires moulantes, elles semblaient prêtes pour une soirée plus excitante que jouer au mini-golf. Elles cherchaient clairement quelqu'un dans la foule. C'étaient forcément elles. Elles m'avaient envoyé leurs noms – Nika, Haedyn et Sophie –, mais je ne savais pas qui était qui. Soudain, elles ont regardé dans notre direction. Je pense que c'est Nika qui m'a demandé avec les yeux « C'est bien toi ? » J'ai hoché la tête et leur ai fait signe de nous suivre.

Je leur avais dit de faire comme si elles ne me connaissaient pas, pour que Steve ne soit pas trop gêné.

– Tu le finis, ce trou phénoménal, Tiger Woods ?

Je me suis tourné vers lui, le plus naturellement possible. Ma balle est entrée dans le trou au moment où les filles sont apparues derrière une des pinces.

– Steve Stevenson ? a demandé peut-être Nika.

Steve a levé les yeux, étonné, et les a examinées pendant un moment.

– Oui ?

J'ai sorti ma balle du trou tandis qu'elles s'approchaient de lui.

– Oh mon Dieu ! Comment ça va ? a interrogé peut-être Haedyn.

Steve les a dévisagées, méfiant.

– Je vais bien... et... je vous connais ?

En montant sur notre green, elles chuchotaient entre elles, sûrement pour décider qui allait parler en premier.

Steve m'a adressé un coup d'œil amusé.

– On appelle la sécurité ?

Et c'est peut-être Sophie qui a pris la parole.

– Tu nous connais pas, mais nous, on suit en ligne ton combat courageux et... on est tes plus grandes fans.

Le visage de Steve s'est tout de suite éclairé. Il acceptait volontiers d'être considéré comme une célébrité.

– T'es encore plus mignon en vrai, a commenté peut-être Haedyn.

– Je trouve aussi, a-t-il plaisanté.

Les filles ont éclaté de rire, bien trop fort. Ça marchait à merveille.

Peut-être Sophie a fait un pas vers Steve.

– Ça te va super bien, le crâne rasé.

– On dirait Ansel Elgort en chauve, a confirmé peut-être Nika.

– Je peux toucher ? a demandé en gloussant peut-être Haedyn.

– Pourquoi pas ? a acquiescé Steve en penchant la tête pour lui faciliter la tâche.

Peut-être Haedyn a caressé toute la surface du crâne, veillant à ne pas l'écorcher avec ses longs ongles rouges.

– T'es lisse partout comme ça ? a-t-elle ajouté avec une moue suggestive.

– Je veux aussi ! a lancé peut-être Nika.

Maintenant, elles étaient deux sur lui et il ronronnait comme un chat satisfait. Les filles semblaient aussi attendries qu'éblouies.

– J'aurais dû me raser depuis longtemps, a plaisanté Steve.

Il était aux nues. S'il avait eu une alliance sur lui, il l'aurait sortie de sa poche.

– Allez, on va au trou suivant, les a interrompues Steve. Vous venez avec nous ?

– Oui ! se sont-elles toutes les trois exclamées.

C'était parti pour l'opération « Le vrai visage de Steve ».

J'ai sorti mon portable, prêt à immortaliser la scène qui entraînerait la chute de mon rival. Sur toutes les pistes suivantes, les quatre n'arrêtaient pas de flirter. Steve leur a payé des sodas. Les filles ne pouvaient pas s'empêcher de lui toucher le bras. Elles riaient de ses plaisanteries débiles sur les trous à remplir. Mais je n'avais pas encore réussi à prendre un cliché suffisamment compromettant pour que Kaia le largue. Il pourrait facilement se justifier. Il me fallait un coup de massue.

Sur la piste décorée comme un cirque, j'ai vu peut-être Haedyn qui sirotait son Coca à l'écart des autres. Peut-être Nika et peut-être Sophie se prenaient en photo avec Steve et le clown géant. Il fallait que je passe à la vitesse supérieure.

– Il est dément, hein ? ai-je demandé à peut-être Haedyn.

– Carrément. Ça doit être tellement dur, s'est-elle apitoyée en le dévorant du regard. Est-ce que sa petite amie est consciente de la chance qu'elle a de pouvoir partager avec lui cette épreuve ?

Ça m'a surpris qu'elle parle de Kaia, alors qu'elles étaient là pour se jeter sur lui.

– Eh oui..., ai-je acquiescé pour la forme. Mais j'ai entendu dire qu'ils avaient des problèmes, ai-je ajouté, en me disant que je ne mentais pas vraiment.

Les yeux de peut-être Haedyn se sont illuminés.

– Sérieux ? C'est terrible.

Elle, en revanche, mentait clairement.

Sur la piste du bateau de pirates, les filles se sont regroupées pour chuchoter entre elles. Peut-être Haedyn les informait des dernières nouvelles. Elles ont dévisagé Steve qui se préparait à frapper sa balle.

– Tu dis rien, Cam.

La balle a roulé juste à côté du trou.

– Je suis concentré sur mon jeu, ai-je répliqué en consultant le score. Et je suis à un coup seulement de toi.

– Je me suis laissé distraire, a-t-il concédé avec un sourire coquin en faisant un signe de la tête vers les filles.

– Je te rattrape, ai-je ajouté sur un ton jovial.

Je n'avais pas particulièrement l'esprit de compétition, mais je me disais que, si je jouais cette carte, il avait moins de chance de soupçonner le piège que je lui tendais.

– On s'excite et on loupe, c'est fatal.

– Mets-la dans le trou, l'ai-je taquiné.

C'était un style d'humour que je pratiquais peu, d'ordinaire.

Au moulin à vent hollandais, peut-être Haedyn a raté trois fois le trou.

– Je suis nulle à ce jeu ! s'est-elle lamentée en se tournant vers Steve. Tu peux m'aider ?

J'avais bien fait de lui parler. Elle était libérée de toute culpabilité par rapport à une petite amie éplorée.

Steve a accepté volontiers de lui montrer la technique en se plaçant derrière elle. Il l'a entourée de ses bras et a ajusté ses mains sur le club.

– Ça doit être si dur d'être malade, l'a-t-elle plaint.

– C'est un tout petit cancer de rien du tout. Rien de grave.

Sa pudeur affichée a eu l'effet escompté. Elle s'est adossée sur lui et, ensemble, ils ont frappé la balle qui a traversé le pont pour arriver sur le green principal.

– Et voilà ! s'est réjoui Steve.

Au lieu de bondir de joie, peut-être Haedyn s'est tournée vers Steve avec des yeux langoureux.

– La vie est si courte, non ?

– En effet, a confirmé Steve.

Elle a posé une main sur son bras et il m'a jeté un coup d'œil.

– À toi, mec.

Il est sorti de la piste, main dans la main avec peut-être Haedyn.

– Viens par ici, l'a-t-il invitée en l'entraînant dans un coin isolé.

Et c'est ce gars qui se disait amoureux de Kaia ? Mon œil !

C'était exactement ce que j'attendais. Mais les deux autres filles me bloquaient la vue, et si je bougeais, il me repérerait tout de suite. Surtout que c'était mon tour.

– Eh… je vous prends en photo ? ai-je proposé à peut-être Nika et peut-être Sophie.

Elles ont tout de suite accepté, ravies, prenant leur pose-selfie habituelle, leurs verres levés.

– Décalez-vous un peu sur la gauche. La lumière est meilleure.

Elles se sont placées juste au bord de mon cadre, laissant clairement apercevoir Steve et peut-être Haedyn à l'arrière-plan, éclairés par la lave rouge du volcan. Il s'est penché vers elle pour lui murmurer quelque chose à l'oreille. *Clic !* Peut-être Haedyn a gloussé. *Clic !* Elle a chuchoté à son oreille, une main sur sa nuque. *Clic !* Steve l'a alors guidée derrière le volcan et hors de ma vue.

J'ai pris une autre photo des filles.

– Extra.

Dès que j'ai rangé mon téléphone, elles ont repris leurs têtes normales. Il fallait que je passe de l'autre côté du volcan. J'ai rapidement envoyé la balle dans la mare, d'où j'espérais les voir mieux. Les clichés que je venais de prendre suffiraient sans doute, mais je voulais la preuve irréfutable, qui ne laisserait plus aucun doute dans l'esprit de Kaia. J'ai enjambé la barrière. Je ne les voyais toujours pas. Avançant vers le bord de la mare, j'ai sorti mon portable, sûr de pouvoir les surprendre en plein baiser fougueux. J'ai aperçu un coude… peut-être un bout de genou… J'ai fait encore quelques pas. Mon pied s'est pris dans la mousse. Était-ce une main que je distinguais ? Mon pied a glissé et a fini dans l'eau sale. Au moment où je le retirais du liquide poisseux, Steve et peut-être Haedyn ont quitté leur cachette. Bon Dieu !

Je me suis agenouillé pour récupérer ma balle et je suis revenu vers le groupe. Les filles discutaient de nouveau entre elles, peut-être Haedyn parlant avec enthousiasme.

– Deux points de pénalité, a annoncé Steve. Note-les.

J'ai obéi et quand j'ai relevé la tête de mon carnet, peut-être Haedyn se trouvait juste devant moi.

– T'es tellement courageux.

– Ah oui ?

– Tu as fait tellement pour Steve, a ajouté peut-être Sophie qui s'était aussi approchée.

Elles m'entouraient, toutes les trois, leur parfum, leur proximité et leurs décolletés me faisant perdre mes moyens.

– C'est le moins…

– Alors que c'est toi qui es en train de mourir ! s'est exclamée peut-être Nika.

Pardon ?

– Excuse-moi. Tu disais…

Peut-être Hayden a posé une main sur mon bras.

– Arrête. Il m'a prévenu que tu nierais.

J'ai tourné la tête vers Steve qui me regardait, un petit sourire aux lèvres.

– Il m'a prévenue que tu ne voulais surtout pas qu'on te plaigne.

– Non, mais…, ai-je tenté de démentir.

– Il ne te reste que trois mois à vivre ! s'est lamentée peut-être Sophie, une main sur le cœur.

– Et malgré ça, tu fais tout pour amuser ton meilleur ami, a commenté peut-être Nika.

– Steve…, ai-je appelé pour qu'il leur explique le malentendu, mais il restait concentré sur sa balle, clairement content de lui.

– Tu sais quoi ? Vous méritez tous les deux qu'on trinque en votre honneur, a affirmé peut-être Haedyn en levant son soda.

– Ah ah ah. Attends. On va leur payer une tournée, a déclaré peut-être Sophie en sortant de son sac une petite bouteille de vodka.

Je commençais à perdre le contrôle de la situation. Je n'avais pas imaginé qu'elles pourraient boire. Ça ne faisait pas partie de mon plan. Mais ça expliquait leurs regards vitreux, leur démarche mal assurée… et leur haleine imbibée d'alcool.

Peut-être Sophie a essayé de me prendre mon gobelet, mais je ne l'ai pas laissée faire.

– Oh non, désolée, tu ne peux pas boire avec ta chimio, s'est-elle tout de suite excusée, confuse.

Comment leur expliquer maintenant que je n'étais pas sous chimio et que je n'allais pas mourir ? Et le pire de tout : que je ne voulais pas de filles ivres pour piéger Steve ?

– Ça fait plus pour moi, s'est réjoui peut-être Sophie en se servant une belle rasade.

– Attends, l'ai-je arrêtée. Tu n'as pas le droit de boire.

– Ah non ? Il y a quoi d'autre à faire dans un mini-golf ? s'est moquée peut-être Nika en vidant la bouteille dans son gobelet.

– Exactement ! les a encouragées Steve. Allez, on va au volcan !

Sur les trois trous suivants, je n'ai pas réussi à me débarrasser des filles qui me collaient. Mon « cancer phase terminale » était à l'évidence bien plus romantique que le vrai cancer de Steve. Elles m'agrippaient les bras et riaient de ce qu'elles pensaient être mes plaisanteries.

Elles formaient un tourbillon alcoolisé qui me donnait le vertige et m'interdisait toute pensée et parole cohérentes. Pendant ce temps, Steve savourait mon inconfort.

Peut-être Nika a tiré sur mes cheveux pour la troisième fois.

– Vraiment, ce n'est pas une perruque ! ai-je assuré de nouveau.

– Ils ne vont sans doute pas tarder à tomber. Le pauvre.

– Mais non ! Je ne fais pas de chimio, je vais très bien !

– J'adore ton attitude positive et volontaire, a commenté peut-être Haedyn. J'y crois à fond. Pendant six mois, je me suis convaincue que je pourrais être serveuse à l'Olive Garden et hier j'ai obtenu un entretien !

– Eh, les filles, est-ce que je peux vous emprunter Cam le Fantastique, une seconde ?

Pour une raison que j'ignorais, Steve avait décidé de me sauver.

– Non, il est à nous ! a objecté peut-être Haedyn qui n'articulait plus très distinctement désormais. J'adore les gressins…, a-t-elle ajouté en m'envoyant des effluves de vodka dans les narines.

– Oh, OK. Est-ce qu'une de vous voudrait nous aider à appliquer sa crème à la cortisone sur ses rougeurs ? C'est l'heure. Sinon, ça va le démanger horriblement.

– Des rougeurs ? a répété peut-être Haedyn, tout de suite refroidie.

– Oui, les effets secondaires de la chimio, a expliqué Steve en sortant un tube de sa poche. C'est pas le plus commun. Ses médecins disent qu'ils n'ont jamais vu d'éruption cutanée pareille. N'est-ce pas, Cam ?

– Euh, oui, ai-je bredouillé, décidant de suivre son plan.

– Et elle est localisée sur son aine, a continué Steve. Alors ça pourrait peut-être vous intéresser ? Attention, ça a tendance à faire des croûtes et il faut bien étaler la crème dans toutes les crevasses, sinon, ça risque de s'infecter. C'est ça, hein, mec ?

Les filles ont pris des airs dégoûtés. Apparemment, leur fantasme de cancer se limitait à se noyer dans mes yeux de mourant.

– C'est intime, quand même.

– On veut pas s'imposer.

– Bien sûr, a acquiescé Steve en m'entraînant loin d'elles.

*

* *

Une fois en sécurité dans les toilettes, Steve m'a lâché et s'est avancé vers l'urinoir en baissant sa braguette.

– Des fans de cancer ? Sérieusement, Cam ?

– Mais qu'est-ce que tu imagines…, ai-je commencé en détournant les yeux.

– Hyper déloyal pour un type aussi gentil que toi. Mais c'est pas ton premier sale coup.

– Non, non. Elles ont…

– Épargne-moi tes conneries, m'a-t-il interrompu en se rhabillant. Tu mens trop mal. Comme tous les gens sincères.

Un profond mépris dans les yeux, il a tiré la chasse avec plus de force que nécessaire.

– Je…

Il a fait un pas vers moi.

– Tu pensais vraiment que j'allais tromper Kaia avec une fille au hasard que je croiserais au mini-golf ?

Je remarquais pour la première fois que Steve était vraiment très grand. Dans cet espace exigu, avec la lumière crue des néons sales, il me paraissait soudain immense. Je voulais lui répondre, mais je n'ai pas réussi à reprendre le contrôle de ma mâchoire. L'expression de Steve semblait vaciller tandis qu'il m'observait.

– Bon sang, tu as vraiment une opinion désastreuse de moi.

Comment protester ? Il me lisait comme un livre ouvert.

– Je…, ai-je hésité.

Mais Steve a haussé les épaules et ouvert le robinet pour se laver les mains.

– Alors, c'était quoi, le plan ? Laisse-moi deviner. Tu allais publier les photos sur le Net pour que Kaia me jette et tombe dans tes bras spaghettis ? Respect, mec. Ce que tu ferais pas pour qu'une fille accepte de sortir avec toi. C'est impressionnant. Tu t'inspires de la machine Goldberg ? Et oui, Cam, je sais qui est Rube Goldberg et je connais sa machine à tout complexifier. Arrête un peu de me sous-estimer.

– Je n'essaie pas de pousser Kaia à sortir avec moi ! ai-je crié pour couvrir le souffle du sèche-mains.

Steve a pivoté sur lui-même pour me faire face.

– Alors pourquoi tu as voulu me piéger ?

– Je n'ai…

Il a avancé vers moi. Le sèche-mains continuait à souffler.

– Allez, ça suffit. Abandonne.

J'ai reculé et percuté le lavabo.

– Je sais pas de quoi tu veux parler.

– Tu vas pas le reconnaître ? Sérieusement ?

– Tu te méprends…

Il s'est penché à quelques centimètres de moi et a agrippé la porcelaine blanche à deux mains.

– RECONNAIS-LE, BORDEL !!!

– QU'EST-CE QUE J'AURAIS DÛ FAIRE ?

Mes mots ont résonné bien trop fort dans le silence soudain revenu. J'ai grimacé, effrayé par la proximité de Steve. On haletait tous les deux. L'espace d'un instant, on ne savait plus quoi faire. Steve a alors lâché le lavabo et reculé.

Soulagé qu'il se soit un peu éloigné, je ravalai des larmes d'humiliation. Steve m'a tourné le dos.

– Tu vas pas pleurer, maintenant !

– Tu l'as piégée.

Il a fait volte-face, furieux.

– Moi ?

– Le fonds de solidarité Cam Webber ! Tu fais semblant de te soucier de ton prochain ! D'être quelqu'un de bien, ai-je répliqué, les bras ouverts comme pour illustrer l'énormité de sa duperie.

Le visage de Steve s'est fermé.

– Je suis peut-être quelqu'un de bien. Cette possibilité ne t'a jamais effleuré l'esprit ? Peut-être que vous fréquenter, toi et Kaia, m'a fait réfléchir. La fondation existe bel et bien, Cam. La créer m'a peut-être rendu fier de moi.

– Et ton petit numéro d'évanouissement devant tout le monde ? Et le « tu peux pas rivaliser avec un mourant » ?

C'est moi qui ai avancé, cette fois.

Steve a grimacé.

– Oui, ça, c'était de la comédie. Et d'ailleurs, je me suis fait mal à l'épaule en tombant, si ça peut te faire plaisir.

Il ne trahissait aucun embarras, aucun scrupule. Bon sang, comme je le détestais. Même avec son cancer, on aurait dit qu'il ne ressentait rien.

– Si elle est restée, c'est juste parce qu'elle avait de la peine pour toi à cause de ton cancer ! Elle avait l'intention de te quitter !

Steve m'a dévisagé un long moment.

– Oui, je sais. Elle me l'a dit, a-t-il lancé en penchant la tête.

J'ai reculé.

– Quoi ?

J'avais bien entendu, mais je ne voulais pas y croire.

– Elle me l'a dit. Parce qu'on parle. Parce qu'elle est ma petite amie.

Il a parlé très lentement, à la façon d'un professeur qui doit prendre tout son temps pour expliquer à un étudiant limité un concept compliqué. Et dans son regard, j'ai vu une émotion dont je ne le pensais pas capable : la pitié. Steve Stevenson avait pitié de moi. Quelle horreur !

Je voulais lui balancer une réplique fracassante. Mais qu'est-ce que je pouvais dire ? Il ne me restait aucun argument. J'étais dans les toilettes d'un mini-golf et tout ce sur quoi j'avais misé s'effondrait. Ils formaient un vrai couple qui échangeait. Kaia l'aimait peut-être sincèrement.

– Bon sang... Tu n'es même pas fâché, n'est-ce pas ?

J'ai prononcé ces mots avec une profonde amertume.

– Comment se fâcher contre un nul pareil ?

Il avait raison. La colère est un sentiment qu'on réserve à quelqu'un capable de vous faire du mal. Et Steve n'avait rien à craindre de moi. Parce que je ne représentais rien pour Kaia. Il m'a tapoté l'épaule en ouvrant la porte des toilettes.

– Et de toute façon, tu te tortures bien assez tout seul.

Un relent de vodka a envahi l'air. Les filles nous attendaient dans le couloir.

– On se faisait tant de souci ! s'est exclamée peut-être Nika.

On a sursauté tous les deux.

Peut-être Sophie a remarqué mes yeux rouges et gonflés.

– Oh non ! Tu as pleuré ?

Peut-être Haedyn s'est avancée vers moi, les bras grands ouverts.

– Besoin d'un câlin ?

Les autres filles l'ont tout de suite imitée. Peut-être Nika a lâché un gros rot humide. Steve m'a bousculé en reculant.

– Non, ça va ! a lancé Steve.

– Pas de câlin, merci, ai-je ajouté juste avant que Steve referme la porte sur nous deux.

On s'est tout de suite tournés pour s'appuyer dessus et la bloquer. De l'autre côté, les filles poussaient de toutes leurs forces. À travers le métal, on entendait leurs cris étouffés « eh ! » « on veut juste vous faire des câlins ».

– Que ce soit clair, je n'imaginais pas qu'elles boiraient.

Steve a levé les yeux au ciel et au même moment un coup particulièrement fort dans la porte nous a violemment secoués.

– Cam, ce sont des lycéennes. On est samedi.

– Tu penses qu'elles vont réussir à entrer ? On devrait peut-être essayer de bloquer la porte, ou peut-être qu'il faudrait qu'on s'échappe par la fenêtre ?

J'ai fait un signe vers la petite ouverture dans le mur carrelé.

– Une fois dehors, on pourra passer par-dessus la clôture vers la zone industrielle.

– Sérieux, Cam, ce sont juste des filles saoules, pas des zombies. Attends deux minutes qu'elles se lassent.

Il avait raison. Elles tapaient déjà moins fort sur la porte. Leurs voix ont encore résonné un moment, et tout à coup on n'a plus rien entendu d'autre que le moteur des karts dehors. On s'est laissés glisser sur le sol.

J'ai étudié le dessin sur le carrelage. Il se répétait à l'infini.

– Pourquoi est-ce qu'elle te plaît ? ai-je demandé, étonné par ma propre question.

Steve a poussé un soupir, comme s'il s'y était attendu.

– Pour les mêmes raisons que toi.

– Non. Pas possible, ai-je déclaré vigoureusement.

Steve a posé la tête contre la porte et a levé les yeux vers le plafond.

– Elle est intelligente, sexy, cool, a-t-il énuméré en comptant sur les doigts.

– C'est plutôt générique.

– C'est ce qui pousse deux personnes à sortir ensemble, Cam, a répliqué Steve en soufflant.

– Mais..., ai-je commencé en remontant les genoux sous mon menton. Kaia n'a rien de générique, Steve. Elle est incroyable.

– Oui, c'est vrai que, là, t'es vachement plus spécifique, a ironisé Steve.

– D'accord. Tu veux du spécifique ?

Je me suis tourné vers lui pour le regarder dans les yeux.

– Kaia est honnête. Elle voit le meilleur en chacun. Elle est gentille, mais sans jamais forcer le trait. Elle est passionnée et droite. On sait que lorsqu'elle se réveille le matin, elle réfléchit à comment rendre le monde meilleur.

– Et elle est sexy, a-t-il ajouté, l'air coquin.

– Oui, Steve, elle est sexy. Mais même si elle était brûlée au douzième degré après l'explosion de la mine dans laquelle elle se serait barricadée pour protester, ça me serait égal.

Steve a esquissé une moue exaspérée.

– Dis-moi, tu te lubrifies avec ta propre supériorité quand tu te masturbes ?

Avant que je puisse réagir, il a très légèrement entrouvert la porte. Il a jeté un coup d'œil rapide dehors.

– La voie est libre.

Il est sorti sans se soucier de voir si je le suivais.

Je l'ai rattrapé au niveau du moulin à vent. Il m'attendait en agitant son club sous les ailes paresseuses bordées d'ampoules jaunes.

– Tu veux pas finir le parcours ? a-t-il demandé.

– Non, ça ira.

Le club sur l'épaule, il s'est dirigé vers la sortie.

– Dommage, j'aimais bien te battre.

On a traversé le parking en silence. À quelques rangées de nous, sous un lampadaire, j'ai repéré ma Prius. J'allais enfin ramener Steve chez lui et la soirée serait terminée. Mon plan stupide avait échoué. Je pouvais déjà m'estimer heureux de ne pas avoir fini avec un œil au beurre noir.

Je n'arrivais toujours pas à m'en remettre. Steve et Kaia se parlaient. Ils partageaient, échangeaient. Ils formaient un couple. Je pourrais peut-être supporter cette réalité, si Steve admettait au moins une chose :

– Je suis mieux pour elle. Reconnais-le.

Steve s'est arrêté de marcher. Je pensais d'abord qu'il n'allait pas répondre. Mais lentement, il s'est tourné vers moi, un sourcil levé.

– Quelle importance que tu sois mieux pour elle ou pas, Cam ? C'est avec moi qu'elle sort.

J'aurais préféré qu'il me donne un coup de pied dans les parties intimes, ça aurait été moins douloureux.

– En avant toute !

On s'est tous les deux tournés au moment où une Chevrolet El Camino démarrait. Au volant, j'ai aperçu peut-être Sophie. Elle a sorti un bras par la vitre pour jeter la bouteille de vodka qui a scintillé sous la lumière du lampadaire avant de se briser en mille morceaux sur le trottoir.

Mes jambes m'ont emporté sans même laisser le temps à mon cerveau de comprendre ce qui se passait. Mes Nike crissaient sur le béton, alors que je me faufilais entre les véhicules garés pour me ruer dans l'allée où roulait la voiture des filles. J'ai tapé des deux mains sur le capot et, une seconde plus tard, Steve m'a imité, à bout de souffle.

– Quoi ? a-t-il demandé, agacé par mon étonnement.

– Foutez le camp d'ici, connards de cancéreux !

Le klaxon a retenti. À travers le pare-brise, on a distingué peut-être Haedyn et peut-être Nika serrées sur la banquette de devant à côté de peut-être Sophie.

– On vous déteste ! a hurlé peut-être Haedyn. Vous nous avez larguées !

– Rentrez en Uber ! a lancé Steve assez fort pour couvrir le grondement du moteur.

– Ma coloc a besoin de sa voiture, demain matin, pour aller au travail ! a répondu peut-être Sophie.

– Pas si elle est détruite, a répliqué Steve, patient, mais intraitable.

– Je lui ai promis ! Elle va me détester.

Des larmes ont inondé ses joues et elle a laissé tomber la tête sur son volant.

– Elle me déteste déjà…

Assise au milieu, peut-être Nika l'a secouée.

– Démarre ! Je crève de faim. J'ai besoin de manger !

Peut-être Sophie s'est mise à pleurer de plus belle. Peut-être Haedyn s'est étirée en bâillant.

– On peut rentrer ? Dodo. Faut mon dodo.

– Galère, ai-je commenté, abattu. On se les divise ?

– OK. Je prends Déprime, tu prends Affamée et Dormeuse.

*
* *

J'ai suivi les phares de la El Camino sur Victoria Avenue. Vautrée sur la banquette arrière, peut-être Nika tenait son ventre à deux mains en réclamant qu'on lui apporte à manger. Peut-être Hayden s'appuyait sur moi en gémissant.

– Je veux ma couette !

Avec Steve, on restait en contact par téléphone.

– On a une adresse ?

– Pas exactement, a répondu Steve. Juste qu'elles habitent près du centre. Mais Déprime a mis Kelly Clarkson et je peux plus rien en tirer.

De l'autre côté du combiné, j'ai entendu la petite voix pleurnicheuse de peut-être Sophie chantonner « *I watched you die / I heard you cry / Every night in your sleep* ».

– D'accord, c'est à un peu moins de deux kilomètres vers le nord. À la fin de la chanson, demande-lui si c'est à droite ou à gauche.

La sérénade de peut-être Sophie a continué, interrompue de temps en temps par des sanglots.

– Pourquoi t'as pas juste proposé à Kaia de sortir avec toi ? a demandé Steve doucement, sans son ironie habituelle.

– Ben… parce qu'elle sort avec toi ?

– Mais non, a objecté Steve en soupirant. Tu sais bien de quoi je parle. Avant ça. À ce que je comprends, tu bandes pour elle depuis le collège.

– Je ne…

– T'inquiète. Je suis sûr que tu bandes avec tout le respect que tu lui dois.

– Des escalopes panées, ce serait tellement bon, a gémi peut-être Nika.

Mes épaules se sont affaissées.

– Écoute, j'ai essayé de le lui demander des milliers de fois.

Toutes les occasions presque parfaites me sont revenues en mémoire.

– Mais t'étais trop flippé.

– Dodoooo, a grondé peut-être Haedyn.

– Ce n'était... jamais le bon moment.

Vraiment. Jamais elle n'aurait accepté.

On s'est arrêtés au feu rouge.

Et c'est Steve qui l'avait invitée à sortir avec lui, sans attendre un moment en particulier, et elle avait dit oui. Si seulement j'avais fait la même chose ! Si je m'étais lancé simplement, est-ce que ça aurait marché ? J'ai fermé un instant les yeux.

– J'ai...

– DEL TACOOOOOOOO !

– Quoi ?

Peut-être Nika ouvrait déjà la portière pour descendre de la voiture. Tenant à peine sur ses jambes, elle a traversé la rue vers la pancarte clignotante, rouge, blanche et verte de Del Taco.

– Steve ! On a un problème !

J'ai tourné le volant vers le fast-food.

– J'y vais.

La El Camino m'a suivi et on est tous les deux entrés dans le parking. Une fois garé, j'ai vérifié que peut-être Haedyn dormait à l'arrière. Elle bavait même.

– Toi, tu restes ici.

Je suis sorti de la Prius et n'ai eu aucun problème à trouver peut-être Nika qui frappait de toutes ses forces sur une fenêtre.

– Donnez-moi un burrito avec de la sauce piquante maintenant !

Peut-être Nika menaçait de passer par la fenêtre si on ne la servait pas. Le reflet sur la vitre ne me permettait pas de distinguer clairement ce qui se passait à l'intérieur, mais j'étais pratiquement sûr de voir le caissier plié de rire.

Les bras tendus devant moi, je me suis lentement approché de peut-être Nika comme si elle était une biche que je ne voulais pas effrayer.

– Du calme… tout doux…

Je n'ai pas osé l'appeler par son nom au cas où je me serais trompé dans mes suppositions.

– Et si tu revenais simplement t'asseoir dans la voiture ?

Peut-être Nika a brusquement fait volte-face, furibonde.

– Non ! Je ne vais nulle part sans un burrito !

Elle s'est alors effondrée et a posé la joue sur le métal froid du bord de la fenêtre, laissant les bras pendre le long de son corps.

– J'ai tellement faim ! a-t-elle lâché avec un misérable petit filet de voix.

Des pas ont résonné sur l'asphalte. Steve courait vers nous. Il s'est figé devant nous, contemplant la scène.

– Toi, à six heures, moi à midi. On la ramène à la Prius. Bien reçu ?

– Bien reçu.

Le haut-parleur de la caisse s'est allumé.

– Madame, c'est un drive-in, ici, a lancé l'employé du fast-food en s'efforçant de ne plus rire. Vous devez commander depuis une voiture…

Comme si on venait de lui envoyer une décharge électrique, peut-être Nika a sursauté et s'est remise à hurler :

– JE VEUX MON BURRITO !

Une exclamation de terreur s'est échappée du haut-parleur.

Steve et moi, on s'est approchés l'un de l'autre, sans se lâcher du regard. J'ai tendu la main.

– À trois. Un… deux…

La vitre s'est baissée.

– Vas-y, prends-le.

Un burrito a été propulsé dehors. Peut-être Nika a suivi sa trajectoire des yeux.

– BURRRRITTTOOOO !

Elle a bondi pour le rattraper.

– Merde ! a lâché Steve. Affamée se déplace !

Peut-être Nika a ramassé le burrito tombé dans l'herbe humide et, triomphante, l'a soulevé dans les airs.

– Je vais passer la frontière ! s'est-elle exclamée.

– C'est le signal, a crié Steve en se ruant sur elle.

Elle s'est précipitée vers la rue, maintenant le burrito au-dessus de la tête. J'ai sauté par-dessus un buisson et atterri quelques pas derrière elle. Steve est arrivé quelques secondes plus tard. On courait dans la direction de la Prius et de la El Camino.

En approchant des voitures, on a vu peut-être Sophie qui sortait la tête par la vitre.

– Je suis seule… Je resterai toujours seule, se lamentait-elle.

On a continué sur encore quelques mètres, mais sans pouvoir mettre la main sur peut-être Nika.

– Où est-ce qu'elle a pu aller ? ai-je demandé, haletant.

Les rues étaient désertes et silencieuses.

– Aucune idée, a répondu Steve, à côté de moi, en essayant de percer l'obscurité. On reprend la voiture ?

– Oui. Si on roule doucement, on finira peut-être par la repérer.

Sans se presser, on est revenus sur nos pas.

– Alors c'est quoi, le moment parfait, selon Cam Webber ? a demandé Steve, moqueur, en se frottant le menton.

J'ai mis un instant à comprendre de quoi il parlait. Il reprenait notre discussion sur Kaia et pourquoi j'avais été incapable de lui proposer de sortir avec moi. J'avais espéré qu'on n'aborderait plus le sujet, mais à croire l'étincelle dans les yeux de Steve, ce n'était que le début.

– C'est une baignade avec les dauphins après une journée passée à construire des maisons pour Habitat pour l'humanité ? a interrogé Steve dans mon portable.

Il en était déjà à sa millième suggestion, alors que nous roulions tout doucement dans l'espoir de voir une ado ivre en train de dévorer un burrito. Derrière moi, peut-être Haedyn ronflait légèrement.

– Tout d'abord, les humains ne devraient pas nager avec les dauphins pour s'amuser…

– Quoi ? Mais ils sont tellement magiques !

– Deuxièmement, tu vois Affamée, toi ?

– Négatif.

Silence.

– Ah, j'ai trouvé ! Un dîner romantique sur un tas de compost. Bien sûr, ça pue un peu, mais tu ne sentirais rien avec ta satisfaction personnelle qui embaumerait l'air.

– Steve ?

– Oui ?

– Va te faire foutre.

J'ai entendu Steve rire et soudain, en fond sonore, a retenti un sanglot déchirant.

– Oh my God ! Et si elle était morte ? C'est ma faute !!! a gémi peut-être Sophie.

Dans le rétroviseur de ma Prius, j'ai vu Steve redresser la jeune fille en position assise.

– Chuuut. T'inquiète pas, Déprime. Elle va bien, t'es une vraie amie.

– Ah oui ? a-t-elle demandé en reniflant.

– Bien sûr.

Un sourire aux lèvres, j'ai soudain agrippé le volant à deux mains.

– Attends ! Steve ! C'est pas elle ? Devant…

Sous un abribus, une silhouette était assise. Dans le caniveau, juste en dessous, j'ai repéré l'emballage blanc de Del Taco.

– Oui, c'est elle, a confirmé Steve.

– D'accord, je me range.

J'ai allumé mes warnings en braquant vers le bord de la route. Au moment où je suis arrivé sur la bonne file, des bras m'ont entouré le cou pour me broyer la trachée.

– Mais...

La voiture a fait une embardée.

– J'ai fait un cauchemar !

Maintenant réveillée, peut-être Haedyn a serré plus fort encore.

– Lâche-moi !

J'ai posé les mains sur ses bras. La voiture est alors montée sur le trottoir. Peut-être Haedyn a poussé un cri de surprise. La ceinture de sécurité s'est enfoncée dans mon épaule. J'ai écrasé la pédale de frein, nous projetant tous les deux vers l'avant.

On se dirigeait droit vers l'abribus.

J'ai appuyé plus fort encore sur le frein et tourné le volant. On s'est arrêtés. Éclairée par les phares de la voiture, peut-être Nika ronflait, de la sauce étalée sur le visage.

J'ai pris mon téléphone.

– Je l'ai.

*

* *

Vingt minutes plus tard, j'ai poussé une peut-être Haedyn endormie dans l'appartement des filles sur un fauteuil de bureau à roulettes. Steve a mis par terre une pile de vêtements à paillettes et m'a indiqué l'espace qu'il venait de dégager pour l'y allonger.

– Waouh ! On se croirait dans un magasin de fringues apocalyptique.

Le sol ainsi que toutes les surfaces étaient jonchés de boîtes de pizzas vides, de cannettes de bière et de tas d'habits.

– Carrément. On dit que les mecs sont bordéliques, mais Mad Max est passé par là, je te jure.

– Il y a un lit quelque part ? ai-je demandé.

– Je crois avoir vu un matelas par terre dans une chambre, mais c'était peut-être juste du linge. J'ai fait un petit nid à Déprime.

– J'imagine que…

– Oooh ! m'a interrompu Steve. J'ai trouvé ! Ton moment idéal, c'est vous deux en train de regarder le dernier iceberg fondre dans l'Alaska. La destruction imminente de la planète te fait tellement bander que tu te jettes sur elle et vous baisez !

– J'en sais rien, OK ? ai-je grondé.

Steve était égal à lui-même, mais, à chaque nouvelle supposition, je revoyais les occasions que j'avais ratées.

– C'est bien ça le problème. J'ai pensé avoir trouvé le bon moment. Plusieurs fois. Mais rien n'est arrivé. Et je devais attendre une nouvelle ouverture. Le moment où je pourrais…

Qu'est-ce que j'espérais qu'il se passerait ?

– Je pourrais…

– Être sûr de réussir ? m'a interrogé Steve en m'examinant avec attention, son bras posé sur une étagère.

J'ai détourné les yeux.

– Rentrez chez vous, chauffeurs de Uber, a grommelé peut-être Haedyn sur le canapé avant de rouler sur elle-même. Haedyn dodo.

– Je savais qu'elle avait l'air d'une Haedyn ! me suis-je exclamé, victorieux.

Steve m'a dévisagé, perplexe.

– Peu importe…

Steve m'a attrapé par le bras, alors que je me dirigeais vers la porte.

– Et si Kaia avait dit non ? Ça t'aurait tué ?

Il lui a suffi de lire l'expression sur mon visage pour comprendre. Il a passé la main sur son crâne chauve.

– Faut bien avouer, Cam, que tu sais te prendre la tête, toi.

On est restés un moment à se dévisager.

Et soudain, un fracas nous est parvenu depuis la cuisine. Peut-être Nika est entrée en chancelant dans le salon, un immense paquet vide de chips dans les mains, la sauce de burrito toujours badigeonnée sur son visage.

– Il me faut des frites au fromage et au bacon !

– Sauve qui peut ! a hurlé Steve. Viens, Cam, on se casse d'ici !

17

On a dévalé les marches au pas de course, en regardant derrière nous, de peur d'être poursuivis. Et on riait aux éclats. Tous les deux. Le plus bizarre, c'est que notre nouvelle complicité me semblait complètement naturelle.

Arrivés dans la cour centrale de la résidence, on a repris notre souffle. Pratiquement aucune fenêtre n'était éclairée. De rares lampes étaient allumées ici et là derrière des rideaux tirés.

– Je plains le pauvre livreur Uber Eats qu'elle va appeler pour ses frites ce soir.

– Eh, mais c'était presque une blague, ça, Cam. Tu mérites un prix.

Il a sorti de sa poche un serre-tête avec des oreilles de chat et m'a coiffé avec.

– Tu l'as volé ?

– Je voulais un souvenir pour me rappeler cette soirée. J'en ai pris aussi un pour moi. Bien que tu sois un vrai salopard, je me suis bien amusé.

Toujours haletant, il a mis les mains sur ses genoux.

– Bon sang, avant j'avais aucun problème à maîtriser trois gonzesses déchaînées. C'est pas une blague, ce cancer. Je dois m'asseoir.

Il s'est assis au bord de la piscine du bâtiment, a retiré ses chaussures et ses chaussettes, et a trempé les pieds dans l'eau.

J'ai jeté un regard à l'escalier qui menait à l'appartement des filles, toujours inquiet d'en voir une débarquer. Steve tirait sur le joint qu'il venait de sortir de sa poche. Un nuage de fumée s'est formé dans la nuit.

– Tu as la nausée ?

– Non, je vais bien. Détends-toi. Je fume ça juste pour le plaisir. Et comme j'ai un cancer, j'ai le droit. Faut bien que ça présente des avantages, a-t-il expliqué en reposant le joint entre ses lèvres. C'est le seul.

Soulagé, je me suis décontracté. Ça avait été une soirée de folie, et je m'étais comporté en véritable idiot. Mais dans cette résidence endormie, le calme et l'humidité semblaient accueillants. J'ai regardé Steve et ses oreilles de chat pailletées où se reflétait l'eau de la piscine. J'ai décidé de l'imiter et de plonger les pieds.

Steve a pris une autre taffe.

– C'est carrément mieux qu'une soirée à la maison.

– Vraiment ? Ça m'étonne que tu acceptes de quitter ton repaire high-tech pour mâle dominant.

– Mec, c'est le délire de mon père, ça.

Il parlait avec la même pointe de colère que j'avais perçue dans sa voix au salon de thé des abeilles. Il valait mieux ne pas creuser.

– Pas de problème. T'as pas à m'expliquer.

La soirée avait été déjà assez mouvementée. Pas la peine d'y ajouter une bagarre. On est juste restés assis en silence. Steve a laissé échapper un soupir fatigué.

– Tu les as entendus se disputer, non ? Ma mère est furieuse qu'il dépense tout cet argent pour cette salle de jeux, mais il lui répond qu'elle a pas à se faire de souci pour les factures, parce que rester positif est plus important. Après que j'ai créé la fondation, il voulait que j'aie aussi un truc sympa pour moi. Il faut que je continue « à les tuer tous », comme dirait mon père, a-t-il ajouté en imitant sa voix. « Ce n'est pas un gosse à cancer, Cheryl. »

– On dirait que ton père n'est pas le genre à s'inquiéter.

– Tu parles, il se fait un sang d'encre pour tout, a objecté Steve en riant. S'il a l'impression que j'ai un coup de mou, il me voit déjà mort, et quand il pense que je suis sur le point de mourir... bon sang...

Il a baissé la tête. Tous les efforts qu'il déployait pour ne pas décevoir son père l'ont soudain accablé.

– Je suis juste heureux d'avoir un cancer pas trop méchant. Je sais pas ce que j'aurais pu faire si j'étais en phase terminale.

– Tu te préoccuperais plus de toi, peut-être.

– Tu crois ? Non, je suis sûr que je m'inquiéterais plus pour eux. Moi, je serais mort, alors quelle importance, mais eux, ils auraient à vivre jusqu'à leur dernier souffle avec un fils mort. Il y a pas pire.

– J'y avais jamais pensé.

Et jamais je n'aurais cru voir un jour Steve si sincère et compatissant. Je l'ai examiné un long moment pour voir si c'était bien lui.

Il a levé la tête vers moi.

– Tes parents, ils feraient quoi si tu mourais ?

– J'ai que ma mère. Mon père est parti quand j'avais sept ans.

– Parti ? Tu le revois plus ? s'est étonné Steve en inspirant profondément.

– Non. Il s'est installé en Géorgie, je crois. Je m'en fiche. Il ne prend même pas contact. Et c'est tant mieux.

– Ah oui ?

Steve a soufflé de la fumée au-dessus de la piscine.

– Bien sûr, après son départ, j'ai ressenti un sacré vide. À sa place, il y avait plus rien. Mais c'est passé. Et c'était un connard. Même un trou noir dans ma vie, c'est mieux qu'un connard.

Steve m'a dévisagé, dubitatif. Moi non plus, je n'étais pas sûr de croire à ce que je disais. J'ai balayé cette idée.

– Mais ma mère ? Si je mourais ? Je peux pas l'imaginer.

L'idée que ma mère me perde me semblait impossible. C'était trop violent de l'imaginer sans moi.

– Je ne peux pas mourir.

– Ça dépend pas de toi. On choisit pas.

– Non, mais sérieusement, elle est… tellement fière de tout ce que je fais. Je suis pour elle comme la preuve qu'elle peut se débrouiller sans mon père.

J'essayais de trouver un scénario où ma mort ne la dévasterait pas complètement.

– OK, peut-être que si je m'engageais dans une cause noble, comme me sacrifier pour protéger mes camarades d'un tueur ou partir sauver un village de l'Ebola.

– Plausible.

– Mais si c'était un coma éthylique à une soirée, alors là, elle tournerait la page et nierait avoir jamais eu un fils.

– Waouh, elle est intense, ta mère !

– Un peu comme ton père.

C'était étrange d'avoir un point commun avec Steve. Je me suis demandé s'il pensait la même chose. Pendant un moment, on s'est contentés de regarder l'eau lécher les dalles de la piscine.

Steve m'a proposé son joint.

– Quoi ? Je fume pas. Je veux dire, je suis pour qu'on légalise le cannabis, c'est stupide de penser que c'est plus dangereux que l'alcool. Sans parler des effets médicinaux évidents…

– Mec, tu es épuisant, m'a-t-il interrompu.

– Pardon, ai-je répliqué en riant.

– On s'éclate comme ça avec tous tes copains ?

La question m'a pris au dépourvu.

– Oui. Non… je veux dire…

Ma gorge s'est serrée.

– Je m'amuse avec eux, oui... pas comme toi avec les tiens...

J'avais du mal à respirer.

– Je suis tellement occupé... et le temps manque... On colle surtout des affiches ensemble... On se voit aux réunions de la ville...

– T'as pas d'amis, c'est ça ?

– Bien sûr que si. Je viens de t'expliquer...

– Avec ses amis, on fait plus que juste signer des pétitions ensemble.

– Soit, ai-je lancé, pressé de changer de sujet. Je te vois pas hyper entouré non plus, ces derniers temps.

J'ai tout de suite regretté cette remarque, mais Steve n'a pas eu l'air de s'en indigner.

– Et alors ? J'ai pas vraiment envie qu'on me regarde vomir dans un seau. Enfin, pas après une séance de chimio. Après quelques bouteilles de téquila, c'est pas pareil.

Il a ri, mais sans y mettre beaucoup d'entrain. Avec son pied, il a agité l'eau et a suivi des yeux les ondulations.

– Tu as des copains qui ont proposé de passer ? ai-je demandé en essayant de mettre dans ma voix le plus de considération possible.

– Au début, quelques-uns, oui. Mais la plupart ont fait le mort. Et ça fait un moment que plus personne ne m'a contacté.

Je ne savais pas quoi dire. Comment avaient-ils pu l'abandonner si cruellement ?

– Je pense que ça les a soulagés que tu fasses tout le boulot pour eux, a-t-il ajouté comme s'il lisait dans mes pensées.

Malgré son ton neutre, je sentais bien qu'il était blessé.

– Merde, Cam… ça veut dire que t'es mon seul ami ?

J'ai tenté de déceler du sarcasme ou de la moquerie dans sa voix, mais rien.

– Je crois pas qu'on soit amis, ai-je plaisanté, le regrettant aussitôt.

– T'as sans doute raison. T'essayais juste de me piquer ma petite amie. Et tu veux sauver un requin.

– C'est quoi le rapport avec le requin ?

– J'ai besoin qu'il reste dans son aquarium. C'est mon plan B. Je me suis toujours dit que si mon cancer tournait mal, je pourrais toujours plonger pour lui servir de repas.

– Tu vas te suicider en te faisant manger par le requin ? me suis-je exclamé, inquiet qu'il puisse être sérieux.

– Ça en jette, hein ? J'aurais pas à voir mes parents s'effondrer devant mon agonie. Je m'en irais vite fait, bien fait. Je pense que mon père serait même fier de moi. Mon fils n'est pas mort d'un cancer, mais dévoré par un requin !

Il a ri, mais ses épaules se sont affaissées. Il a baissé les yeux. Manifestement, il s'en voulait d'avoir trop parlé, de s'être montré trop honnête. Comme je le faisais toujours.

J'ai hésité à poser le bras autour de ses épaules, car j'ai eu peur qu'on soit mal à l'aise. Ou, pire, qu'il se dégage. On a juste regardé l'eau dont l'éclat se reflétait sur nos visages.

– T'es sûr qu'on n'est pas amis ? a-t-il bredouillé.

Peut-être que si ? Pourquoi pas, après tout ? Pourquoi l'idée ne me déplaisait-elle pas ? Pourquoi est-ce que ça me tentait même plutôt ?

Alors que je réfléchissais à la question, il s'est écroulé sur mon bras, comme s'il s'évanouissait.

– Eh, c'est moi qui devrais m'évanouir, ai-je protesté. Être ton ami…

Je l'ai repoussé, mais il insistait. Ses oreilles de chat m'ont chatouillé les joues.

– T'y tiens vraiment ?

J'ai bougé mon bras plus fort, mais il a continué à dégringoler. Il ne fallait surtout pas que je panique. C'est ce qu'il attendait. J'ai examiné son visage sans y trouver la moindre trace d'un sourire.

– Arrête, c'est pas drôle, ai-je lancé avec un peu plus d'intensité que je n'aurais voulu.

Pas de réaction.

– Steve ? Sérieux ?

Il a laissé échapper une plainte.

– Je marche pas.

Mais son teint cireux, il n'aurait pas pu le simuler. Est-ce que c'était maintenant que son cancer tournait mal ? J'ai tendu l'oreille, soulagé de l'entendre respirer. Et ses yeux se sont ouverts péniblement.

– Cam ? Je me…

Il avait un tout petit filet de voix à peine perceptible. C'était peut-être juste un incroyable comédien. Il allait bientôt bondir en se tordant de rire. Seulement, je ne pouvais plus tenir, il fallait que je fasse quelque chose. Et s'il s'avérait qu'il faisait encore semblant, alors nous ne serions jamais amis et c'est tout.

J'ai sorti mon portable.

– Je vais appeler une ambulance.

– Non...

Il s'est redressé aussitôt, mais m'a paru toujours aussi faible.

– Bien sûr que si !

Avec le peu d'énergie qu'il lui restait, il s'est assis et a pris une profonde inspiration.

– Pas la peine, vraiment. Ça m'est déjà arrivé, ça va, c'est juste un effet secondaire du traitement. Je suis pris de vertige. Sexy, hein ?

– Ça ne va pas du tout !

– Ramène-moi juste chez moi, s'il te plaît.

Mon pouce est resté un instant suspendu au-dessus du bouton d'appel, mais, puisqu'il était conscient, il valait sans doute mieux que je l'aide à retourner à la voiture. Une ambulance mettrait trop de temps à venir. Je pourrais toujours le conduire aux urgences si c'était nécessaire.

Je l'ai aidé à se mettre debout et il s'est appuyé sur moi pour se stabiliser.

– Tes coudes sont incroyablement doux, a-t-il remarqué.

– Ma mère les hydrate avec de la crème quand je dors.

– Bon sang... vraiment intense..., a-t-il commenté faiblement alors qu'on avançait vers ma Prius.

*
* *

Le pied sur le champignon, j'ai traversé Victoria Avenue à toute allure, sans me soucier de la police. Si je me faisais arrêter, ce serait peut-être même mieux. Les officiers verraient l'état de Steve et nous conduiraient à l'hôpital. Affalé contre la portière, il insistait encore pour que je le ramène chez lui.

– Ça va aller.

– Tu as mal quelque part ? me suis-je inquiété, aussi attentif à lui qu'à la route.

– Je suis juste fatigué.

– D'accord. On y est presque. Alors c'est pas le moment qu'il tourne mal, ton cancer, OK ?

Il n'a rien répondu, le visage collé à la vitre où des ronds de buée se dessinaient et s'effaçaient au rythme de sa respiration.

Et voilà. Je me faisais un ami et il allait mourir. C'était même moi le responsable de sa mort. Si je n'avais pas essayé de le piéger… J'avais vraiment honte de moi.

– Ne meurs pas, d'accord ? S'il te plaît. Je suis désolé d'avoir voulu te voler Kaia. Tu avais raison. Depuis le début, tu avais tout compris. J'ai proposé de faire cette collecte de fonds dans le seul but de l'impressionner. Mais je te jure, Steve, je recommencerais pour toi dès demain s'il le fallait. Si tu en avais besoin. Ce qui n'est pas le cas. Parce que ton pronostic est vraiment bon. N'est-ce pas ? Mais si t'en avais besoin. Ou si je pouvais revenir en arrière, ce que je regrette sincèrement de ne pas pouvoir faire... j'aurais tant voulu... Mais si je pouvais, je le ferais. Et pour toi seulement. Parce que... ne meurs pas, OK ?

À mon grand soulagement, il a secoué la tête.

– Je te l'ai dit, je meurs pas. Juste les effets secondaires. Je vais bien.

Il fallait que je lui prouve que je m'inquiétais vraiment pour lui, que les choses avaient changé entre nous.

– Écoute, je te promets que j'arrête avec Kaia. Pour de bon.

À ces mots, il s'est un peu redressé et il m'a regardé, surpris.

– Vraiment ?

– Oui. Je suis désolé..., ai-je même ajouté pour en remettre une couche.

– T'es un type bien, Cam.

J'ai tiré sur la poignée de ma portière avant même d'avoir complètement arrêté la voiture dans l'allée devant la maison de Steve. Je me suis rué de son côté et j'ai tapé à la vitre pour m'assurer qu'il était réveillé avant d'ouvrir. Il s'est redressé, le regard vitreux. À ma grande surprise, il est descendu sans mon aide.

– Tout va bien.

– Mec...

– Pas besoin, a-t-il dit en repoussant ma main.

– Laisse-moi te soutenir jusqu'à la porte, ai-je insisté.

– Je t'ai dit que ça allait !

Il a alors pris une profonde inspiration.

– On dirait pas.

– D'accord. Ça va pas si fort que ça. Mais... laisse-moi faire seul, OK ?

Il m'a regardé un moment dans les yeux pour me faire comprendre qu'il ne plaisantait pas.

– D'accord, mais si je te vois vaciller, je te porte jusqu'à ton lit.

– Merci docteur, a-t-il lâché, l'étincelle moqueuse revenue dans ses yeux.

Il s'est alors dirigé lentement mais sûrement jusqu'à sa porte.

– Merci pour tout, Cam. Ce que tu as dit. Tu n'as pas idée.

J'ai attendu qu'il remonte l'allée éclairée. Malgré sa faiblesse évidente, il n'a pas trébuché. Quand il a ouvert la porte, j'ai poussé un soupir de soulagement. Il était chez lui. Ses parents prendraient soin de lui, désormais. Sa mère, en tout cas, c'était sûr.

Je suis resté assis dans ma Prius encore dix minutes, au cas où.

*

* *

Encore bouleversé, j'ai roulé vers chez moi à la vitesse d'un escargot, Rex Orange County dans les oreilles. J'avais décidé de rendre visite à Steve dès le lendemain matin pour voir comment il allait. Je lui apporterais peut-être un peu du miel qu'il avait aimé. Et j'accepterais peut-être une partie de *Grand Theft Auto*. Je pourrais protéger les travailleuses du sexe.

Je me sentais un peu égoïste de réfléchir ainsi. C'est vrai que je me faisais du souci pour Steve, mais en même temps, je ne voulais pas que la soirée s'arrête. Comment était-ce arrivé ? Comment, en l'espace d'une seule soirée, mon plan foireux m'avait donné envie de passer du temps avec Steve plutôt que de le tuer ?

Quelle importance ? C'était arrivé et c'est tout. Dans cet état d'émerveillement, j'ai tourné sur Rex.

Bzzz.

Mon téléphone a vibré. Je me suis rangé sur le bord du trottoir pour vérifier. Il venait de Steve. J'étais prêt à faire demi-tour pour l'emmener à l'hôpital, mais ce n'était pas une urgence.

Steve : Arrivé en vie. Merci pour cette soirée que je n'oublierai jamais, mon ami

J'ai relu le mot « ami » en souriant. J'ai voulu répondre un truc amusant. Le cœur battant, j'ai réfléchi à ce que je pourrais dire. Il fallait que ça soit drôle, mais en lui montrant que j'avais bien lu « ami ». Il avait fait le premier pas. À moi maintenant d'avoir le courage de faire un geste dans son sens. Un pouce levé ou un emoji mort de rire étaient trop légers, comme si je minimisais et la jouais indifférent. Mais il paniquerait si je me montrais trop sincère. Mes doigts tremblaient d'excitation au-dessus de l'écran. Et soudain, du coin de l'œil, j'ai remarqué sur le siège passager sa veste à côté de mes oreilles de chat.

*

* *

Je me suis de nouveau garé devant la maison de Steve et j'ai coupé le moteur. Il était si tard que je pensais simplement laisser la veste sur le perron. Grâce à cet oubli, j'avais même eu une idée pour répondre à son texto : *entre amis, on ne se laisse pas avoir froid.*

Mais à travers la baie vitrée de devant, j'ai vu les lumières encore allumées. Et j'ai vu Steve. Il n'était pas encore couché et avait l'air plus en forme. Je pourrais frapper et lui donner sa veste en mains propres. Ça nous donnerait l'occasion de prolonger un peu la nuit.

Mais il a pris un Nerf et fait une galipette sur le canapé, disparaissant un instant avant de réapparaître, victorieux. En caleçon, il a sauté plusieurs fois sur les coussins comme sur un trampoline. Il était plus qu'en forme.

Il était en pleine santé.

Mon estomac s'est noué.

De la musique s'échappait de la maison et Steve chantait en chœur.

« *Nooo time for looosers / 'Cause weee are the champions, of the wooorld !* »

Je me suis crispé.

Mes mains se sont agrippées au volant et la pression dans mon crâne est montée en flèche. La magie de la soirée s'est aussitôt effacée. La réalité m'a aveuglé comme les lumières à la fin d'un film au cinéma. C'est un tout autre scénario qui s'est alors affiché dans mon esprit, un scénario dans lequel je voyais la supercherie de Steve.

Je le revoyais me demandant si on était amis, je me revoyais lui dire que je renonçais à Kaia. Steve qui me remerciait pour tout ce que j'avais fait ce soir.

Il m'avait manipulé. Il avait fait semblant de me considérer comme son ami, de m'ouvrir son cœur, de me confier des informations intimes sur sa famille. Pour que je me mette à l'apprécier. Pour que je culpabilise. Pour que je renonce à Kaia.

Ma poitrine s'est serrée.

Devant la danse de la victoire de Steve derrière sa fenêtre, je me suis senti affreusement honteux. Ma vision s'est brouillée de rage et un trou béant s'est creusé en moi, menaçant de me happer dans ses tréfonds. Il connaissait ma faiblesse et l'avait exploitée. Sans aucun problème. Parce que j'étais tellement désespéré, j'avais tant besoin d'y croire.

*

* *

– Pauvre imbécile ! Espèce de demeuré ! me suis-je grondé en rentrant chez moi.

Je ravalais mes larmes, parce que Steve ne les méritait pas. Il ne méritait pas tout ce que j'avais fait pour lui.

– Un vrai débile ! ai-je continué en tapant sur le volant. Comment peut-on être aussi bête ?

Alors que je laissais une vieille dame dans une Nissan Maxima me doubler, la réponse m'est apparue clairement.

– Parce que je suis quelqu'un de bien. J'ai de l'empathie. Et il en a profité. C'est vraiment le pire individu que j'aie jamais rencontré !

J'ai jeté par ma vitre les oreilles de chat. Dans le rétroviseur, je les ai vues rebondir sur le béton avant d'atterrir dans le caniveau. Bon sang, à cause de Steve, je polluais les rues, maintenant.

Une fois chez moi, j'ai filé discrètement dans ma chambre, pour que ma mère n'ait pas à voir la douleur qui devait déformer mes traits. Heureusement, c'était la soirée de son club de lecture et les rires de ses amies ont couvert mon entrée. J'ai été accueilli par le sourire satisfait du poster de SauvonsSteve. Il semblait me dire « Alors, amis ? » pour se moquer de moi. J'ai hésité à le déchirer, mais j'ai décidé de prendre un feutre pour lui dessiner des cornes sur la tête. Il fallait que je le laisse là pour me souvenir de ne jamais lui faire confiance.

Et je me suis écroulé sur mon lit.

– BOOOOOOORDEEEEEEL ! ai-je hurlé dans mon oreiller.

Toc toc.

Je me suis redressé et j'ai tenté de me recomposer pour affronter ma mère.

– On fait trop de bruit ? a-t-elle demandé, le verre de rosé qu'elle tenait dans la main donnant des couleurs à ses joues.

– Non, je me suis juste cogné les orteils.

– Oh. Ça va ?

– Tout va bien.

Elle a bu une gorgée de vin.

– On adore le roman de ce mois. Tu devrais le lire. C'est un exemple fascinant qui montre combien le consentement peut être sexy. Quand le prince Thabiso demande à Naledi « Ça te plaît ? »

Ma mère semblait au bord de l'extase.

– Fais pas attention, a-t-elle lancé en se reprenant. Désolée de te traumatiser.

Elle a refermé la porte derrière elle et j'ai entendu son rire dans l'escalier.

Je me suis de nouveau écroulé sur mon lit et la soirée de cauchemar avec Steve a défilé devant mes yeux. Comment avais-je pu reconnaître que Kaia me plaisait ? Que je m'étais lancé dans cette collecte de fonds pour elle ? Il avait réussi à me faire tout confesser. Il fallait que je me venge.

Les photos.

Je me suis emparé de mon portable pour regarder ma galerie. Sur le dernier cliché, on voyait Steve parler à l'oreille de peut-être Haedyn. J'ai fait un gros plan sur eux et retiré les filles sur le côté. Une légende suggestive permettrait d'orienter l'effet en ma faveur. Mais il fallait que je le fasse tout de suite.

– Je ne peux pas toujours laisser les truands gagner.

Et je refusais de réfléchir au piège que je lui avais tendu. Il m'avait contraint à le faire après avoir forcé Kaia à tomber amoureuse de lui. J'étais le gentil dans cette affaire. Je le savais.

Je me suis élancé sur mon bureau, j'ai allumé mon ordinateur et ouvert le site de Steve, directement dans les commentaires. Je savais que Kaia les regardait. Elle trouverait cette photo rapidement, avec un peu de chance.

J'ai senti une présence à côté de moi.

– Ne me regardez pas comme ça, Michelle, ai-je marmonné, et, sans tourner la tête, j'ai baissé le cadre.

Il fallait que je batte Steve. Pour une fois. Pour de bon.

– Même si elle ne sort pas avec moi, elle ne peut pas sortir avec lui.

Clic.

J'ai téléchargé la photo.

Clic.

Dans la fenêtre en dessous, j'ai tapé : On s'est bien amusés, hier. Hihihi. Bisous 😘 🥖

Ma plaisanterie m'a fait rire. Et si j'ajoutais *ciao bello* ? parce que quand Kaia verrait ça, c'est ce qu'elle lui dirait.

Ciao bello

Clic.

*
* *

Un peu machinalement, j'ai étalé du beurre d'amande sur une tartine. Même après le weekend, une gueule de bois au goût de soirée avec Steve ralentissait la préparation de mon déjeuner pour le lycée. Je ne voulais plus y penser, mais des images s'affichaient constamment devant mes yeux. Les filles ivres. Del Taco. La piscine. Les oreilles de chat. Steve. *No time for losers*. Les rires. Les moqueries. Les commentaires sur son site. La photo. J'ai plié le pain en deux et j'ai glissé le sandwich dans un sachet recyclable. J'ai ensuite transvasé un sachet entier de pois chiches dans un sac en papier.

– Ça va, mon chéri ? a demandé ma mère en enfilant sa veste d'agente immobilière.

– Ça va.

– Sûr ?

– Je suis encore furieux à cause du requin.

– Je comprends ta déception. Je t'ai dit que j'avais eu cent likes sur Facebook pour ce que j'ai posté à ce sujet ?

Qu'elle arrive à tirer une fierté même de mes défaites m'énervait un peu.

– Souviens-toi de ce que ton autre maman t'a dit. Tu dois viser haut, d'accord ? Tu dois t'élever !

J'ai détourné la tête.

– Je sais, ai-je grommelé.

L'idée qu'elle avait de moi changerait complètement si elle découvrait ce que j'avais fait à Steve. Les filles ivres. La photo. Les commentaires sur le site. La vengeance. Mais surtout la colère qui grondait en moi. Il ne fallait pas qu'elle l'apprenne.

*

* *

En arrivant au lycée, je m'efforçais de respirer régulièrement pour calmer mon angoisse. Seulement, mes émotions tourbillonnaient en moi, bien trop fortes pour que je les réprime. La tristesse se mêlait à un sentiment de justice. Et l'espoir que Steve retienne enfin la leçon avait un goût délicieux, bien meilleur encore que le miel. En chemin vers mon casier, je suis passé sous un million de banderoles avec des sirènes multicolores invitant les lycéens à venir au bal de fin d'année. « Avec Cardi B ! » avait ajouté quelqu'un au marqueur, après l'annonce de Steve. Et j'ai aussi repéré des dessins de Kaia avec lui. Les gens s'étaient laissé séduire par le romantisme dramatique de la situation. On aurait aussi bien pu appeler la soirée « le bal de Steve ».

Je n'avais pas acheté de billet. Je n'allais pas dépenser de l'argent pour passer une nuit à me faire humilier. Et acheter un seul billet reviendrait à accepter ma défaite. Mais peut-être que, maintenant, ce serait deux billets que j'aurais à acheter.

Parce que Kaia allait larguer Steve juste avant la grande soirée. Et ce serait lui qui se retrouverait seul. Il verrait enfin le pouvoir de mes bras spaghettis.

J'ai passé la plus grande partie de la journée à chercher Kaia. J'ai failli lui envoyer un SMS pour prendre de ses nouvelles, mais je me suis ravisé. La dernière fois que nous nous étions parlé face à face, nous nous étions disputés. Elle m'avait écrit que tout allait bien, mais à l'évidence ce n'était pas vrai, sinon, pourquoi ce silence, depuis ? Mais il fallait que je découvre si elle avait vu la photo.

À la fin des cours, je suis tombé sur elle. Pas au sens propre, pour une fois. On s'est croisés devant le mur des petites annonces. Elle m'a lancé un « salut » pressé. Elle avait un rendez-vous. Dans ce « salut » j'ai essayé de décrypter si elle avait vu le commentaire, si elle en avait parlé à Steve, si elle lui avait refait son portrait, comme seule elle en était capable. Jusqu'au lendemain, j'ai rejoué notre brève rencontre dans ma tête pour détecter un indice.

*

* *

Pratiquement toute une semaine était passée. Et rien. Kaia semblait occupée, mais ni en colère ni triste. On était la veille du bal de fin d'année et ma photo était noyée sous un millier de nouveaux commentaires. De nouveau, Steve avait gagné.

– Cam !

C'était la voix de Kaia à l'autre bout du couloir. J'y ai perçu une urgence palpable. Avait-elle enfin vu la photo ? Mon travail de sape avait-il fonctionné ?

Assise à la table de vente des billets de bal, elle me faisait de grands signes. J'ai avancé vers elle, réfléchissant aux différentes possibilités. Rupture. Rien. Rupture. Rien.

– Hello, ai-je dit, hésitant.

– Comment ça va ?

Elle avait l'air fatiguée. Épuisée. Dévastée de chagrin ?

– Oh… la routine.

– Super, a-t-elle ponctué en feuilletant les papiers devant elle.

Elle ne m'avait tout de même pas appelé pour échanger trois banalités.

– Et toi, ça va ? l'ai-je interrogée.

– Oui oui. Je… euh… viens de remarquer que tu n'as pas encore acheté ton billet.

Mon cœur s'est mis à battre plus vite. Voulait-elle savoir si j'allais au bal ?

– Euh… non, ai-je bafouillé. Vraiment ?

– Je vois pas ton nom sur les registres.

– Ah, c'est que…

À cet instant, un gars affublé du teeshirt des organisateurs m'a interrompu.

– Kaia, désolé, tu peux vérifier ce prospectus pour la semaine des anciens élèves ?

Excédée, elle lui a pris le papier des mains. Avait-elle vu la photo ? C'était Kaia, tout de même. Jamais elle ne s'autoriserait à pleurer en public. Elle était trop fière pour afficher ainsi ses émotions. Mais, à l'évidence, quelque chose la tracassait. Elle était plus agitée que d'ordinaire.

Kaia a rendu le prospectus au gars.

– Ça me paraît bien.

Il a lâché un merci entre ses dents avant de partir. Kaia m'a souri.

– Désolée. Écoute, je voulais te parler de quelque chose…

Faites que ce soit la photo !

– On aurait jamais eu Cardi pour ce bal sans toi.

Bon, ce n'était pas la photo.

– On te doit tous tellement. Alors j'ai parlé au comité d'organisation et on est d'accord pour t'offrir un billet. Si tu veux y aller.

– Waouh, c'est…

Est-ce qu'elle s'assurait que je serais au bal parce qu'elle avait rompu avec Steve et qu'elle ne voulait pas y aller seule ? Non, elle semblait trop détachée. Mais c'est elle qui avait demandé qu'on me fasse cette faveur. Elle voulait que je vienne au bal. Elle pensait à moi.

– C'est super gentil. Bien sûr.

– Oh, super ! J'avais peur que tu ne veuilles pas venir, s'est-elle réjouie en me tendant une enveloppe.

Je m'en suis emparé, dans un petit sursaut d'assurance.

– Mais si. Et j'espère que ce sera bien vieux jeu, ai-je plaisanté.

Elle a ri. Quel doux tintement agréable. Comme sur la plage. Elle a dégagé quelques mèches de cheveux de son visage et j'ai senti son parfum de noix de coco.

– J'ai hâte que ce soit fini, a-t-elle confessé.

Avait-elle vu la photo ?

– Ils se sont procuré les bons ballons ? ai-je demandé.

– Qui sait ? De toute façon, ce sera sûrement à moi de les gonfler.

Une fille m'est passée devant pour parler à Kaia.

– C'est le désastre, Kaia ! L'équipe du décathlon a réservé la salle en même temps que nous.

– Tu plaisantes ? Attends, je vais écrire à Khaled. Il me doit un service.

– Merci ! a lancé la fille sans s'attarder.

Mécontente, Kaia a pianoté sur son portable.

– Désolée, Cam. Comme d'habitude, tout le monde n'en fait qu'à sa tête et se fiche des conséquences.

– Pas de problème.

– Ça me manque de ne plus travailler avec toi.

Ah oui ? Je ne pouvais plus me retenir.

– Et… comment va Steve ?

– Bien.

À l'évidence, elle ne l'avait pas récemment coupé en morceaux.

– Il a eu plein de rendez-vous médicaux cette semaine pour parler du traitement, alors je ne l'ai pas beaucoup vu. Mais il va bien, je pense.

– Bien. Très bien.

Ma déception était certainement en train de décomposer mes traits.

– Il est ravi de l'interview de demain.

Mince, j'avais oublié cette fichue interview. On devait tous les trois, sa petite amie, son meilleur ami et lui, parler de Cardi B. Galère.

– Et tu as vu qu'ils nous voulaient en habits de bal ?

– Euh… non…

– Il va falloir que je me lève vraiment tôt pour être prête. Même si je vais sûrement devoir décorer la salle toute seule, a-t-elle ajouté, exaspérée.

– Kaia, j'ai besoin de toi une seconde…, s'est exclamée une autre fille en me bousculant.

Cette fois, l'interruption m'a arrangé.

– Bon, à demain, ai-je bafouillé.

J'ai fourré dans ma poche le billet pour le bal où je devrais aller seul parce que je m'étais débrouillé comme une bille.

18

Un peu en retard et déjà trempé de sueur dans mon costume loué, j'ai traversé le parking du studio de télé. Il était bien trop tôt pour porter une tenue aussi élégante, et l'enfiler m'avait pris plus de temps que prévu. Des boutons de manchettes ? Sérieusement…

En ouvrant la porte, j'ai été accueilli par un souffle d'air glacé et une dame enjouée, un casque sur les oreilles.

– Cam Webber ?

– Oui.

Elle s'est fendue d'un large sourire.

– Tout le monde est vraiment impressionné par ce que vous avez fait ! Et Cardi B ! On est encore sous le choc ! Les autres sont dans le foyer des artistes ! Suivez-moi !

Elle était comme un point d'exclamation humain. J'ai pressé le pas derrière elle pour ne pas me laisser distancer, alors qu'elle m'exposait le programme, s'interrompant de temps en temps pour répondre à une question dans son casque. Pendant qu'on tournait dans une série de couloirs, j'apercevais du coin de l'œil des câbles enroulés, des accessoires géants, des tables de banquet somptueuses et des portants de vêtements.

On est passés sous une arche décorée de fleurs de toutes les couleurs.

– C'est pour notre rubrique mariages d'été ! a expliqué Mme Point d'exclamation en me guidant dans un autre couloir avant d'être soudainement arrêtée par une voix dans son casque. J'écoute. J'arrive.

Confuse, elle m'a indiqué une porte ouverte devant nous.

– C'est par là ! Vous trouverez de l'eau et de quoi grignoter à l'intérieur ! Vous avez une quinzaine de minutes, je pense !

Et elle a filé. J'ai fait quelques pas vers la pièce quand un éclat de voix m'a figé sur place.

– Pourquoi est-ce que tu m'as menti ? Tu m'as dit que t'étais resté chez toi samedi !

C'était Kaia. Ou plus précisément, une Kaia furieuse, déchaînée, apocalyptique.

Elle avait vu la photo. Enfin ! Elle allait maintenant larguer Steve !

Je me suis approché de la porte et j'ai vu un fauteuil renversé. En avançant encore un peu, j'ai aperçu Kaia dans une robe jaune à paillettes et Steve dans un smoking avec des Air Jordan. Ils étaient face à face dans le minuscule foyer des artistes. La rage qui animait Kaia faisait scintiller le strass de sa robe. Les bras croisés, Steve avait un air borné.

– Tu n'as rien à dire ? grondait-elle.

Steve s'est contenté de hausser les épaules.

– Réponds quelque chose, Steve !

Elle a sorti son téléphone de son mini sac à main posé sur la table des bagels.

– C'est qui, cette fille ? Qu'est-ce que tu faisais avec elle ? Tu l'as… ? Il s'est passé quelque chose ce soir-là ? a-t-elle crié, menaçante.

La rage de Kaia avait toujours le don de faire fondre Steve. Je m'attendais à l'entendre prononcer d'une voix faible et effrayée « Ce n'est pas ce que tu crois… c'est Cam… et les fans de cancer… et le mini-golf… ». C'en était terminé de Steve Stevenson.

Mais non. Il a juste haussé les épaules une fois de plus.

– J'espérais que tu ne le découvrirais qu'après le bal, mais tant pis. Ouais. On est sortis ensemble.

– QUOI ? a hurlé Kaia.

QUOI ??? Il n'avait même pas bredouillé. Et pourquoi ne niait-il pas en bloc ?

Il a décroisé les bras et fourré les mains dans ses poches comme si cette discussion l'ennuyait au plus haut point.

– Mais reconnais, ça fait un moment qu'on est ensemble.

Il a pris un bagel sur le plateau et a croqué dedans à pleines dents. J'étais abasourdi, et perdu, et paniqué. Kaia semblait moins confuse que moi. Elle a arraché le bagel de la main de Steve pour l'envoyer valser à travers la pièce.

– Et alors ? T'as commencé à te lasser ?

Steve a avalé le morceau qu'il avait croqué, ne se souciant pas de ce qu'il était advenu du reste ni du fait que Kaia allait l'assassiner.

– Ben oui, un peu. T'es tout le temps occupée. Et tu vois, elle est un peu plus entreprenante que toi.

Kaia a frémi.

– Ce qui n'est pas difficile.

– NON, MAIS T'ES SÉRIEUX ?

Le sourire de Steve ne trahissait aucun scrupule.

– Elle, elle a caressé mon crâne chauve. Et les deux autres aussi.

Kaia s'est emparée d'un autre bagel pour le lui balancer au visage.

– Espèce de connard !

Le mot que j'avais toujours espéré lui entendre dire. Et exactement de cette façon. Ses yeux pareils à des lance-flammes. Enragée. Et pourtant, au lieu du bonheur que j'avais pensé éprouver, je ne ressentais qu'une profonde incompréhension. Parce que Steve n'essayait même pas de s'expliquer. Pourquoi ?

– Tu m'as dit que tu m'aimais !

Je ne voyais pas le visage de Kaia, mais juste le tremblement dans ses épaules. Elle pleurait. Et c'était ma faute. Pourquoi n'avais-je pas pensé à sa douleur ?

Steve avait juste l'air de s'ennuyer.

– Ah oui ?

Kaia a lâché un son, mi-sanglot, mi-hurlement.

– J'arrive pas à croire que je me suis laissé avoir ! Je comprends pas pourquoi j'ai été assez bête... pourquoi j'ai pensé...

Elle a arraché le petit bouquet sur son poignet pour le jeter dans la poubelle. Après avoir rebondi sur le bord, il est tombé par terre.

– ... que ton cancer avait pu te changer.

J'ai reculé, sans savoir où je pouvais aller. Avant que je puisse me replier, Kaia est sortie en trombe du foyer des artistes, sa main agrippant fermement sa pochette. Son regard s'est posé sur moi.

– Cam...

– Kaia..., ai-je répondu, coincé.

Elle est restée un instant figée sur place avant de se ruer vers moi. Elle m'a attrapé par les épaules et m'a poussé avec force. Propulsé en arrière, je me suis retenu à l'arche des fleurs de mariage. Brusquement ma vision s'est brouillée et, dans un magma de couleurs, les yeux brillants de Kaia me sont apparus clairement. Stupéfait, j'ai inspiré profondément, inhalant le parfum des fleurs. Elle a regardé mes lèvres et j'ai vu le moment précis où elle s'est décidée.

Sa bouche chaude s'est posée sur la mienne, plus douce que les pétales autour de nous. J'avais l'impression de me baigner dans une rivière de noix de coco.

Tout s'est éteint dans ma tête.

Quand j'ai retrouvé mes esprits, on s'embrassait. Vraiment. Et je m'efforçais de ne pas penser à ce qui l'avait poussée à le faire. C'était arrivé, et c'est tout ce qui comptait. Ce baiser ressemblait à nos conversations : léger, familier et surprenant à la fois.

Elle a fini par se dégager. Steve se tenait derrière elle, sur le pas de la porte. En suivant mon regard, elle a tout de suite tourné la tête vers lui.

– Tu vois, Steve, a-t-elle lancé, triomphante. Ça, c'est un type bien.

Elle m'a entouré les joues de ses deux mains. Elle allait m'embrasser de nouveau. Devant Steve. Ça allait se reproduire, encore une fois. Maintenant. Elle m'a embrassé avec plus de fougue encore. De la colère, même.

Quand elle a arrêté, elle m'a regardé dans les yeux et a éclaté en sanglots.

Je l'ai d'abord dévisagée, impuissant, jusqu'à ce que les cellules de mon cerveau hyper rapide me soufflent de la consoler. Je l'ai serrée dans mes bras et elle a pleuré sur le satin brillant de mon smoking. À travers les boucles de ses cheveux, j'ai vu Steve qui nous contemplait, une expression indéchiffrable sur le visage. Il a levé les pouces dans ma direction et j'ai senti un frisson glacé descendre le long de mon dos.

En reniflant, Kaia a bredouillé dans mon épaule :

– Tu as dû nous entendre nous disputer, n'est-ce pas ?

J'ai hoché la tête, essayant toujours de comprendre pourquoi Steve avait brandi ses pouces vers moi.

– Comment a-t-il osé ? Juste avant le bal de fin d'année ?

– Euh…

Steve était parti.

– Cam ?

Elle ne pleurait plus et semblait attendre que je lui réponde. Mais je ne pouvais quitter des yeux l'endroit où Steve s'était trouvé. Le visage de Kaia s'est rembruni.

– Je suis tellement bête !

– Quoi ? Mais pas du tout...

– Tu as essayé de me mettre en garde contre Steve. Tu m'as dit qu'il simulait. Et c'était dingue, je ne t'ai pas cru, mais tu avais dû sentir quelque chose. Tu voulais juste être un bon ami pour moi, tu m'as prévenue. Et moi, j'ai été tellement méchante avec toi. J'ai crié. Et je ne suis pas allée à la réunion pour le requin. Et j'ai arrêté de t'écrire. Et... je suis désolée.

En s'essuyant les yeux, elle a étalé du mascara sur son visage.

– Oh.

J'ai essayé de trouver autre chose à dire, mais elle a poussé un profond soupir.

– Merde. Il faut quand même que j'aille au bal. Je suis dans le comité d'organisation. Et j'ai cette robe débile.

Elle m'a adressé un sourire hésitant.

– Je sais que c'est nul et tu es en droit de refuser, mais... ça te dirait pas qu'on y aille ensemble ?

Je ne pouvais chasser de mon esprit les pouces levés de Steve.

– Cam ?

Je me suis rendu compte que je la faisais attendre. Malgré tout ce qui se bousculait dans ma tête, je savais qu'il fallait surtout que j'arrête de lui faire mal.

– Bien sûr, je peux t'emmener au bal.

– Pas la peine que tu m'y emmènes, a-t-elle rétorqué en souriant et en reniflant de nouveau. Je suis chargée de la déco. On peut se retrouver sur place ? Et danser ensemble ?

– Oui. Oui, je... avec plaisir.

Kaia s'est libérée de mon étreinte.

– Je dois me ressaisir et frapper quelque chose. Mais on se voit plus tard ?

– Oui.

Elle a tendu le bras pour retirer une fleur de mes cheveux et m'a embrassé tendrement sur la joue.

– T'es le meilleur.

Je suis resté sous l'arche, transpercé par ses mots. La perspective d'aller avec Kaia au bal de fin d'année prenait petit à petit forme dans mon cerveau. Comme dans mon rêve. Et je ne comprenais pas d'où ça m'était tombé dessus.

Le pas mal assuré, je suis entré dans le foyer des artistes. Steve était assis sur le fauteuil en simili cuir, la tête dans les mains. Il a levé les yeux en m'entendant.

– Tu savais que le cancer était supposé me changer ? Que j'aurais dû mûrir et m'épanouir ? Je pensais que c'était juste mon corps qui produisait des cellules mutantes capables de ravager mes organes et de me tuer.

Apparemment, j'aurais aussi dû en tirer des leçons. J'ai loupé cette partie, mince.

– Pourquoi est-ce que tu as fait ça ?

Steve esquissait un sourire triste.

– C'est pas ce que tu voulais ? T'es content ?

Oui. Mais non.

– Mais… pourquoi ?

Steve s'est levé et a commencé à faire les cent pas.

– Pour rien. C'est juste que… j'ai eu les résultats de mes examens. Cette merde aurait dû avoir entièrement disparu, mais il en reste. Apparemment, mon cancer serait « résistant à la chimiothérapie ». Tout le monde était surpris, même mes médecins.

– Mais… le taux de guérison est de quatre-vingt-quatorze pour cent.

J'avais lu et relu les statistiques. C'était un bon cancer.

– Apparemment, je fais partie des six pour cent !

Des miettes sont tombées de ses lèvres, et en serrant les poings il a imité son père.

– « Tu le tues. Ou il te tue. »

Il a dégluti.

– Je t'ai pas dit, Kaia et toi, vous êtes archi mignons ensemble. Vous formez un couple craquant.

De toutes ses forces, il a jeté sur le plateau le bagel qu'il avait à peine entamé, manquant de renverser le tout.

Je l'ai attrapé par le bras.

– Mais… non. Ça n'a pas de sens. Pourquoi est-ce que tu as simulé un malaise, l'autre soir ?

Dans quel nouveau jeu est-ce qu'il m'entraînait ? Qu'est-ce que je loupais, cette fois ? Quel piège est-ce qu'il me tendait, maintenant ?

– De quoi tu parles ?

– À la piscine. Après t'avoir déposé, je me suis rendu compte que tu avais oublié ta veste et je t'ai vu. Tu dansais. Tu m'as fait t'avouer ce que je ressentais et tu m'as fait croire qu'on était amis, tout ça pour que je renonce à Kaia. Tu sautais sur le canapé en chantant *We are the champions*. Tu te moquais de moi !

Ma voix s'est cassée sur la dernière phrase.

Steve m'a examiné longuement.

– Waouh, t'en avais gros sur la patate, mec.

– Pourquoi t'as fait ça ?

Steve a baissé la tête. La pièce semblait soudain étrangement calme après mon laïus.

– J'ai pas fait semblant de me sentir mal avec toi, Cam, a-t-il expliqué tout bas. J'ai fait semblant d'aller bien devant mon père.

– Non… c'est pas…

Steve a secoué la tête.

– J'imagine que tu vas avoir du mal à me croire après tout ce que je t'ai fait. Mais franchement, est-ce que tu aurais été prêt à penser du bien de moi, de toute façon ?

Il s'est interrompu, attendant une réponse qu'il n'aurait pas.

– En tout cas, tout s'arrange. Quand j'ai eu les résultats, j'ai su que Kaia serait super triste et… je voulais pas de ça. J'allais rompre avec elle. En me débrouillant pour qu'elle me déteste. Je préfère qu'elle me déteste plutôt que la savoir triste.

Il m'a adressé un sourire amer. Comme je n'y ai pas répondu, il s'est remis à arpenter la pièce.

– Je savais pas comment faire. Elle m'a vu au plus bas, en train de vomir, de trembler... Pas facile de jouer les salauds dans cet état. Mais tu m'as donné l'ouverture parfaite. Bien joué. En tout cas, quand elle m'a attaqué, je me suis dit : « Merci, Cam, d'avoir été un enfoiré pareil ! Tu me rends la tâche plus facile ! »

Il a ouvert grand les bras.

Je n'en croyais pas mes oreilles. Ça n'aurait pas dû se passer de cette façon. C'était une mauvaise plaisanterie. Parce que, dans le cas contraire, ça voulait dire que Steve avait été sincère, ce soir-là. Ça voulait dire qu'il n'avait pas joué la comédie...

– Les gars, nous sommes prêts ! a annoncé Mme Point d'exclamation. Où est...

Petit coup d'œil à son carnet.

– ... Kaia ?

– Elle a dû partir en urgence, a répliqué Steve d'une voix blanche.

– Vraiment ? Pas grave, c'est vous deux que nous voulons voir, de toute façon ! Cam, vous voudrez bien danser pour nous ?

Mme Point d'exclamation a tapé dans ses mains, prenant mon absence de réaction pour un oui.

– Parfait ! Allons-y !

Elle nous a entraînés dans un dédale de couloirs, on est passés à côté de différents accessoires et d'un gars déguisé en hot dog, pour finalement atteindre la scène éclairée par des projecteurs qui m'ont tout de suite réchauffé le visage. C'était tout ce que je pouvais sentir. Alors qu'on passait de l'ombre à la lumière aveuglante, Steve a murmuré à mon oreille :

– Félicitations, Cam. Tu as gagné.

La suite, je ne m'en souviens pas clairement. Une dame avec des faux cils vraiment très épais a posé des questions. Un type bien plus âgé qu'elle, au teint légèrement orange, a ri trop fort quand je me suis levé pour danser un peu. Steve m'a souri et m'a appelé « mon pote », « frère ». Jamais il n'a dit « mon ami ».

Et c'était terminé.

– Vous êtes un garçon merveilleux, Cam ! m'a complimenté Mme Point d'exclamation en me faisant signer des papiers.

J'étais à l'étroit dans mon smoking.

– Steve a de la chance d'avoir quelqu'un comme vous !

J'ai levé la tête en entendant son nom. Où était-il ? On avait quitté le plateau ensemble. Je l'ai cherché du regard, mais il était déjà parti.

Dehors, la brume marine s'était dissipée et le soleil se reflétait sur les voitures. Hormis quelques mouettes, il n'y avait personne sur le parking.

Je suis rentré chez moi.

J'ai roulé sur Main Street, le long des affiches qu'on avait collées, Kaia et moi.

Le visage de Steve se répétait dans toutes les vitrines.

*

* *

J'ai réussi à retourner dans ma chambre, dans un état second. Alors que je restais planté au centre de la pièce dans mon costume de bal, la réalité de ce qui venait de se passer m'a frappé de plein fouet. J'avais tout gâché.

La photo de Steve a attiré mon attention. Le brave Steve, malade et généreux. J'avais tenté de profiter de son cancer. J'avais tenté de lui voler sa petite amie. C'était à moi que j'aurais dû dessiner des cornes de diable.

« Notre héros ! » proclamait un article que j'avais fièrement affiché à côté de sa photo. Foutaises. FOUTAISES. J'ai traversé ma chambre en trombe pour l'arracher du mur, le chiffonner et le jeter dans la poubelle. C'était là que pouvaient finir mes « bonnes actions ».

Tout le projet SauvonsSteve s'étalait devant mes yeux. L'affiche, les teeshirts que j'avais dessinés, les lettres de mes admirateurs me félicitant pour ce que j'avais fait, les articles, les compliments. Ce n'était pas pour Steve que j'avais accompli tout ça, mais pour moi-même. Pour me donner de l'importance. Un grand mensonge !

Furieux, j'ai tout arraché.

« Le génie de la collecte de fonds. » RIP ! « Tu es mon idole. » RIP ! « On devrait tous prendre exemple sur toi ! » RIP ! RIP ! Au diable toutes ces foutaises. Dans la poubelle. Il n'est bientôt plus resté plus que quelques bouts de papier dans une constellation de punaises.

J'avais le souffle court, mon cœur battait à tout rompre. Ça faisait du bien. Mais ça ne suffisait pas. Je me suis dirigé vers le mur opposé. Sauvons le requin. Les marais. Les pailles. Les dunes. Un ramassis de foutaises. Je ne pouvais plus les regarder.

Il fallait que je m'en débarrasse. Mes bras se sont agités comme des hélices, vidant ma chambre de ma propre arrogance. Des récompenses déchirées, une lettre du club Sierra réduite en confettis, mon badge d'Amnesty International détruit, toutes les marques de ma grandeur d'âme piétinées. J'avais encore des étagères entières de mes pseudo-exploits à pulvériser. J'ai fait le tour de ma chambre. Le trophée des Nations unies junior explosé. Une plaque du Lions Club cassée en mille morceaux. Un arbre commémoratif de la fondation Arbor Day ravagé. La poubelle débordait. J'ai tapé dedans de toutes mes forces. Je devais anéantir les vestiges de mon autosatisfaction.

Le dessus de ma commode était vide, les murs libérés de leurs décorations. Il ne restait plus rien. Tout avait été nettoyé. À l'exception d'un seul souvenir.

Les mains tremblantes, j'ai pris la photo encadrée de Michelle Obama. Je l'ai regardée un moment, avant de la retourner pour la mettre de toutes mes forces dans la poubelle. J'ai entendu le verre se briser. L'espace d'un instant, j'ai cru que ça suffisait.

Mais il fallait tout effacer.

*

* *

Mon tas d'hypocrisie sous un bras et notre extincteur sous l'autre, je suis sorti dans la cour de derrière. J'ai cherché un endroit pour poser mes déchets, mais je n'avais aucune intimité, ici. La clôture était trop basse et j'entendais les enfants des voisins s'éclabousser et crier dans la piscine. Ce n'était pas là que je marquerais l'apothéose de mon saccage.

J'ai longé la maison jusqu'au garage.

J'ai refermé la porte derrière moi. Silence. Je me suis assis devant la pile posée par terre, l'extincteur à côté de moi. J'ai sorti un briquet de la poche de mon smoking. J'ai examiné tous ces détritus. En les déplaçant, la photo de Michelle Obama avait bougé, et désormais l'ancienne Première dame me regardait.

– J'ai été minable, ai-je lâché en allumant le briquet.

J'ai approché la flamme de l'article « Notre héros » et regardé le feu se propager sur mes autres souvenirs. Le club Sierra, la fondation Surfrider, la marche des fiertés, le contrôle des armes. Tout s'embrasait.

– Tellement minable.

La chaleur croissante du brasier m'a fait reculer. Voilà ce que valaient tous mes efforts : la destruction, l'immolation, l'éradication. J'ai serré mes genoux contre moi, espérant que ça soulagerait la douleur dans ma poitrine.

Des cendres flottaient dans l'air. Le revêtement en plastique des badges SauvonsSteve a pris une couleur caramel avant de se ratatiner. Les mains levées sur les trophées ont fondu. La fumée m'a piqué les yeux. Je me suis essuyé le visage et j'ai vu les flammes rouges lécher les bords de la photo de Michelle Obama. Je me suis forcé à soutenir son regard. Et à observer le papier qui se pliait, dévoré par le feu. Les mots « Quand ils se rabaissent, on s'élève » ont crépité à mes oreilles. Mon nom, au feutre noir, s'est effacé. Incapable de supporter son sourire ravagé par les flammes, j'ai fermé les yeux.

L'obscurité m'a fait du bien. J'ai toussé. J'avais trouvé ma place dans ce néant. J'étais la pire des personnes. J'ai de nouveau toussé.

Au bout d'un moment, l'air s'est épaissi et j'ai ouvert les paupières. Le feu avait grossi et un nuage noir flottait au-dessus de moi, menaçant. Des particules me chatouillaient les poumons et me faisaient tousser. Paniqué, je me suis emparé de l'extincteur. Dans la précipitation, je l'ai lâché. Il a roulé au sol. Merde.

La fumée descendait et me donnait le tournis. Acétate de vinyle, polyacrylonitrile, polyéthylène. J'avais libéré des substances toxiques dans l'atmosphère. Merde. Même ça, il fallait que je le rate.

Après une nouvelle quinte de toux, j'ai cherché partout l'extincteur sans parvenir à mettre la main dessus. Je ne trouvais pas non plus la porte ni le plafond. Je ne voyais plus que les flammes furieuses qui me privaient d'oxygène. Et soudain, dans ce désastre, j'ai vu un ouragan monstrueux qui tourbillonnait vers moi. Et ses bourrasques m'ont cloué à terre. Des débris s'abattaient sur moi. Quand j'ai levé les yeux, j'ai vu la fonte des glaciers, des incendies de forêt, l'environnement en danger. Et tout ça, à cause de moi. J'étais responsable du réchauffement climatique. Tout était de ma faute.

– Tu es sérieux, là ?

J'ai tenté d'y voir clair à travers la fumée. J'ai alors aperçu Michelle Obama et elle avait l'air furieuse.

– Je suis désolé, Michelle. Je n'ai pas été à la hauteur.

Je me suis prosterné à ses pieds.

– Je me suis rabaissé.

Ses épais cheveux ondulaient dans l'air et elle me dévisageait, la déception déformant ses traits, le feu se reflétant dans ses yeux.

– C'est pour ça que tu m'as amenée ici ?

J'ai détourné le regard, honteux, en grommelant des excuses ridicules. Mais ça ne lui a pas suffi et elle a continué, marquant des pauses sévères entre chaque mot.

– Je…

– n'ai…

– pas…

– de…

– temps…

– pour…

– ton…

– petit…

– cul…

– de…

– privilégié.

J'ai essayé de respirer, je ne pouvais rien répondre à ça. Je l'avais bien mérité.

– Bon sang ! a retenti une autre voix avec un accent new-yorkais.

Allongé sur le côté, les deux mains sur ma poitrine, j'ai distingué à travers la fumée une silhouette que j'ai tout de suite reconnue.

Cardi B, vêtue d'un pantalon classique et élégant. Enragée, elle s'est postée à côté de la femme de l'ancien président.

– Il nous a piégées dans une sorte de rituel étrange d'auto-humiliation qui dégage des substances chimiques toxiques.

– Exactement, a confirmé Michelle. Parce qu'apparemment, il ne comprend rien à rien.

J'ai toussé. Cardi s'est penchée pour contempler de près combien j'étais pitoyable.

– Comment oses-tu avoir de telles hallucinations ? Deux femmes de couleur soumises à tes embrouilles émotionnelles. Tu dépasses toutes les limites.

– Je suis vraiment désolé. J'arrive pas à croire que j'ai fait ça. Euh… je vous en prie… retournez à ce que vous faisiez. Je reste… allongé ici.

J'ai agité la main, espérant qu'elles se volatiliseraient pour reprendre le cours de leurs vies importantes.

– Je suis le pire être humain du monde.

– Oh, bon Dieu ! s'est exclamée Michelle, exaspérée. Arrête ça ! Non, mais quelle arrogance ! Tu penses vraiment que Cam Webber est le pire individu sur cette planète ? Tu veux savoir combien de connards j'ai rencontrés ?

– Euh…

Cardi B a poussé un soupir, un brin plus compatissante.

– Petit, écoute. Avant, je droguais des mecs pour les voler. Ça fait de moi la pire femme du monde ? Non. Il arrive qu'on fasse des erreurs dont on n'est pas fiers. Mais ça ne te définit pas. Tu comprends ? Tu n'es pas LE pire.

– Mais tu n'es pas le meilleur non plus. Et de loin, a ajouté Michelle.

– C'est moi, la meilleure, a affirmé Cardi, et Michelle a frappé dans son poing.

– Alors… qu'est-ce que je suis, moi ? ai-je demandé en plissant les yeux.

Ça devenait compliqué de voir quoi que ce soit à travers la fumée.

– Toi, tu as peur, a répondu Michelle.

J'ai distingué dans sa voix un peu de son empathie habituelle.

– Je sais. J'ai tellement peur… Mais de quoi ?

J'ai tenté de chasser la fumée avec mes mains.

– Je crois que tu le sais, a lancé Cardi.

– Ah oui ?

Et soudain, une lumière vive a surgi et j'ai dû fermer les yeux.

– Oh non ! Cam ? Cam ! s'est écriée une voix familière.

C'était ma mère et je ne délirais plus. Affolé, je me suis relevé en toussant violemment.

– Non ! Maman !

Il fallait que je lui cache ce que je venais de faire. Il ne fallait pas qu'elle sache. Alors que la fumée se dissipait et que l'oxygène revenait dans mes poumons, j'ai cherché les mots qui effaceraient la réalité. Mais j'étais trop faible.

– Je vais bien, ai-je simplement dit.

L'esprit complètement embrouillé, j'ai vu ma mère se précipiter vers moi.

– Qu'est-ce que tu fais ?

L'extincteur dans les mains, elle avait l'air terrorisée.

– Tout va bien, ai-je répété, incapable de bouger.

Il ne fallait pas qu'elle voie tout ça. La honte, les échecs, le grand ratage. Il ne fallait pas qu'elle le voie. Il fallait que je lui explique, mais comment ? Tout était là, à mes pieds. Ça flottait dans l'air, tourbillonnait autour de nous. Impossible à nier.

– Je vais bien.

Dans un souffle puissant, elle a éteint le feu. Immobile, je suis resté planté sur place, telle une allégorie de l'humiliation, de la mousse blanche se posant sur moi.

– Ça va ? a-t-elle demandé, toujours pas rassurée.

– Ça va.

Je voulais qu'elle parte. Qu'elle oublie ce qu'elle avait vu.

– Je vais bien.

Mais comment pourrait-elle jamais l'oublier ?

– Qu'est-ce qui se passe ? a-t-elle insisté en lâchant l'extincteur.

J'aurais tressailli si j'en avais eu la force, mais j'ai simplement contemplé la pile de déchets qui représentaient ma propre stupidité. J'avais pensé que je me sentirais mieux en les éliminant.

– Je vais bien.

J'avais besoin qu'elle me croie.

– Je vais bien.

– D'accord, Cam. Tout ira bien.

C'était faux. On était deux ratés dans un garage en train de masquer le mensonge dans lequel on s'était enveloppés. Je l'ai entendue avancer très lentement vers moi. Mon estomac s'est noué. Je ne voulais pas qu'elle comprenne qui j'étais vraiment.

– Ce n'est pas grave si ça ne va pas, mon chéri, a-t-elle assuré en posant une main sur mon épaule.

Je l'ai à peine sentie, mais ce léger contact a suffi pour fissurer ma carapace. Mon estomac s'est serré, mes jambes ont vacillé, ma poitrine s'est gonflée. Des larmes ont jailli de mes yeux. Je ne pouvais plus rien retenir.

La vérité.

– Je ne vais pas bien…

*

* *

Il m'a fallu quelques minutes, une boîte de mouchoirs et plusieurs câlins pour respirer de nouveau correctement. Recroquevillé sur le canapé, j'ai senti des frissons étranges parcourir mes muscles. Les yeux gonflés et la goutte au nez, j'ai raconté à ma mère toute l'histoire.

– … j'ai fait l'interview comme un crétin. Maintenant, Kaia pense que je suis un type bien et elle ne sait même pas que le cancer de Steve ne s'améliore pas. C'est ma faute. Tu dois tellement me détester.

– Te détester ? Pourquoi est-ce que tu penses une chose pareille ? Comment pourrais-je te détester ?

– Tu plaisantes ? ai-je demandé en me mouchant. Tu n'arrêtes pourtant pas de me menacer de me détester si je fais tel ou tel truc !

– Voyons, a-t-elle dit en grimaçant. Ce sont des mots en l'air.

– Vraiment ? ai-je insisté, submergé par une vague de colère. On dirait pas. Et il vaut mieux que je ne parle pas de ce que tu me dis sur papa.

Elle s'est ratatinée, choquée.

– Qu'est-ce que ce bon à rien a à voir avec ça ?

– Voilà. C'est précisément le problème ! Tu le traites de bon à rien. Tu m'expliques en long, en large et en travers le monstre qu'il était.

– Je le fais pour que tu ne sois pas triste. Je ne voulais pas que son absence te fasse souffrir.

– Parfait. Ça a marché. Je me fiche qu'il ne soit pas avec nous. Mais je suis aussi terrorisé de finir comme lui.

– Arrête, a-t-elle gloussé. Tu ne pourrais jamais finir comme lui.

– Pourquoi pas ? Tu me renierais si ça arrivait ?

Je l'ai observée tandis qu'elle réfléchissait à cette éventualité.

Elle a hésité.

Elle venait de se trahir.

– Tu vois ! Tu vois ! me suis-je exclamé en la montrant du doigt.

Je sentais les larmes revenir. Il fallait que je parle rapidement.

– Tu dois réfléchir pour répondre ? Qu'est-ce que ça me fait, selon toi ? J'ai l'impression qu'au moindre faux pas…

Je me suis mis à sangloter si fort que je n'ai pas pu terminer ma phrase.

Elle s'est penchée vers moi, comme pour me rattraper.

– Non, non, non, non, non. Jamais, Cam. Mon chéri.

Le regret faisait trembler sa voix.

– Bon sang, qu'est-ce que j'ai fait ? Je suis désolée…

Ses yeux se sont gonflés.

– J'essaie juste de faire au mieux…

– Je sais bien…

Je ne voulais pas qu'elle pleure, elle aussi. Je ne voulais pas qu'on pleure, ni l'un ni l'autre. Et pourtant, il fallait que ça sorte.

– Mais toute cette pression pour que je sois le meilleur, tout le temps, que je ne fasse rien de travers…

– Je t'ai poussé trop fort, a-t-elle bredouillé sur un ton qui montrait qu'elle s'en voulait à mort.

– Et je sais que tu me renieras pas, mais j'en peux plus d'avoir tout le temps peur. J'ai tellement peur…

Un vide immense a menacé de m'engloutir.

– Oh, Cam. Non…

Elle m'a pris la main et s'est approchée tout près de moi, comme quand j'étais petit. À l'époque où je la laissais me consoler.

– Tu as peur que je ne t'aime plus ?

Je n'ai rien répondu. Parce que je ne savais pas comment l'expliquer.

– Cam…, m'a-t-elle supplié.

– Pas seulement toi, ai-je continué tout bas.

– Qui ? Kaia ? Steve ?

– Tout le monde, ai-je répondu après un petit moment.

Et j'ai entendu le cœur de ma mère se briser.

– Oh, Cam…

Elle m'a serré contre elle.

– Tout le monde n'est pas ton père.

– Je sais. Je sais. Mais ça ne me rassure pas.

C'était même pire. Parce que ça me réduisait à quelqu'un de minable. Quelqu'un qui ne pouvait pas surmonter le départ de son père. Un nul persuadé qu'il ne valait rien, qu'il ne méritait pas qu'on reste avec lui. Désormais, à cause de mon père, ce manque ressurgissait chaque fois que je risquais de me faire rejeter, chaque fois que je devais faire un pas. J'étais réduit à ça. Une pauvre victime brisée. Un manque ambulant. Alors que je retombais dans cet abîme, une nouvelle vague de désespoir m'a envahi.

– Je suis le pi…, ai-je commencé entre deux sanglots.

Mais quelque chose m'a arrêté. Une voix (ou deux) dans ma tête. J'ai fait un effort pour exprimer le plus précisément ce que je ressentais.

– Je crois que je suis un peu chtarbé.

Ça sonnait comme une plaisanterie et ma mère a ri. J'ai essuyé mes larmes, et j'ai ri, moi aussi.

– Oh, Cam. Même si tu as l'impression d'être « un peu chtarbé » en ce moment, tu es quand même le meilleur enfant que j'aurais pu rêver d'avoir.

D'habitude, je ne supportais pas de l'entendre dire ça, mais cette fois, ces mots ne m'ont pas fait le même effet.

– Et tu es toujours la meilleure maman, même si t'es un peu chtarbée, toi aussi.

– Pas qu'un peu, a-t-elle corrigé en souriant.

J'ai poussé un profond soupir, m'efforçant de relâcher le plus de pression possible. Bon sang, tout ça parce que j'étais incapable de demander à une fille de sortir avec moi.

– J'aurais jamais dû faire ça.

– Eh, écoute…, a-t-elle débuté, avant de baisser la voix pour mettre plus de poids dans ses paroles. Et ne pense pas que j'approuve ou que je cautionne tes actes, mais…

Elle a serré ma main.

– Tu n'étais pas heureux. Tu étais occupé, mais je ne t'ai jamais vu avec des amis de ton âge, tu vois ? Et tu as besoin d'être entouré. Et pas juste de ta maman un peu chtarbée.

J'ai hoché la tête et elle a continué.

– Tu as sans doute choisi la mauvaise solution à ton problème, mais au moins, tu sais quel est le problème, maintenant.

– Oui, je pense.

Je l'espérais en tout cas.

– Et si un ou une abrutie ne t'apprécie pas, alors qu'ils aillent au diable. Ils ne sont pas ton père, n'est-ce pas ?

– C'est vrai. Mais je dois quand même réparer ce que j'ai fait. Si je peux. Steve et Kaia devraient être ensemble. C'est seulement à cause de moi qu'ils ont rompu. Il l'a quittée pour qu'elle n'ait pas à supporter de le voir souffrir. C'est la plus belle preuve d'amour que j'aie jamais vue.

– Oui, ça me paraît terriblement romantique et stupide. Il devrait laisser Kaia libre de juger si elle peut et veut le supporter. Mais oui, ils méritent une deuxième chance.

Je me suis levé, poussé par l'urgence du moment.

– Et si ça ne marche pas, que le charme a été rompu et que tu ne peux plus arranger les choses…

Elle a attendu que je me retourne pour continuer :

– Je t'aimerai quand même.

– Merci.

On a échangé un regard complice. Juste avant d'ouvrir la porte, je me suis immobilisé. Il fallait que je lui dise une dernière chose, pour me libérer complètement.

– Maman…

Elle a tendu l'oreille, prête à tout accepter.

– Il faut que tu arrêtes de m'hydrater les coudes, la nuit.

– Je ne…, a-t-elle commencé en levant les mains au ciel.

– Maman.

– Je ne…

– Ils sont bien trop doux !

– Ils sont parfaits !

J'ai haussé les sourcils.

– D'accord, je ne le ferai plus.

J'ai croisé les bras. Elle a pris un air exaspéré.

– C'est promis ! OK ?

– Très bien.

Alors que je sortais, elle m'a rappelé.

– Mais sérieusement, Cam… la crème ! Tous les soirs. J'ai beaucoup investi pour que tu aies une peau lisse et je ne voudrais pas que tu ruines mon œuvre.

19

En route vers ma voiture, j'écrivais déjà à Kaia.

T'es dispo ? Je dois te parler.

Alors que j'attachais ma ceinture de sécurité, je n'avais pas encore reçu de réponse. Je n'avais pas envie d'attendre, alors j'ai composé son numéro et, après quelques sonneries, je suis tombé sur le répondeur.

– Kaia ? C'est Cam. Euh, tu peux me rappeler ? C'est important.

J'ai raccroché. Je ne pouvais quand même pas lui annoncer dans un message vocal : « C'est à cause de moi que ton petit ami et toi avez rompu. Et tu devrais parler à Steve, parce qu'il risque de mourir. » Je devais peut-être aller la trouver ? Mais on était au milieu de la journée. Je n'avais aucune idée d'où elle pouvait être. Chez elle, dans la salle du bal au Radisson, chez le coiffeur, à la banque alimentaire… Avec l'emploi du temps de Kaia, c'était impossible de savoir. Et je ne pouvais même pas débarquer chez elle pour demander à ses parents, parce que je n'avais pas son adresse. C'est toujours chez Steve qu'on se retrouvait.

Steve. Lui, au moins, je savais où il habitait. Et à ce que j'avais pu voir, il ne sortait pratiquement plus. Je lui ai envoyé un SMS, avant de démarrer en marche arrière. Ce serait mieux ainsi. Je lui présenterais mes excuses et on pourrait tout expliquer à Kaia, ensemble.

Quand je suis arrivé dans son allée, il ne m'avait toujours pas répondu. J'ai gravi deux à deux les marches du perron. Et s'il ne voulait pas écouter mes excuses ? me suis-je demandé au moment où j'appuyais sur la sonnette. C'était peut-être pour ça qu'il n'avait pas répondu à mon message. Il était très probable qu'il me déteste et qu'il ne veuille plus jamais me voir. Mais la porte s'est entrebâillée. J'ai fermé les yeux, me préparant à ce qu'il me hurle dessus. Même s'il me donnait un coup de poing, je ne pourrais pas lui en vouloir. Je le méritais.

Au lieu de ça, je me suis retrouvé enlacé par des bras virils.

– Cam ! Mon garçon !

J'ai ouvert les paupières. C'était le père de Steve qui me pressait contre lui de toutes ses forces. Il sentait la bière.

– Monsieur Stevenson, ai-je lâché en suffoquant. Bonjour.

Il m'a libéré et j'ai reculé en vacillant.

– Ravi de vous voir. Est-ce que Steve est là ?

– Non, il est sorti chercher Kaia, il y a un moment déjà. T'es super beau dans ton smoking.

Il m'a visé avec ses deux index et a fait mine de tirer sur moi. Comme il ne m'avait pas abattu, j'ai enfin posé les yeux sur lui et remarqué qu'il avait le regard un peu trouble.

– Chercher Kaia ? ai-je répété, étonné.

– C'est quelque chose, cette fille, hein ? Mon fils sort avec la fille la plus chaude de la classe.

J'ai hoché la tête, mal à l'aise. C'était impossible. Il ne pouvait pas être allé la chercher, vu comment ils s'étaient séparés. Alors où était-il ?

– Steve m'a raconté ce qui s'était passé l'autre soir. Les trois lycéennes. C'est mon fils, ça !

Il a tendu le poing et attendu la réaction. Au bout d'un moment, j'ai compris ce qu'il voulait, et j'ai tapé dessus faiblement. Il a souri.

– Steve m'a dit que tu avais été un vrai ami pour lui pendant cette épreuve.

– Ah oui ?

Cette remarque m'a fait mal. Je l'imaginais, pendant le dîner, son crâne chauve luisant sous un des chandeliers, dire à ses parents, entre deux grosses bouchées de lasagnes, quel bon ami j'étais. Bon sang, j'avais tellement tout gâché !

– Oui, je suis content que tu aies été là, a lancé M. Stevenson, se méprenant sur mon expression.

Ses yeux se sont embués et il a reniflé discrètement.

– Je suis sûr qu'il te l'a dit. Les choses tournent pas vraiment comme on l'aurait souhaité.

Si les choses tournent mal…

Oh non.

Le père de Steve a continué à parler pendant un moment. J'ai dû répondre quelque chose parce qu'il a hoché la tête. Et après une dernière tape dans mon poing, il a fermé la porte.

Si les choses tournent mal…

C'était juste une façon de parler. Ça ne voulait pas dire… Steve ne…

J'ai repris le volant. Mon portable a sonné. C'était Kaia. Elle voulait sans doute me dire qu'ils s'étaient réconciliés. C'est pour ça qu'elle n'avait pas répondu avant. Ils étaient en train de rattraper le temps perdu en se moquant du débile que j'étais. Au moins, Steve allait bien, rien d'autre n'avait d'importance.

– Allô ?

– Cam ? Je viens d'écouter ton message. Je suis en pleine déco. On a reçu des ballons mauves au lieu des bleus qu'on avait commandés. Tout le monde panique.

– Steve est avec toi ?

Forcément, il était avec elle ! N'est-ce pas ? Il l'aidait à accrocher les ballons. Vraiment le genre de trucs que Steve ferait.

– Quoi ?

– Est-ce que Steve est avec toi ?

– Pardon ? Je t'entends plus ! On capte super mal ! Envoie-moi un SMS.

D'une main, j'ai écrit un message.

Steve est avec toi ?

La réponse de Kaia est arrivée pratiquement tout de suite. Et plusieurs fois encore, mon portable a vibré.

Kaia : Bien sûr que non ! Après ce qu'il m'a fait !

Kaia : Il est en route ?

Kaia : Il a pas intérêt à s'excuser, ce connard !

Kaia : Je dépose une main courante ?

Kaia : Il est dangereux, tu penses ?

Moi : np

Moi : Non !

Je me suis rangé sur le bord de la route.

Kaia : Un baratineur de première avec ou sans cancer. Bref, tu m'as appelée pour parler de mon ex ?

J'ai regardé un moment mon portable. Est-ce que je pouvais tout expliquer par SMS ? Par où commencer ? Mon portable a de nouveau vibré avant que je puisse décider.

Kaia : Désolée. Ça peut attendre ce soir ? C'est la folie ici. Je dois te laisser. Les ballons bleus sont arrivés. <3

– Bon sang.

– Je me suis cogné la tête contre l'appuie-tête. Steve n'était pas avec Kaia. Ce qui voulait dire… qu'il était peut-être… probablement… J'ai repris mon téléphone et pianoté :

Steve. Appelle-moi. Je ferai tout pour arranger les choses.

Faites qu'il réponde.

Faites que je me trompe.

Faites qu'il ne soit pas trop tard.

Mon téléphone posé devant moi, j'ai attendu. J'ai fermé les yeux, compté jusqu'à dix et regardé. Rien. J'ai recommencé. Il allait répondre. C'est sûr. J'ai ouvert les yeux.

Trois points ondulaient sur l'écran. Mon cœur s'est mis à battre plus vite. Je m'affolais pour rien.

Steve : Tu ne peux pas toujours sauver le requin.

Et une photo de l'aquarium.

Non.

Non non non non non non non non.

J'étais encore loin du parc aquatique.

Mais je pouvais y arriver à temps.

Il le fallait.

Le moteur de la Prius a vrombi rageusement quand je suis revenu sur la route, mon portable sur le tableau de bord.

Moi : Steve. Ne fais pas ça.

Moi : Steve. Écoute-moi.

Moi : Steve !

Trois points sont apparus sur l'écran et j'ai recommencé à respirer en voyant qu'il était toujours là, mais ils ont fini par s'effacer.

Merde. J'ai composé son numéro, mais je suis tombé sur sa messagerie.

– Steve ! T'approche pas de ce requin ! Je t'en supplie !

J'ai raccroché et appuyé sur l'accélérateur à temps pour passer à l'orange. J'y étais presque.

Il fallait que je prévienne ses parents. J'ai cherché dans mes contacts un moyen de les joindre. Dès que j'ai trouvé l'adresse mail de son père, j'ai tapé un message rapide pour lui dire de me retrouver au parc aquatique parce que Steve avait besoin d'aide.

Les fanions bleus et jaunes du parc flottaient dans la brise devant moi. Sur une pancarte, un dauphin souriant indiquait l'entrée avec sa nageoire. J'ai tourné le volant d'un coup sec vers la gauche, sans me soucier du concert de klaxons furieux du chauffeur qui avait dû faire une embardée pour m'éviter.

Il était assez tard dans l'après-midi et le parking se vidait déjà. Des parents tiraient des enfants poisseux de sucreries vers leurs voitures, épuisés après une journée d'amusement. Après m'être garé dans la première place libre, je suis sorti en trombe de ma Prius pour foncer vers l'entrée. L'arche décorée de créatures marines me semblait à des kilomètres. Les semelles lisses de mes chaussures de ville dérapaient chaque fois que j'essayais d'accélérer.

J'ai quand même fini par atteindre la grande entrée avec ses trois guichets et sa fontaine géante de coquillages qui crachait de l'eau. Il ne restait qu'une employée endormie à côté du tourniquet, sa casquette aux couleurs du parc enfoncée jusqu'aux yeux.

– Cam ?

J'ai tourné la tête, sans arrêter de courir. Todd, Patricia et quelques manifestants étaient postés à la limite entre le domaine du parc aquatique et la plage publique, leurs panneaux à leurs pieds. Ils étaient revenus pratiquement tous les jours depuis la réunion avec le conseil municipal, même si leur effectif baissait à vue d'œil. Todd m'a fait de grands signes, espérant visiblement que je me joindrais à eux.

– Cam, tu viens ?

– Non, ai-je répondu, haletant. Je dois le sauver.

J'ai foncé vers le tourniquet, malgré les cris de Todd qui n'y comprenait rien. L'employée dormait toujours, le menton collé au buste. J'ai évalué la hauteur de la barre en métal. Je pouvais l'enjamber. J'ai pris mon élan, posé une main sur la colonne en métal pour avoir un appui et sauté par-dessus le tourniquet. En atterrissant lourdement, j'ai failli perdre l'équilibre quand mes chaussures ont glissé sur le sol.

– Eh ! s'est écriée la femme en se réveillant, mais j'avais déjà repris ma course.

Derrière moi, j'ai entendu les exclamations étonnées de Todd et Patricia.

La lumière baissait à mesure que j'avançais dans le parc, les ombres se dessinant sur les allées parfaitement entretenues. J'ai longé des pancartes indiquant les otaries et l'exposition des méduses, des boutiques de souvenirs dont les vitrines étaient remplies de dauphins en peluche et des stands de nourriture qui vendaient du pop-corn dans des cornets pingouins et des frites en forme de poisson. Quelques gars de l'équipe de nettoyage m'ont regardé, surpris.

Enragé, j'ai suivi les flèches sur lesquelles était dessiné un requin aux mâchoires imbibées du sang de ses victimes. Et je suis enfin arrivé devant le bassin. Il m'a semblé encore plus grand que dans mon souvenir, séparé de l'océan par une rangée discrète de balises flottantes au loin. J'ai entendu le doux ronron de la pompe qui filtrait les impuretés, mais conservait l'indice de salinité souhaité. J'ai balayé du regard l'endroit. Le soleil bas de la fin de journée se reflétait sur l'eau et m'aveuglait, mais j'arrivais tout de même à voir que Steve n'était pas là.

Je suis resté un moment figé sur place, trop effrayé pour bouger. J'étais persuadé que je le trouverais là, sur le point de plonger. Mais il n'y avait personne. Juste l'eau qui léchait le bord du bassin. Je me suis approché du bord et n'ai distingué que des algues.

– Steve ?

Pas de réponse. Étais-je arrivé trop tard ? Impossible. Il y aurait des signes de son passage ici. Tout était trop calme.

Découragé, je me suis dirigé vers l'aquarium sous-marin. Les adorables poissons sur les panneaux en verre m'ont souri, ignorant cruellement le drame qui se jouait. À l'intérieur de la pièce, une lueur verdâtre scintillait. J'ai hâté le pas, mes chaussures glissant davantage sur le revêtement lisse. Plus je m'enfonçais sous la terre, plus il faisait froid, et une odeur de moisi et de poisson mort imprégnait l'air. Mes pas résonnaient dans la salle. Contrairement à ma dernière visite, elle était vide. Steve n'était pas là. Mon estomac s'est noué, même si je ne m'étais pas vraiment attendu à le trouver ici. La vitre de l'aquarium était tachée d'empreintes de mains. Je me suis approché pour y voir plus clair, à travers la saleté.

Au début, je n'ai aperçu qu'une eau trouble, marron-vert, et les quelques rayons du soleil de la fin d'après-midi qui traversaient la surface de l'eau. Enfin, mes yeux se sont adaptés. J'ai distingué des formes. Des rochers, de petits poissons argentés et… une chaussure.

Une des Air Jordan de Steve, ses lacets flottant paisiblement dans le courant.

– STEVE !

J'ai frappé la vitre avec mes deux poings.

– STEVE !

Et soudain, une silhouette est apparue.

Le requin.

Son corps ondulait en silence, trop loin pour que je le voie clairement. Mais il était bien là. Et la chaussure de Steve aussi. Ce qui voulait dire qu'il était dans l'eau, lui aussi.

Je suis remonté en courant vers la surface.

– Il y a quelqu'un ? ai-je appelé. Je crois que mon ami est tombé dans le bassin !

J'ai maudit le sous-effectif du parc aquatique.

Le soleil couchant m'éblouissait après l'obscurité de la grotte, mais je ne m'arrêtais pas. Je me suis approché de l'endroit où j'avais vu la chaussure. Le muret devait mesurer un mètre vingt environ et l'eau était à près de deux mètres sous moi. Une planche de surf à moitié mangée flottait sur la surface. J'ai retiré ma veste, que j'ai posée soigneusement par terre. Puis j'ai ôté mes chaussures et mes chaussettes. Je me suis ensuite hissé sur le muret pour passer les deux jambes de l'autre côté. Depuis mon perchoir, j'ai inspecté l'eau pour tenter de voir à travers. Si je penchais la tête selon un angle précis, j'apercevais le blanc de la basket. Un peu plus loin, sous un affleurement de récif décoratif, j'ai repéré une autre forme que je n'avais pas vue dans l'aquarium. C'était trop petit pour être le requin et trop gros pour être un poisson. Et ça bougeait.

– STEVE !

J'ai examiné les alentours pour trouver le requin. Mais autre chose remuait sous la surface.

OK. J'allais le faire. Je me suis tourné, mon ventre appuyé contre le bord du muret et mes pieds s'agitant au-dessus de l'eau. Une fois que j'aurais sauté, il me suffirait de quelques battements rapides pour arriver là où je pensais avoir vu Steve. Le bassin n'était pas plus profond qu'une piscine. Je pouvais le faire. Et je n'allais surtout pas réfléchir à comment se comportaient les requins blancs. Ni à leurs trois-cents dents. J'allais penser au miel d'oranger, à Del Taco et aux oreilles de chat à paillettes.

Je me suis laissé glisser, me retenant avec les mains, et j'ai senti le froid mordant de l'océan sur mes orteils.

– Mais qu'est-ce que tu fabriques ?

Steve ? Pourquoi n'était-il pas dans le bassin ? Sa chaussure y était, elle.

Mes mains ont glissé sur le bord en béton et mes jambes gesticulaient furieusement, battant l'eau du bout des pieds.

– Steve ?

Les bras collés aux oreilles, j'essayais de m'accrocher, mais, du coin de l'œil, j'ai vu Steve indemne, pas du tout dévoré, avec une seule chaussure, qui courait vers moi depuis les gradins.

– Cam ?

J'ai tenté de me hisser à la force des doigts, mais ça n'a eu pour effet que de me faire glisser davantage.

– Steve, tu peux… ? Je sombre.

J'avais désormais de l'eau jusqu'aux chevilles, et mon pantalon était mouillé. Le tissu se plaquait sur ma peau à mesure que je descendais. Steve a foncé vers moi, son smoking de travers. Il m'a attrapé par les bras et a tiré.

– Mais qu'est-ce qui te prend ? s'est-il écrié.

– J'essayais de te sauver ! ai-je répondu, cognant le bassin, impuissant.

Au-dessus de moi, Steve a ouvert de grands yeux.

– Quoi ?

J'ai voulu tourner la tête dans la direction où il regardait.

– Merde. Merde merde merde merde merde. Dépêche-toi, Cam.

Il a tiré plus fort, mais au lieu de me remonter, ses mains ont dérapé sur ma chemise et je suis encore retombé. J'avais maintenant les tibias dans l'eau.

– Oh là là.

– Quoi ? Qu'est-ce qui se passe ?

Mais je savais parfaitement ce qui se passait. C'était évident. J'ai enfin réussi à tourner la tête. Une ombre inquiétante filait sous l'eau dans la direction de mes mollets.

– Remonte-moi !

– J'essaie !

Une alarme a retenti, relayée par tous les haut-parleurs du parc. Partout autour de nous, des lumières rouges se sont allumées.

– Je vais me faire dévorer, et ensuite arrêter !

J'ai posé les pieds sur la paroi pour grimper. Mais les algues ne m'offraient aucune prise et je ne faisais que m'enfoncer. Mon agitation devait beaucoup intéresser le requin.

Steve a saisi fermement mes avant-bras et s'est remis à tirer.

– Tais-toi, a-t-il crié en redoublant d'efforts.

Avec l'énergie du désespoir, il a fini par me soulever par-dessus le muret. Le percutant dans ma chute, j'ai atterri lourdement par terre.

– Bon sang, ai-je lâché en roulant sur le dos, les yeux rivés vers le ciel. Bon sang !

Steve s'est assis, haletant.

– *T'es un malade !* a-t-il hurlé si fort que sa voix a couvert le sifflement strident de la sirène.

– Moi ? ai-je demandé en me redressant. Pourquoi une de tes chaussures flotte dans l'eau ?

– Je voulais voir ce que ferait le requin avant de…

Des pas ont résonné derrière nous. Je me suis mis debout en attrapant ma veste et mes chaussures.

– On file !

– Où ça ? a demandé Steve, affolé.

Je l'ai pris par le bras en indiquant la grotte qui menait à l'aquarium. Les rochers offraient de petits renfoncements derrière un buisson.

– Par là !

On s'est cachés juste à temps pour voir Todd, Patricia et les autres manifestants entrer dans le passage. Todd tenait une grosse tenaille et les autres étaient également équipés d'outils impressionnants.

– Sauvons le requin ! Sauvons le requin ! scandaient-ils.

En arrivant au bord du bassin, Todd a brandi ses tenailles dans les airs.

– Je sais que c'est plus tôt que prévu, mais nous avons étudié les plans. Vous savez quoi faire. C'est parti pour l'opération Océan ouvert !

Les manifestants se sont dispersés alors que des agents de la sécurité arrivaient, la bouche collée à leur talkie-walkie.

– Envoyez des renforts. Je répète : envoyez des renforts !

Dès qu'ils sont passés à côté de nous, Steve m'a fait un signe vers une porte sur laquelle un panneau indiquait « sortie de secours ». J'ai hoché la tête. Dans un même mouvement, on s'est élancés dans cette direction. Arrivé devant la porte, Steve s'est arrêté.

– Attends. C'est écrit « uniquement en cas d'urgence ». On est d'accord d'enfreindre la loi ? a-t-il demandé, plus sérieux que jamais, même si ses yeux riaient.

– Tais-toi.

Je suis sûr qu'il a vu mon sourire quand j'ai claqué la porte derrière nous.

On a grimpé plusieurs étages de marches rouillées par le sel marin. La sortie se trouvait juste au bout de la plage, même s'il n'y avait pas beaucoup de sable à cet endroit, mais plutôt des rochers noirs. Alors qu'on avançait sur un sentier étroit, on a entendu un fracas assourdissant, suivi par des bruits métalliques et enfin des exclamations de joie.

Brusquement, l'alarme s'est tue, remplacée par le vacarme de l'océan sur les rochers. Pendant qu'on s'enfuyait, le soleil avait plongé sous la ligne de l'horizon, coloriant le ciel d'un mélange d'orange, de rose et de bleu. Les vagues, les pierres et les nuages cotonneux dessinaient un paysage d'une beauté à couper le souffle. Les mains sur les genoux, j'ai respiré profondément. À quelques mètres de moi, Steve faisait pareil.

Et tout à coup, il a éclaté de rire.

– Je vais me faire dévorer, et ensuite arrêter, a-t-il dit, hilare, en imitant ma voix. Si tu t'étais vu... et le requin...

Son rire s'est transformé en quinte de toux et il s'est assis sur une marche.

– C'est pas drôle, Steve, me suis-je indigné en le dominant de toute ma hauteur. Tu as essayé de te tuer.

Sa toux s'est calmée et il a regardé un moment ses pieds qui n'avaient plus qu'une seule Air Jordan.

– Je n'allais pas me tuer.

– Mais si.

– Non, pas du tout.

Il a ensuite baissé la voix au point que j'ai dû tendre l'oreille pour l'entendre.

– Pas ici, en tout cas.

Sans me laisser le temps de réagir, il s'est relevé d'un bond et s'est étiré, les bras au-dessus de la tête.

– Mec, il était terrifiant, ce requin, non ?

Il m'a adressé un sourire de façade et s'est éloigné.

Après avoir remis mes chaussures, je l'ai suivi.

– Steve...

– Tu devrais pas le sauver, mais l'assassiner.

– Steve !

– Crève, sale requin ! Crève !

Il a mimé un pistolet avec sa main et a fait des bruits de coups de feu. *Pan pan*. Le sentier a petit à petit disparu, laissant la place aux rochers. Des pierres pointues blessaient le pied nu de Steve. Devant nous, le chemin se séparait en deux : d'un côté, il longeait la côte et, de l'autre, il tournait vers une longue jetée qui débouchait sur la baie. Steve s'est immobilisé.

– T'as entendu les cris, tout à l'heure ? Je me demande ce qui s'est passé.

Il est parti vers la jetée.

– Si je vais jusqu'au bout, je pense que je pourrai voir l'enclos du requin !

– STEVE !

Après quelques pas, il s'est arrêté et a levé les bras au ciel.

– Quoi, Cam ? Quoi ?

J'ai failli me tordre la cheville en le suivant. Mais je me suis interrompu, conscient que je ne saurais pas quoi lui dire. À part répéter son nom, je n'avais aucune idée.

– Laisse-moi deviner : tu vas me dire que tout ira bien ? Que les probabilités sont en ma faveur ?

J'ai ouvert la bouche, mais l'ai tout de suite refermée, parce qu'il avait raison.

– Et ensuite ? a-t-il lancé sur un ton de défi. Tu seras à mes côtés quand je m'assécherai et que je deviendrai une sorte de pruneau ? Va te faire foutre. Je vais pas te donner ce plaisir. Je ne veux pas endurer les pleurs de ma mère et la déception de mon père pendant des mois. J'ai pas le courage d'affronter ça. Je suis pas aussi fort que toi, OK ?

J'ai levé les yeux du rocher que je fixais.

– Aussi fort que moi ?

Il a lâché un grognement et s'est attrapé la nuque.

– Oui, Cam, que toi ! Écoute, c'est vrai que quand tout a commencé, je me disais qu'il n'existait pas de gars plus pitoyable dans tout l'univers.

– Eh !

Il a haussé les épaules, l'air de dire « ben oui, j'y peux rien ».

– C'est pour ça que j'aimais bien ta présence. Je me disais, pas grave si j'ai un cancer, il y a pire que moi sur cette terre. Mais je me suis vite rendu compte que, malgré tous mes efforts pour t'humilier ou t'embarrasser, tu ne renonçais jamais. Tu étais toujours là, quoi que les gens pensent ou disent. Qui est capable de ça ?

Steve a donné un coup de pied dans les pierres avec son pied chaussé. Comment pouvait-il se tromper à ce point ?

J'ai reculé de quelques pas, les bras en balancier pour ne pas tomber.

– Mec, ça n'a rien de positif, crois-moi. C'est pas du courage. Pour moi, il fallait nécessairement que je passe par là pour mériter d'être avec quelqu'un. Je devais sauver le monde parce que j'avais trop peur de découvrir que personne ne m'aimerait si je ne le faisais pas. J'étais persuadé qu'être simplement moi ne suffirait pas. Que je n'étais pas digne d'être aimé.

– Tu viens de dire « digne d'être aimé » ? a répété Steve.

– La ferme.

– Tu vas me faire une déclaration, là ? Je devrais porter un bouquet ?

– Steve…

– Je suis en plein conte de fées…

– Bon sang, Steve ! Tu veux bien…

J'étais content que quelques rochers nous séparent parce que, sinon, je l'aurais étranglé et c'était précisément le contraire de ce que j'essayais d'accomplir.

– Ce que je tente de te dire, c'est que je ne suis pas courageux. J'ai juste peur. Tout le temps. Mais… c'est pas grave, je pense.

Steve m'a dévisagé un moment, une expression indéchiffrable sur le visage. Il s'est ensuite détourné de moi pour contempler l'océan.

– Pour toi, peut-être.

Je me suis approché de lui.

– Pour moi. Pour toi. Pour tout le monde. Faire semblant de ne pas avoir peur, ce n'est pas être fort. La peur, on s'en fout.

– Bien sûr, a-t-il lâché avec un rire sans joie. C'est aussi simple que ça.

– Peut-être bien, oui.

Il a fait volte-face pour se retrouver juste devant moi.

– Pour moi, c'est grave ! Je ne veux pas être toi, Cam. Je suis Steve Stevenson ! a-t-il déclaré en se frappant le torse.

– Et alors ? ai-je crié, refusant de me laisser intimider. Tu préfères mourir qu'admettre que tu as peur ?

– Oui ! a-t-il répliqué en agitant les mains. Oui, ça te va ? Oui.

Ses épaules se sont affaissées dans son smoking.

– Je préférerais mourir, a-t-il grommelé. Mais pas tué par le requin. Je me suis rendu compte que c'était une erreur. Mais par… autre chose. Et si je pars maintenant, au moins je pars tel que je suis.

Plus bas, les vagues se fracassaient sur la jetée, l'eau se faufilant dans les fentes et les fissures avant d'être rappelée au large. Le cycle se répétait encore et encore. J'ai tendu la main vers Steve, me ravisant avant de le toucher.

– Ta maladie ne change pas qui tu es.

Le regard de Steve s'est durci. Je n'avais pas choisi les bons mots.

– Quelle connerie, a-t-il craché.

– Voyons, Steve, tu…

– Un cancer te change complètement. Je ne suis plus du tout le même. Je sais ce que sont les lymphocytes T, je sais qu'après une séance de chimio, j'ai un goût de merde dans la bouche. Je sais comment ma mère prie pour moi, toutes les nuits, devant ma chambre. Et je ne veux plus changer davantage, OK ?

Sa voix s'est cassée, mais il a continué.

– Qui est-ce que je vais devenir au bout du compte ? Hein ? Dis-le-moi ?

Debout sur les rochers noirs, les embruns lui fouettant le visage, Steve a attendu ma réponse. Tout ce que je dirais maintenant sonnerait faux, je le savais. J'allais tout gâcher. J'allais le blesser encore plus. Pourtant, je ne pouvais pas le laisser tout seul. Prudemment, je me suis avancé vers lui.

– Steve, je comprends. Tu as peur.

J'ai voulu poser une main sur son épaule, mais je n'ai fait que frôler le tissu mouillé de son smoking quand il s'est dégagé brusquement.

– Fais pas ça, a-t-il crié en s'éloignant vers l'extrémité de la jetée. Tu n'as aucune idée de ce que je vis. C'est bien joli de dire la peur on s'en fout, quand tout ce que tu crains c'est de demander à une fille de sortir avec toi. Tes problèmes sont tellement insignifiants. Ce que je dois affronter, moi, c'est des aiguilles, des scanners, du vomi et de la merde…

Il s'est étranglé.

– Je ne…

Il a fermé les yeux, levé la tête vers le ciel.

– Je ne…

Malgré tous ses efforts, des larmes ont coulé sur ses joues.

– J'ai pas envie de mourir, OK ?

Il s'est penché pour retirer sa deuxième chaussure et la balancer dans l'eau.

– Puuuuuuutain !

Elle a éclaboussé autour d'elle et s'est enfoncée dans les profondeurs.

Steve s'est écroulé et a enfoui la tête entre les genoux.

– J'ai pas envie de mourir.

Je me suis approché. Si loin de la côte, tout semblait minuscule. La plage, les palmiers, et même le parc aquatique. Devant nous, baigné d'une lumière pourpre, l'océan s'étendait dans toutes les directions. On n'entendait rien d'autre que le fracas régulier des vagues. Nous étions seuls au monde, suspendus dans le crépuscule. Je me suis assis à côté de Steve, mes jambes se balançant dans le vide.

– Je n'y arrive plus, a-t-il lâché d'une voix étouffée.

Il s'est alors redressé et a regardé l'océan.

– Je ne peux pas retourner chez moi et faire semblant que tout va bien. Que je suis un battant. Que je vais remporter la victoire contre le cancer en lui bottant les fesses.

Il a agrippé les plis de son pantalon.

– Et si je ne suis pas assez fort ? Et si ce n'est plus moi ? Et si je n'y arrive plus ?

– Steve, c'est pas grave si tu n'y arrives pas.

J'ai vu l'instant où il a accepté cette réalité. La colère, la douleur, la gêne, mais... autre chose aussi. La paix. Enfin. J'avais trouvé les mots justes.

– C'est pas grave si tu n'y arrives pas.

Et il a craqué. Tout son corps s'est mis à trembler. Il n'essayait même plus de retenir ses sanglots. Ils sortaient de lui avec toute la puissance de son désespoir. Je voulais faire quelque chose. Ma main est restée un moment au-dessus de son épaule. Est-ce que je pouvais ? Devais ? Oui, il le fallait. Ma main s'est posée sur lui et je lui ai tapoté le dos doucement. Mais sans effet. Il s'est mis à pleurer encore plus fort.

– Euh, Steve ? Est-ce que je peux te prendre dans les bras ?

Il a ri.

– Tu veux mon consentement ? a-t-il demandé en reniflant.

– Ouais, en quelque sorte.

Il a haussé les épaules, le visage toujours caché dans les mains.

– Ça m'est égal.

Je me suis appuyé contre lui. Comme il ne s'écartait pas, je l'ai pris dans les bras, je l'ai attiré contre moi et je l'ai serré. Au début, ça m'a fait bizarre. Le tissu humide de son smoking me mouillait la joue. Et j'avais le nez plaqué sur son crâne rasé. Mais il s'est détendu. Et moi aussi. Il a calé la tête contre mon épaule et on est restés comme ça très longtemps.

Il n'y avait que l'océan et nous.

Steve a fini par pousser un soupir.

– T'es bête, tu sais.

Je me suis dégagé.

– Waouh, je pensais que c'était plutôt émouvant…

Il s'est redressé et s'est penché légèrement en arrière, un sourire dessiné sur les lèvres.

– Tu as dit que tu avais peur qu'on t'aime pas si tu sauvais pas le monde. Pourtant, moi, j'ai su dès que je t'ai vu que t'étais un connard et ça m'a pas empêché de bien t'aimer. Donc ta plus grande peur est débile.

– Ah.

Je n'ai rien réussi à prononcer d'autre. Je n'avais pas… Ce n'était… Comment avais-je…

Steve m'a observé, content de son effet.

– Ouais.

Il s'est levé d'un bond et a commencé à remonter la jetée.

– On y va, connard.

– Si tu veux, trouillard, ai-je grommelé en me pressant derrière lui.

Devant moi, Steve a brandi son majeur sans s'arrêter de marcher.

*

* *

La vue du parking nous a cloués sur place.

– Waouh !

– Bon sang, a ajouté Steve.

L'entrée du parc aquatique était noyée sous des lumières clignotantes rouges et bleues. Une demi-douzaine de véhicules de police occupaient l'espace, certains en travers des places de stationnement. Les camionnettes des chaînes de télé formaient un deuxième cercle. Leurs talkies-walkies à l'oreille, des officiers des forces de l'ordre avançaient vers l'arche décorée de créatures marines souriantes. À côté de la fontaine géante, des reporters parlaient devant les caméras, leurs micros devant la bouche. D'épais câbles noirs couraient sur le sol.

– ... il semblerait qu'un groupe de manifestants...

– Le parc aquatique de Ventura refuse de commenter. Plusieurs arrestations...

– ... libre. Je répète : le requin est libre.

Veillant à rester dans l'ombre, on a contourné l'agitation ambiante en passant derrière un groupe de curieux qui se bousculaient pour assister au spectacle.

– Quelqu'un a vu notre fils ?

De l'autre côté du parking, les parents de Steve se frayaient un passage dans la foule, l'air affolé et perdu. Steve s'est raidi.

– Euh, j'ai envoyé un mail à tes parents avant d'arriver, ai-je avoué, penaud.

– Oh non, a lâché Steve en pâlissant.

– Je, euh, je n'ai rien dit vraiment. Mais, euh, je suis désolé.

Steve s'est contenté de soupirer.

– T'inquiète. T'as fait ce qu'il fallait. Je dois leur parler.

J'ai regardé les lumières rouges et bleues danser sur son visage, tandis qu'il regardait ses parents sans bouger.

– Tu veux que je t'accompagne ?

Steve a sursauté et m'a adressé un sourire hésitant.

– Oui. Mais je dois le faire seul. Tu m'attends ?

Il a baissé les yeux, gêné.

– Bien sûr. Je vais sous le palmier, ai-je dit en désignant un grand arbre loin des policiers.

– Super.

Il a hoché la tête, pris un air déterminé et s'est dirigé vers ses parents, pieds nus, les mains dans les poches.

– Évite peut-être de parler du requin, hein ? N'entre pas dans les détails. À cause des arrestations. Concentre-toi sur les sentiments, OK ?

Il a levé les pouces dans ma direction.

Je n'ai pas entendu ce qu'il leur a dit, mais j'ai vu sa mère fondre en larmes et l'enlacer. Mal à l'aise, son père et lui se sont donné des tapes dans les bras, mais au moins ils parlaient. Ça a duré longtemps. Je me suis assis par terre sous le palmier pour l'attendre. Son père a fini par le prendre dans ses bras, avant de repartir. Steve est revenu vers moi.

– Mon père a admis qu'il avait peur, a-t-il lancé comme s'il parlait une langue étrangère.

– Bien, ai-je commenté en hochant la tête.

– C'est... bizarre. J'aurais jamais pensé..., a-t-il dit sans finir sa phrase.

– Ils vont bien ?

Il a haussé les épaules.

– Qui sait ? C'est ce qu'ils s'efforcent de montrer. Mais je pense que ça ira mieux, maintenant. Pas bien, mais mieux.

– Je suis content.

– Merci.

Un peu gêné, j'ai fini par me lever en époussetant mon pantalon.

– Bon, ben… bonne nuit ? Tes parents te ramènent chez toi ?

– Qu'est-ce que tu racontes ? Et le bal de fin d'année ?

– Oui, je sais…

J'ai montré nos smokings dans un sale état.

– Je pensais…

– Tu pensais que tu allais manquer ça ? Alors qu'il y aura Cardi B ? Pour notre soirée ! Je devais vraiment avoir perdu la tête pour vouloir mourir avant de voir ma Cardi !

– T'es sûr ?

– Écoute, j'ai demandé à mes parents de voir un psy. Je vais me débrouiller. Et d'ailleurs, ça te ferait pas de mal non plus. On pourrait peut-être trouver ça sur Groupon ?

J'ai ri, mais il n'avait pas tort.

– Pour l'instant, je vais plutôt bien et j'ai aucune envie de rater ça. Et je devrais sans doute aussi présenter mes excuses à Kaia.

– Merde, Kaia !

Il faisait noir : le bal avait commencé depuis une heure au moins déjà. J'ai sorti mon téléphone. J'avais reçu un millier de SMS. Et la plupart en majuscules. Steve a regardé l'écran avant de lever les yeux vers moi.

– Oh oh.

– Ouais.

Alors que j'imaginais Kaia m'écarteler, un cri a interrompu mes visions de cauchemar.

– Cam ?

Je me suis tourné. Un officier avait ouvert les portes de sa fourgonnette pour y faire entrer une brochette d'individus menottés.

– Cam ! On a réussi ! a hurlé Todd, victorieux.

– Félicitations !

– Oh regarde ! C'est sûrement Steve avec lui !

Derrière Todd, Patricia bondissait d'excitation, ignorant les appels exaspérés du policier.

– Patricia ! me suis-je écrié. Tu avais raison, c'est tout à fait *Nos étoiles contraires* ! Ou peut-être plutôt *Un été sur Terre*. Avec une pointe du *Temps d'un automne* ! Bref, t'as compris. C'est complètement une histoire d'amour et de cancer !

Patricia a brandi les poings.

– Je le savais !

Elle est montée dans le véhicule, un immense sourire aux lèvres.

Steve a incliné la tête.

– Est-ce que j'ai vraiment envie de savoir de quoi tu parlais avec ces criminels ?

Je lui ai attrapé le bras pour l'entraîner vers la voiture.

– Non, c'est pas important. L'important, c'est de vous remettre ensemble, Kaia et toi.

20

Kaia était introuvable. Avec Steve, on se frayait un passage dans la salle de bal bondée. On n'avait vu nulle part sa robe jaune à paillettes et elle n'avait répondu à aucun de nos messages.

– Kaia ? ai-je appelé.

– Quelqu'un a vu Kaia ? a ajouté Steve.

Pratiquement tout le lycée était réuni sous les algues en papier crépon, et, à en croire les regards qu'ils décochaient à Steve, Kaia n'avait pas exactement tenu secrètes les raisons de leur séparation. Une vidéo de poisson était projetée sur la piste de danse, où des groupes de gamins se trémoussaient au rythme d'une vieille chanson de funk. Kaia n'était pas parmi eux. J'ai balayé des yeux les tables placées autour de la salle, mais les ballons aux différentes teintes de bleu me cachaient la vue. Ainsi que les mobiles de crabes et de pieuvres en peluche. Les organisateurs n'avaient pas lésiné sur la décoration, ce qui ne nous aidait pas à trouver une jeune fille fluette et certainement furieuse.

Deux joueurs de l'équipe de baseball ont bousculé Steve vers les sirènes grandeur nature en papier mâché, et j'aurais parié qu'ils l'avaient fait exprès. D'un geste de la tête, je lui ai indiqué une direction en criant pour couvrir le hip-hop des années 1990.

– Essayons par là.

On a réussi à contourner la sécurité de Cardi B, grâce au sourire enjôleur de Steve, accompagné d'une remarque bien sentie :

– Vous vous souvenez de moi ? Je suis l'ado qui a un cancer.

Dans les coulisses, on n'a vu que des types hyper impressionnants en chemises noires, mais aucune trace de Kaia. Les roadies de Cardi B s'occupaient des derniers préparatifs pour le spectacle à venir. Steve s'est tout de suite laissé distraire.

– Attends, c'est pour Cardi ? a-t-il demandé à un grand gaillard qui testait les câbles fixés à une balançoire scintillante.

Hochement de tête.

– Elle va faire quoi ? S'asseoir dessus ?

Cette fois, le gars s'est contenté de pousser un petit grognement. Il n'en a pas fallu plus à Steve pour sauter de joie.

– Waouh ! C'est du Cardi tout craché ! Elle va s'envoler dans les airs comme une super-héroïne. Je peux voir ?

– Steve, reste concentré ! ai-je grondé en scrutant la foule derrière le rideau. Je monte sur scène pour la repérer.

Passionné par le dispositif complexe de lanières et de harnais, Steve n'a même pas pris la peine de tourner la tête vers moi.

– Génial, c'est une bonne idée, a-t-il lâché en s'emparant d'un enchevêtrement de tissu noir. Et donc, ça, ça passe sous sa tenue ?

J'ai poussé un soupir et l'ai laissé à son admiration béate. En arrivant sur scène, aveuglé par les projecteurs, je me suis dirigé vers le DJ pour hurler une question à son oreille. Il m'a tendu un micro et a coupé la musique.

Des murmures intrigués se sont élevés de la foule. Quelques lycéens ont crié « Cardi ! Cardi ! Cardi ! », mais ils ont déchanté en me voyant.

– Bonjour tout le monde. Désolé d'interrompre votre soirée.

– On veut Cardi ! a crié un des potes de Steve.

– Cardi sera bientôt là. J'aimerais juste avoir votre attention quelques secondes. Est-ce que quelqu'un a vu Kaia Gonzales ?

– Pourquoi t'es tout le temps en train de chercher Kaia ? a demandé la méga fan de Cardi que j'avais croisée à la fête de Steve.

Pas faux.

– C'est probablement la dernière fois, je vous le promets.

Quand elle entendrait ce que j'avais à lui dire, elle ne m'adresserait sans doute plus jamais la parole.

– Mais, euh… est-ce que quelqu'un l'a vue ? Le conseil des lycéens ? Les organisateurs du bal ? Quelqu'un ?

Plusieurs groupes de lycéens sur la piste ont secoué la tête.

– Bon, mais si quelqu'un la trouve…

– Cardi ! Cardi ! Cardi !

– Si quelqu'un la trouve, pourriez-vous lui dire que Cam Webber a quelque chose à…

– Désolée !

Tout au fond de la salle de bal, j'ai vu Kaia pousser les doubles portes. Quelques mèches s'étaient échappées de son chignon.

– J'aidais des gens à trouver la *quinceañera* des Lopez. Il paraît qu'on me cherche…

Elle s'est figée en me voyant sur la scène.

– Cam. T'étais où ?

Maintenant que je l'avais en face de moi, je ne savais plus quoi dire. Un espace s'était libéré autour d'elle. Sa robe scintillait doucement dans les lumières bleu marine censées imiter l'océan. Elle a levé vers moi des yeux agacés et perdus. Quel dommage, parce que je l'aimais vraiment tellement.

– Je sais, j'étais en retard. Je suis désolé. Mais il faut absolument que je te dise quelque chose.

À cet instant, le DJ a passé du Ed Sheeran, pensant me rendre service.

– C'est pas vrai ! s'est exclamée une fille en mauve. Je croyais pas que les gens faisaient ça dans la vraie vie !

Elle s'est ensuite serrée contre le bras de sa copine.

– Non, c'est pas ça ! ai-je tout de suite crié en agitant les bras. Pas de musique ! Ce n'est pas ce genre de déclaration ! Merci, mais…

La chanson s'est arrêtée.

– Merci.

– C'est ta manière de me dire pardon de m'avoir larguée ce soir ? a demanda Kaia. Si oui, t'as intérêt à te dépêcher, parce qu'on commence à manquer de punch et la table des desserts a besoin…

– OK. OK. Je sais que tu es occupée. Accorde-moi juste… non, en fait… Tu veux bien qu'on le fasse en privé et pas sur scène ? Je suis venu ici pour te chercher, pas pour…

J'ai fait un geste mou vers la foule.

– … me donner en spectacle.

Kaia a croisé les bras.

– J'ai vraiment pas le temps, Cam. J'ai renoncé à mon bal romantique, je ne suis plus qu'une sorte de traiteur, ici.

J'ai fermé les yeux. J'allais devoir parler devant tout le monde. Me redressant, j'ai ouvert les paupières.

– Kaia, la photo que tu as vue de Steve avec une fille, c'était un montage. Je l'ai postée pour que tu penses qu'il te trompait.

– Quoi ?

Elle ne semblait même pas en colère, juste de plus en plus perdue. Le reste de la salle, en revanche, s'était déjà formé une opinion sur moi.

– C'est dégueulasse ! a hurlé quelqu'un vers le fond.

J'ai acquiescé avant de continuer.

– Et ce n'est pas tout. Je voudrais me montrer parfaitement honnête. J'ai décidé de collecter des fonds pour Steve dans le seul but de t'impressionner. Ça n'a jamais été pour Steve. J'ai fait tout ça uniquement dans l'espoir que… tu m'apprécierais plus.

– Oooooh, a lâché la fille en mauve.

– C'est chelou, je trouve, a objecté sa copine.

– Je suis d'accord, c'est tordu, ai-je reconnu. Je ne le comprends que maintenant. Écoute, j'ai fait n'importe quoi. Je sais que je ne mérite pas le titre de « Personnalité de l'année ». Je suis juste un gars médiocre.

Kaia ne m'a pas corrigé. Un silence embarrassé a envahi la salle. Seuls les poissons projetés sur la piste de danse bougeaient encore.

– Donc Steve ne m'a pas trompée ?

– Non.

– Oh, mais alors pourquoi… ? a-t-elle commencé, perplexe.

Quelque part au-dessus de nous, une voix a retenti.

– Attendez, je peux répondre à cette question.

L'assemblée entière a levé la tête pour voir qui avait parlé. Après un cliquetis, dans un bourdonnement métallique, Steve, assis sur la balançoire, est descendu du plafond.

Le DJ, voyant dans cette arrivée l'occasion de se manifester, a remis la chanson d'Ed Sheeran. Il a appuyé sur quelques boutons, baissant les lumières et déversant une cascade de bulles iridescentes dans la salle. Elles ont éclaté doucement sur les joues de Kaia qui restait pétrifiée sur place, le regard rivé sur son ex-petit ami qui se balançait dans l'air, pieds nus dans son smoking chiffonné.

– Steve ?

– Cool, hein ? L'équipe de Cardi m'a laissé essayer.

En bougeant, il a failli glisser mais, au grand soulagement de la foule, s'est rattrapé in extremis.

– Pas de souci, ça craint rien. Et je suis harnaché en plus.

– Steve… qu'est-ce que tu… pourquoi… ?

– Je vais t'expliquer, mais…

Il lui a fait signe d'avancer.

– Approche, OK ? Cam a commencé à parler, mais j'étais déjà attaché et c'est compliqué de tout retirer. Je me suis dit que, tant pis, j'interviendrais comme ça, mais t'es un peu loin.

Comme sonnée par tout ce qui lui arrivait, Kaia a fait quelques pas dans le rideau de bulles. D'un geste, Steve a indiqué aux techniciens dans les coulisses de continuer à descendre la balançoire.

– Je suis désolé de t'avoir menti, Kaia. J'ai admis que je t'avais trompée parce que…

La balançoire s'est immobilisée brusquement et Steve a été propulsé en avant, dans un concert d'exclamations affolées. Il a essayé d'attraper les câbles, sans succès, et a basculé en avant. À plus de deux mètres de la scène, il est resté suspendu par le harnais.

– Steve ! a hurlé Kaia.

Je me suis élancé vers lui, mais Steve m'a fait signe de ne pas intervenir.

– Pas de problème. Euh, Kaia, attends juste une seconde que j'arrête de tourner sur moi-même.

– Euh, oui, d'accord.

Elle a patienté le temps que la rotation cesse. Un océan de bulles s'étalait entre Steve et elle. Kaia a essayé de les écarter et Steve de les faire éclater avec ses pieds.

– Tellement de bulles, a-t-il commenté.

– Ça va avec le thème de l'océan, a expliqué Kaia.

– Bien sûr, je comprends.

La tempête de bulles a fini par se calmer et ils ont enfin pu se voir.

– T'as fait un sacré boulot ! J'adore…

Il a cherché des yeux un détail spécifique.

– … les algues.

– Merci, a répondu Kaia avec un sourire gêné.

Enfin droit, il a tendu le bras vers l'assise de la balançoire, mais sans parvenir à l'atteindre. Il a jeté un regard vers les coulisses.

– On est coincés ?

Un technicien a haussé les épaules.

– Bon, je vais le faire ici, alors.

Il a remué dans son harnais pour trouver une position confortable et a jeté un regard désolé vers Kaia.

– Je suis désolé de t'avoir menti ce matin. J'ai profité de la ruse de Cam pour que t'aies pas à supporter mes galères. Je sais, c'est bête et égoïste. Mais j'ai paniqué. Parce que…

Il a marqué une pause. Toute la salle était suspendue à ses lèvres. J'ai croisé le regard de Steve et j'y ai lu de la peur, mais il a continué tout de même.

– J'ai reçu les résultats de mes examens, et… le cancer ne recule pas.

Une lamentation a traversé la foule.

– Quoi ?

– Oui, apparemment, je vais être plus malade encore. Beaucoup plus. Et ça risque de pas être beau à voir.

– Oh non, Steve…

Kaia a levé les bras vers lui. Leurs doigts se sont frôlés. Elle avait les larmes aux yeux. Et sentant la tension dans l'air, Steve a décidé d'alléger l'atmosphère.

– Tu peux dire au revoir à ce canon que t'as sous les yeux, a-t-il plaisanté, mais sans son arrogance habituelle.

Kaia a ravalé un sanglot.

– J'avais honte, a-t-il continué, sincère. Je voulais pas que tu me voies comme ça : faible, diminué, mourant peut-être. Alors, je t'ai repoussée. J'ai préféré rompre avec toi que t'avouer la vérité. C'est de la lâcheté, je sais. Et pourtant, je voudrais te demander quelque chose.

Toute la salle s'est figée. Les garçons posaient leurs verres, les filles serraient les poings, pleines d'espoir. Les couples se rapprochaient. Kaia a essuyé une larme sur sa joue.

– Je suis toujours terrorisé, Kaia. Mais je n'ai plus peur que tu me voies faible.

Il a souri, vulnérable et honnête, avant de faire un geste vers le harnais.

– Donc si j'arrive un jour à me dépêtrer de ce machin-là, j'aimerais te demander…

– Arrête, Steve, l'a interrompu Kaia en inspirant profondément.

La foule a laissé échapper un murmure d'excitation. Tout le monde sentait combien elle avait envie de se jeter dans ses bras.

– Saute et embrasse-le ! a crié la fille en mauve, et les autres l'ont applaudie.

– Vous êtes sûrs que personne ne peut me descendre ? a demandé Steve. Parce que je suis sûr que debout sur mes pieds, j'arriverais bien mieux à me réconcilier avec ma petite amie.

– Steve…, a répété Kaia.

– Quoi ? a lâché Steve, posant ses yeux de nouveau sur elle, prêt à lui donner tout ce qu'elle demanderait.

– Steve… je ne t'aime pas.

Mais qu'est-ce qu'elle racontait ?

Les lycéens ont laissé échapper des « ohhhhhhh » et des « heiiiiinnnn ? »

– Elle a dit qu'elle ne l'aimait pas ? ai-je demandé tout haut, persuadé que j'avais mal entendu.

– Oh, merci mon Dieu ! s'est écrié Steve, visiblement soulagé.

Le câble est alors descendu brusquement et s'est arrêté à quelques centimètres à peine de la scène.

– Quelqu'un peut venir l'aider, oui ? s'est agacée Kaia.

– Je vais bien, a assuré Steve en brandissant les pouces vers les techniciens dans les coulisses.

En tremblant, il s'est redressé et a découvert que ses pieds ne touchaient toujours pas le sol.

J'ai traversé la scène. Ça devenait vraiment trop humiliant.

– Éteignez la musique, s'il vous plaît, a ordonné Kaia, en balayant de la main une nouvelle salve de bulles, avant d'aider Steve à se stabiliser. C'est dingue, quand même ! s'est-elle énervée en défaisant la boucle du harnais.

Une vague d'indignation a secoué la foule. J'ai cru entendre plusieurs sifflets. En avaient-ils après Kaia ?

– Attends ! Non ! ai-je crié en me précipitant vers le centre de la scène. Écoute-le jusqu'au bout, Kaia !

Elle devait le laisser lui dire qu'il l'aimait.

– Steve..., l'ai-je imploré.

– Cam, ça suffit..., a-t-il répliqué en repoussant Kaia qui essayait de le libérer.

– Est-ce que quelqu'un peut éteindre la machine à bulles, aussi ? a demandé Kaia en direction des coulisses.

– Mais vous deux... vous devez...

J'ai pris Steve par la main pour l'attirer vers Kaia, en le guidant entre les câbles. La foule a lancé une exclamation enthousiaste. Kaia s'est immobilisée et j'ai poussé Steve, sans doute un peu trop fort, parce que, quand elle s'est écartée, il a continué sa route.

Les lycéens se sont indignés et un type dans le fond a crié :

– Sérieux, tu romps vraiment avec un gars qui a un cancer ?

J'ai entendu quelqu'un ajouter « salope ».

– Je vais bien ! est intervenu Steve, qui avait réussi à s'immobiliser au bord de la scène. Vraiment ! Je ne suis pas triste.

Comment pouvait-il dire une chose pareille ? C'était Kaia ! Si elle m'avait rejeté, je serais au fond du trou. Dévasté. Perdu à jamais. Mais Steve avait l'air serein.

– Franchement, un cancer, c'est pas rien. Je ne pense pas avoir l'énergie suffisante pour me lancer dans une relation en plus de tout ça, a-t-il déclaré. Et de toute façon, on n'a rien en commun.

Plus personne ne l'écoutait. Les sifflets ont pris de l'ampleur. Kaia a contemplé l'assemblée, comme si elle regardait au fond de son propre trou noir. Steve s'est placé devant elle pour la protéger des huées furieuses. Elle l'a contourné et a avancé vers les spectateurs.

– C'est moi que vous sifflez ?

En réponse, ils ont redoublé d'agressivité. Elle a plissé les yeux et fait un nouveau pas sur la scène.

– Sérieusement ?

Tout son corps tremblait, elle avait le visage écarlate.

– Les responsables de l'album du lycée ? a-t-elle demandé à un groupe, avant de se tourner vers un autre. Le conseil des lycéens ? Et le comité du bal de fin d'année !

Sa colère grossissait et soudain quelque chose en elle s'est brisé.

– Bande de connards…

Bouillonnante de rage, elle m'a bousculé pour descendre les marches.

– Arrêtez de siffler, dégénérés ! a-t-elle ajouté en se frayant un chemin dans la foule.

– Surveillez votre langage ! a grondé M. Holmes, notre principal, mais Kaia lui a décoché un regard noir et il s'est ratatiné.

Brusquement, le silence est retombé.

– J'en ai trop marre de vous tous !

Elle s'est approchée des responsables de notre album annuel.

– Quoi ? Vous voulez que je fasse aussi ça pour vous ? a-t-elle interrogé avec aplomb. Hein ?

Les lycéens devant elle se sont recroquevillés et tournés, gênés, vers le reste de la foule.

– Que je sorte avec un type que je n'aime pas vraiment ?

Les gens se sont écartés autour d'elle.

– J'allais le quitter ! Il m'a invitée au bal et j'ai essayé de me convaincre que je l'aimais parce que j'étais trop embarrassée de dire non en public. Bien sûr, ça m'a énervée qu'il me trompe, mais ça m'a avant tout soulagée. Mais OK, obligez-moi à sortir avec un gars que je n'aime pas parce qu'il est descendu sur une balançoire et qu'il a un cancer. Et que ça vous fait tous craquer ! Je dois rester avec lui combien de temps ? Un soir ? Quelques semaines ? Pour toujours ? Qu'est-ce qui te ferait plaisir ? a-t-elle crié au visage de celui qui l'avait insultée.

Elle a violemment frappé la table, avec le plat de la main.

Tout le monde s'est figé.

– Et si je l'épousais ? Pourquoi pas ? Je fais déjà tout ce que vous me demandez, espèces de connards !

Elle est revenue vers la scène.

– Le conseil des lycéens ! Le club de débats ! Les organisateurs du bal de fin d'année ! Les féministes pour le tricot ! Vous pensez que j'aime faire tout ça ?! Recevoir vos messages en pleine nuit ?

Elle a pris une voix mielleuse.

– On a besoin du poster pour demain, Kaia. Tu peux nous l'apporter ?

Et tout à coup, elle s'est remise à aboyer.

– Allez vous chercher vos merdes vous-mêmes ! Mâchez-le vous-mêmes le papier, pour vos foutues sirènes ! J'en ai ma claque !

Furieuse, elle a renversé une sirène grandeur nature.

Autour de la scène, les lycéens ont reculé, effrayés.

– Allez-y, détestez-moi autant que vous voulez ! Et devinez quoi ? a-t-elle hurlé en arrachant sa queue à une autre sirène. J'en ai rien à faire de ce que peut penser une bande de gosses débiles. Je me casse, a-t-elle conclu en donnant un coup de poing à la pauvre sirène.

Quand la tête est tombée, l'assemblée a poussé un cri d'effroi.

– Allez vous faire foooooouuuuuuutrrrrre !

Elle est sortie de la salle.

– Waouh ! me suis-je écrié. Carrément sexy.

À côté de moi, j'ai entendu Steve rire, ses pieds se balançant encore à quelques centimètres du sol.

– Elle t'excite, hein ?

J'ai rougi, réalisant que je l'avais dit à voix haute.

*

* *

Steve et moi, on est sortis sur la terrasse au carrelage orange qui surplombait l'océan. Les techniciens avaient fini par réussir à le libérer du harnais. On a décidé que c'était plus sûr de partir ensemble à la recherche de Kaia et on l'a trouvée, appuyée sur la balustrade, le vent soulevant sa robe. Elle fixait le large d'un regard mauvais, comme si elle lui en voulait aussi.

– On s'en souviendra, de ce bal, a commenté Steve.

Kaia s'est tournée en reniflant, s'essuyant le nez du dos de la main.

– Ça va ? ai-je demandé.

– Oui, mais j'ai encore envie d'assassiner quelqu'un. Sinon ça va.

Elle a posé rapidement les yeux sur Steve.

– Je suis désolée, a-t-elle dit en baissant la tête.

– Pas la peine, a assuré Steve. Tout ce que je veux, c'est qu'on me traite comme si j'avais pas un cancer. Et si ça inclut que je me fasse larguer en public, alors ça me va. C'est même un soulagement. Tu me fais un peu peur, en vrai.

– Merci, a lancé Kaia en riant.

Steve s'est penché vers moi pour murmurer à mon oreille :

– Mais il y a des gars que ça excite, la colère.

Il m'a donné un coup dans les côtes. J'ai ouvert grand les yeux et légèrement secoué la tête. Ce n'était clairement pas le moment. Comment pouvait-il… ?

– Kaia, on peut t'apporter quelque chose pour réparer tes cordes vocales ? Un peu de punch peut-être ? a-t-il proposé gentiment en me prenant par le coude.

J'ai essayé de me dégager.

– Avec plaisir, a accepté Kaia avant de se retourner vers l'océan.

Steve m'a attiré vers une table sur laquelle attendait un saladier de punch à moitié entamé et des gobelets en plastique recyclable (Kaia).

– Mec, c'est l'occasion. Saisis-la.

– T'es malade, ai-je murmuré en criant presque. Je vais pas lui demander de sortir avec moi maintenant. Elle vient de rompre avec toi !

Steve a rempli un deuxième verre.

– Cam. Camarindo. Cam, mon pote. Elle t'a embrassé. Deux fois. Sa colère était hyper sexy. Et elle a passé tellement de temps avec toi. Même quand elle sortait avec moi, elle parlait de toi non-stop. Cette choré que t'as faite. Sérieux, elle n'arrêtait pas de me bassiner avec toi. Et franchement, je voulais pas le reconnaître au mini-golf, mais… tu avais raison. Elle sera mieux avec toi.

J'ai dévisagé Steve, mort d'envie de le croire.

– Quelle importance ? Je peux pas le lui proposer maintenant. Elle sait tout ce que j'ai fait et elle a dit qu'elle voulait assassiner quelqu'un. Tu as vu ce qu'elle a fait aux sirènes !

– Et alors ? Tu as passé des mois à réfléchir au bon moment et regarde ce qui s'est passé.

J'ai grimacé. Bon sang, il avait raison. Steve m'a secoué gentiment.

– Et t'as réussi à survivre au requin, alors tu risques plus rien.

Il m'a tendu les deux gobelets et m'a poussé vers Kaia.

Veillant à ne pas m'éclabousser avec le liquide rose à chaque pas, je suis reparti vers elle, prêt à voir ressurgir toutes les affreuses sensations. Mais rien. Pas d'estomac qui se tord, pas de jambes qui chancellent, pas de poitrine qui se serre et aucune difficulté à respirer. Pourquoi ?

Je me suis approché de Kaia. Elle avait dû se ravitailler à la table des victuailles, parce qu'elle dévorait rageusement une part de gâteau. J'ai essayé de ne pas le voir comme un signe.

– Tiens.

– Merci, a-t-elle répondu en posant le verre sur la balustrade.

Nerveux, j'ai noyé mon regard dans l'océan. Mais ce n'était pas comme les autres fois où j'avais été sur le point de l'inviter à sortir avec moi. Avant, je m'imaginais tomber dans un vide abyssal. Un anéantissement total. Mais là…

J'ai jeté un rapide coup d'œil par-dessus mon épaule. De l'autre côté de la terrasse, Steve donnait des miettes de gâteau à une mouette.

C'était peut-être ça, la différence.

Steve.

– Que ce soit clair entre nous, ai-je lancé en direction de Kaia. Je sais que le moment ne pourrait pas être plus mal choisi.

Elle n'a même pas levé la tête de son gâteau.

– Quoi ?

– Tu as tout entendu de ce que j'ai dit sur scène...

– Ouais.

Avec sa fourchette, elle a broyé ce qui restait de la part de gâteau.

– Sur une échelle de un à dix, à combien tu estimes être en colère contre moi ?

– Onze.

La fourchette a crissé sur l'assiette.

Peut-être attendre une heure ou deux aurait été plus judicieux. L'image de la sirène décapitée s'est affichée dans mon esprit.

– D'accord. Je l'ai peut-être pas dit très clairement, mais je suis vraiment désolé pour tout ça. Je suis complètement navré. Et euh, je voudrais juste...

– Je m'en remettrai, m'a-t-elle interrompu.

Elle a mis de côté le gâteau mutilé.

– Même si ça partait pas de bonnes intentions, tu as réussi à collecter dans les trente-mille dollars pour Steve.

Et on formait une sacrée bonne équipe pendant un moment. Tu m'as jamais demandé d'aller chercher un poster à minuit, toi.

En soupirant, elle m'a regardé.

– Oh, et t'as entendu ce qui est arrivé au parc aquatique ? a-t-elle demandé en ouvrant de grands yeux. Dingue, hein ?

– Oh, euh…

J'ai jeté un nouveau coup d'œil à Steve. Il avait réuni autour de lui une armée de mouettes. Il semblait un peu inquiet.

– Dingue, oui.

– Et… j'ai fait… de belles conneries, moi aussi.

Kaia a arraché un strass de sa robe.

– Pas aussi belles que les tiennes, a-t-elle précisé. Mais j'aurais pas dû t'embrasser pour me venger de Steve. C'était pas sympa.

– Oh non, j'ai trouvé ça bien, moi.

Elle a détourné le regard en se mordant la lèvre.

C'était le moment.

– Kaia, j'aurais dû te le demander depuis longtemps, mais je l'ai pas fait et je…

Ma voix chevrotait. Pourquoi ? J'ai tenté de parler moins fort.

– J'aimerais savoir.

– Quoi ?

Je me suis raclé la gorge.

– Après le bal, peut-être demain, ou la semaine prochaine, tu sais, enfin quand tu voudras… sortir avec moi. Pas juste comme des copains. Mais ce serait un vrai rendez-vous. Tu vois ?

Ça y est. C'était sorti. L'espace d'un instant, j'ai oublié où j'étais. Juste quelque part dans un monde où j'avais enfin parlé à Kaia et où je volais. Je me suis alors rendu compte qu'elle me dévisageait. Quelques boucles échappées de son chignon lui caressaient le visage et le clair de lune l'enveloppait d'une lumière argentée parfaite, rendant son regard tendre et chaleureux. Elle a poussé un soupir si près de moi que j'ai senti son souffle dans mon cou. Ça se passait mieux que dans mes rêves. C'était…

– Non.

Derrière moi, j'ai entendu Steve lâcher son assiette.

– Bordel ! Désolé, mec.

Il s'est précipité vers moi avec une nuée de mouettes.

– Pardon, j'ai carrément mal interprété les signes.

Kaia parlait encore, ses yeux débordant de sincérité, mais je ne l'entendais plus.

Le pire était arrivé.

Kaia Gonzales venait de me rejeter. Comme je l'avais toujours craint.

J'ai attendu que les ténèbres m'engloutissent.

Le gouffre abyssal.

Il arrivait…

21

Et… rien.

Pas de gouffre.

Pas d'anéantissement. Juste Kaia, qui parlait toujours.

– Cam, si tu me l'avais proposé avant tout ça, j'aurais probablement accepté, mais pour les mauvaises raisons.

Où étaient les ténèbres ?

– J'aurais accepté pour ne pas te blesser.

Où était la destruction ?

– C'est mon problème. Je fais tellement attention à ne pas froisser les gens que je ne pense plus à moi. Mais il faut que j'arrête de ne vouloir exister que pour les autres, même si on me déteste.

Pourquoi ne m'étais-je pas pulvérisé en mille morceaux ?

– Cam, merci de m'avoir proposé de sortir avec toi. Mais je voudrais qu'on soit juste amis.

Mon absence de réaction l'a déstabilisée.

– Cam ?

– Donne-lui une minute, a retenti la voix de Steve. Tu viens de le détruire.

– Je ne suis pas détruit, ai-je objecté, plus pour moi que pour eux. Je vais bien.

Et c'était vrai.

– Je sais que ce n'était pas ce que tu aurais aimé entendre, a lancé Kaia.

– En effet.

Elle était très loin de la vérité, mais je ne regrettais pas de lui avoir demandé. J'étais soulagé, même s'il me faudrait un bon stock de mouchoirs et quelques litres de glace à la fraise pour m'en remettre. J'ai tout de même tendu la main.

– Amis ?

Kaia s'est détendue. Elle m'a adressé un sourire timide auquel j'ai immédiatement répondu.

– Bons amis, a-t-elle répliqué.

Steve est venu poser sa main au-dessus des nôtres.

– Et plus si affinités ? a-t-il demandé.

– Non ! a-t-on crié, Kaia et moi, en nous dégageant brusquement.

Steve a éclaté de rire.

À travers la porte ouverte de la salle de bal, le DJ a vociféré :

– Et maintenant, celle que vous attendez tous ! Cardi Biiiiiiiiiii !

Une exclamation tonitruante a fait trembler les vitres.

Steve a fait un geste de la tête.

– Ils jouent notre chanson.

– C'est plutôt votre chanson, ai-je corrigé, sceptique.

Steve a entouré de ses bras mes épaules et celles de Kaia pour nous rapprocher l'un de l'autre.

– *Notre* chanson, a-t-il répété.

– Votre chanson.

– La nôtre.

– Non, ai-je insisté, un sourire aux lèvres.

– Quelle importance ? a grogné Kaia. On danse ?

Ensemble, on est retournés dans les lumières éblouissantes de la salle.

*

* *

– T'es une légende, m'a dit un gars que je ne connaissais pas, en quittant la fête.

Les dernières heures s'étaient déroulées au rythme d'un train lancé à grande vitesse. Cardi m'a invité à danser, Steve a pris le micro pour chanter *Drip* en duo avec elle. Et enfin, les invités des Lopez lassés de leur fête d'anniversaire ont débarqué chez nous. La folie totale.

À présent, j'étais l'un des derniers dans la salle. Je n'aurais jamais cru rester jusqu'à la fin du bal, mais je ne supportais pas de voir la soirée se terminer. J'ai regardé les techniciens de Cardi B ranger leur matériel. Les employés de l'hôtel ont nettoyé les dégâts des lycéens et des copains de la petite Lopez. Avec ses potes, Steve jouait à celui qui éclaterait le plus de ballons. Après sa prise de parole en public, ils avaient été sympa avec lui. Joli progrès.

Quelques membres du comité d'organisation récupéraient la vaisselle recyclable. J'étais content de voir que Kaia ne leur avait pas proposé de les aider, même si, dans sa précipitation, elle ne m'avait pas dit au revoir. J'étais déçu, bien sûr, mais après la soirée qu'elle avait vécue, je pouvais comprendre qu'elle ait eu envie de rentrer dormir.

Ma mère m'a écrit : Tu as réussi à tout arranger ? 😉

Ça semblait ridicule, maintenant. Tout était arrangé, oui, mais pas comme je l'aurais voulu. Je lui ai répondu avec un pouce levé et un feu d'artifice et je lui ai dit que je n'allais pas tarder. Quand j'ai levé les yeux, Steve n'était plus là. Il avait dû partir avec ses copains.

J'ai jeté un dernier regard à la salle. À vrai dire, j'étais un peu triste de m'en aller tout seul. Mais je refusais de m'apitoyer sur mon sort. J'étais une légende, tout de même.

Soudain, on m'a attrapé par-derrière.

– Qu'est-ce que… ?

Quand je me suis tourné, j'ai vu le grand sourire coquin de Kaia.

– Où est Steve ? a-t-elle demandé.

– Je croyais que tu étais partie…

– Où est Steve ?

– Je… j'en sais rien. Il était encore là il y a quelques minutes.

– Viens, a-t-elle lancé en me prenant par la main.

En remontant sa robe, elle m'a entraîné dans le couloir en hurlant :

– Steve ! Steve !

Contaminé par son enthousiasme, je me suis mis à crier comme elle sans trop savoir pourquoi.

Deux techniciens poussaient un chariot et Kaia s'est arrêtée pour les interroger.

– Vous avez vu Steve ?

– Qui ?

– Peu importe, a-t-elle lâché en reprenant sa course.

Dans le hall, elle a posé la même question aux lycéens qui s'attardaient encore dans le coin. Un copain de Steve nous a alors entendus.

– Vous cherchez Steve, les mecs ?

– Comment t'as deviné ? a ironisé Kaia, complètement surexcitée.

– Un des types qui travaillent avec Cardi a dit à Steve qu'elle voulait lui donner quelque chose. Je pense qu'il est dans son camion loge.

– On y va ! a ordonné Kaia en désignant le parking.

– Qu'est-ce que tu fais, Kaia ?

– Attends, tu verras.

On a passé les portes automatiques pour trouver le camion loge de Cardi garé juste devant et Steve qui en descendait. Il portait une casquette dorée qu'elle lui avait dédicacée. Sa joue était couverte de rouge à lèvres et il souriait béatement.

– Elle est trooooop sympa ! a-t-il lâché, visiblement heureux. Ça valait la peine d'avoir un cancer !

Il m'a tapé dans la main avant de se pencher vers moi.

– Tu devrais essayer aussi, Cam.

– Quand je pense que je suis sortie avec toi, a commenté Kaia, mi-amusée, mi-exaspérée.

– T'as pas des posters à aller chercher, toi ? l'a-t-il taquinée.

Elle lui a mis un coup de coude dans le bras en souriant.

– Des affaires de la plus haute importance nous attendent, messieurs. Suivez-moi à la plage !

– La plage ?

Sans prendre la peine de me répondre, elle s'est élancée. J'ai jeté un regard perplexe à Steve. Il a juste haussé les épaules et répété :

– La plage !

Et il a couru pour la rattraper.

*
* *

Kaia avait abandonné ses chaussures sur le sable. J'ai également retiré les miennes pendant que Steve continuait à avancer, ses Nike étant déjà au fond de l'océan. De loin, je l'ai vue se précipiter dans la direction des vagues. J'espérais que ça n'avait rien à voir avec le requin. Sa libération inattendue l'avait peut-être complètement déboussolée. Mais Kaia semblait bien trop heureuse, le requin n'avait pas pu s'échouer sur le sable. Peut-être, alors, qu'il bondissait au-dessus de la surface de l'eau, comme les dauphins ? Tout était possible à cet instant.

Quand elle a enfin atteint le bord de l'eau, elle est tombée à genoux. Steve s'est écroulé sur sa droite et moi, à gauche. Elle a ouvert son sac.

– Tu nous as apporté de la weed ? a demandé Steve, impatient.

– Mieux que ça, a répondu Kaia en souriant.

– Qu'est-ce qui pourrait…

– Du miel d'oranger cent pour cent pur de la ferme de la ruche ! s'est-elle exclamée en brandissant le pot.

– Non ! s'est étonné Steve.

– Où est-ce que tu t'es procuré ça ?

– Dans la boutique de l'hôtel. Vous en avez dit tellement de bien que je devais absolument le goûter.

– Mais elle était fermée, ai-je bredouillé.

– J'ai battu des cils.

– Bien joué, ma belle ! a complimenté Steve.

– Et quand ils ont refusé d'ouvrir, je me suis mise en colère.

Steve a éclaté de rire.

– T'es vraiment badass, toi !

– Et tu sais de quoi tu parles, a-t-elle confirmé en ouvrant le pot.

Quand Steve a approché la main pour y enfoncer le doigt, elle l'a arrêté.

– Les dames d'abord, jeune homme.

Elle en a pris une belle quantité et on l'a regardée savourer. Avec Steve, on a échangé un regard impatient. Et comme on l'avait espéré :

– Bordel, les gars ! C'est quoi ce délice ?

Steve a plongé le doigt dans le bocal.

– Du vomi d'abeille.

– Du double vomi, l'ai-je corrigé.

– Vous êtes dégueu, les gars.

Le miel a explosé dans ma bouche et j'ai senti un déferlement de plaisir envahir tout mon corps. C'était plus incroyable encore que la première fois. Était-ce juste cette marque ? Ou alors c'était moi ? Je n'aurais su dire, mais la béatitude s'est répandue jusque dans mes jambes, mon ventre, ma poitrine.

À tour de rôle, on a trempé les doigts dans cette perfection de la nature. La lune se reflétait sur l'océan qui venait lécher le sable à nos pieds.

– Eh, Cam, tu penses que ton requin est là, en train de tuer des enfants innocents, maintenant que tu l'as libéré ? a demandé Steve.

– Non. Il est pescétarien, ai-je répliqué, fier de moi.

Kaia m'a tapé dans la main et Steve a ri.

– Tu vas trop vite pour moi, camarade.

On a tout sifflé et on est restés un moment à savourer notre plaisir.

Steve a soupiré.

Kaia a soupiré.

Et moi aussi.

Kaia a alors jeté le bocal vide derrière elle et, à notre grande surprise, a passé les bras autour de nos épaules.

– Promettez-moi qu'on refera ça après notre prochain bal, même si on sort avec quelqu'un d'autre.

– Promis, avons-nous répondu en même temps.

Avec tout ce que Steve aurait à traverser, penser à l'année d'après était réconfortant. On serait toujours là pour lui. Et lui pour nous. Même si le niveau des océans continuait à monter, que les barrières de corail mouraient, et que les forêts brûlaient.

Je savais qu'à partir de ce jour, je n'aurais plus besoin de chercher chez les autres la confirmation que j'étais un gars bien.

Remerciements

Écrire des livres est une joie et un privilège, c'est pourquoi nous tenons à remercier tous ceux qui nous permettent de passer notre vie au café.

Brianne Johnson, une agente extraordinaire et une personne avec laquelle nous avons toujours un grand plaisir à boire un verre (dommage qu'on ne vive pas sur la même côte), merci de nous soutenir quoi qu'il arrive, de nous encourager et de rire à nos plaisanteries. Alexandra Levick, Cecilia de la Campa et toute l'équipe de Writers House, merci d'avoir permis aux aventures de Cam, Steve et Kaia de voir le jour.

À la tenace Mary Pender et à tous les membres de l'UTA, merci d'avoir cru à notre histoire.

Hannah Ozer et Ben Neumann, merci pour votre investissement et votre soutien.

Alyson Day, notre merveilleuse et infatigable éditrice, merci pour tes conseils et ton aide. Grâce à toi, on a réussi à approfondir le récit de nos personnages. Megan Ilnitzki et le reste de Harper Teen, merci pour toutes vos heures de travail. Sans vous, on n'aurait jamais su jusqu'où on pouvait parler de Cardi pour rester dans un cadre légal. Joel Tippie et Estudia Santa Rita, merci pour cette magnifique couverture, merci d'avoir donné un visage à notre roman. Ce n'est pas facile d'avoir un triangle amoureux sur fond de cancer avec un requin sur la même image.

Et maintenant, place aux remerciements privés !

C'est Jenni. Merci de tout mon cœur à Warren, Clark et Calvin. Je vous aime tellement les gars. Vous êtes la meilleure famille dont on puisse rêver. Clark et Calvin, désolée encore d'avoir écrit un livre sans dessin que vous n'avez pas le droit de lire. Un jour, c'est promis.

Ted, merci d'avoir écrit avec moi et ajouté des idées comme « Et si on avait un requin en plus ? » Même si avoir un partenaire d'écriture ne divise pas le travail par deux, ça le rend vraiment plus amusant.

Enfin, je voudrais exprimer tout mon amour à ma maman, une survivante du cancer du sein, à mon beau-père, Keith, un survivant du cancer du côlon, et à mon amie Maggie, guérie du cancer du poumon stade 4 (c'est même sur sa carte de visite professionnelle).

À bas le cancer !

OK, c'est Ted, maintenant, et j'aimerais également adresser toute ma reconnaissance à des personnes spéciales. Tout d'abord, ma femme Kirsten. Je ne pourrais imaginer une meilleure partenaire. Je pourrais l'écouter hurler sur les infos toute la nuit. Je remercie aussi mes deux merveilleux enfants, Andrew et Ione. Ils sont la lumière de ma vie. J'ai hâte qu'ils soient en âge de lire ce livre et de me dire que c'est trop grossier.

Et je voudrais remercier Jenni, à mon tour. Je serais déçu si tes idées ne commençaient pas par « Et si on avait un requin ? » Je suis impatient de connaître tes dernières trouvailles !

Ma mère (Bubby) et mon père (Pop) méritent également ma gratitude sans borne pour l'amour et le soutien qu'ils m'ont toujours témoignés. Attention, ils ne sont en rien comme les parents dans ce livre, même s'ils ont traversé des épreuves semblables.

Quand j'avais douze ans, mon frère est mort d'un lymphome. En le regardant lutter contre la maladie, il était très clair qu'il faisait tout pour se montrer fort. Parler de lui maintenant n'est pas suffisant pour lui rendre hommage. Il mériterait tellement plus que ce livre. Mais je sais qu'il veille sur moi. J'espère l'avoir fait rire une ou deux fois, mais, plus important, j'espère qu'il sent qu'on ne l'oubliera jamais.

Découvrez un extrait d'un autre roman de
Jenni Hendriks et Ted Caplan

MISSOURI
1627 →

Kilomètre 6

On patiente au feu rouge. Bailey a allumé l'autoradio et chante à tue-tête sur la musique hargneuse qui se déverse des haut-parleurs et fait trembler les vitres de la Chevrolet. Un panneau signale l'entrée de l'autoroute devant nous. Affalée sur mon siège, je fixe le ruban d'asphalte qui disparaît dans le lointain. D'un instant à l'autre, nous allons traverser l'État en filant comme le vent, incognito.

– On pourrait être un peu plus discrètes, s'il te plaît ?

Pour toute réponse, Bailey monte encore le volume.

– Génial. Merci.

Je jette un coup d'œil par la fenêtre. Par chance, aucune autre voiture n'est arrêtée au feu. La salle du restaurant à l'angle de la rue est quasiment déserte. Un client solitaire est assis dans un box, devant un banana split. Il a l'air malheureux. On dirait Kevin.

C'est Kevin !

– Éteins la musique ! Vite !

Je tends la main vers le bouton, mais Bailey intercepte mon geste.

– Pas question. C'est juste le moment où ça commence à déchirer.

– Éteins !

Trop tard. Je sens qu'il m'a vue. Je me retourne, pleine d'appréhension. Kevin fixe la El Camino, bouche bée, la cuillère suspendue à mi-chemin entre la coupe et ses lèvres. La glace coule lentement. Il articule mon prénom.

– Démarre, je t'en supplie.

– Du calme, Juno. Je ne peux pas. Le feu est rouge.

– Depuis quand tu respectes la loi ?

Dans le restaurant, Kevin lâche sa cuillère et se lève en abandonnant sa glace.

– Je ne grille pas les feux. On ne sait jamais. Il y a peut-être un flic dans les parages.

Kevin sort du restaurant. Je m'affole :

– C'est Kevin ! Il vient par ici !

Bailey se retourne et le voit foncer vers nous.

– La vache ! Il court vite, ce blaireau !

Je verrouille frénétiquement les portières et je mens :

– Il ne sait pas que je suis enceinte.

Bailey reporte son attention sur moi.

– Sans blague !

– Veronica ! Qu'est-ce que tu fais ? crie Kevin lorsqu'il arrive à portée de voix.

Voyant qui est au volant, il bredouille :

– C-c'est… Bailey Butler ?

Il s'arrête, perplexe, essayant de comprendre pourquoi je suis assise à côté de Bailey dans une El Camino, à l'entrée d'une bretelle d'autoroute. Sur ces entrefaites, le feu passe au vert.

– Fonce !

Bailey enfonce l'accélérateur et démarre dans un crissement de pneus. Je regarde Kevin rétrécir dans le rétroviseur. Au moment où on passe sous le panneau « Autoroute 63 sud », mon téléphone bipe.

Kevin : Où tu vas ?

J'efface son texto avec des doigts tremblants, puis je bloque son numéro. Bailey lorgne l'écran.

– Laisse-moi deviner. Tu as peur qu'il te largue s'il découvre le pot aux roses ?

– Ouais. C'est con, hein ?

– Moins con que de sortir avec lui.

– Tu le détestes parce qu'il est populaire.

– Tu délires.

– Je ne délire pas ! Il m'aime. En seconde, il m'a proposé de sortir avec lui tous les jours pendant un mois avant que j'accepte. Il m'envoyait des petits mots adorables. Un soir, il est carrément venu sous ma fenêtre.

– Ça s'appelle du harcèlement.

– C'était hyper romantique !

Je ne sais pas pourquoi je défends Kevin, alors que j'ai toujours envie de l'enfermer dans la chambre froide du restaurant. Probablement à cause de l'air suffisant de Bailey.

– Pour moi, ton Roméo devrait faire l'objet d'une injonction restrictive, insiste-t-elle.

– Il est fou de moi.

– Fou, ouais. Un vrai psychopathe.

– OK, laisse tomber.

Je croise les bras en soupirant.

– C'était juste la première fois que quelqu'un se donnait autant de mal pour me séduire. Tu comprends ?

Une drôle d'expression traverse le visage de Bailey. Puis elle s'applique à le rendre inexpressif.

– Non.

Nous roulons pendant quelque temps en silence. Mais comme d'habitude, Bailey est incapable d'abandonner.

– Il avait vraiment l'air de vouloir te parler, tout à l'heure.

Je ne peux pas lui avouer la vérité. C'est trop humiliant. Il faut vraiment être idiote pour tomber amoureuse d'un mec capable de faire un truc pareil. Et je ne suis pas censée être idiote. Je suis la meilleure élève du lycée, maintenant qu'Hannah est hors concours. Alors, que doit-on en conclure ? En plus, je n'ai pas envie d'entendre Bailey me répéter « je te l'avais bien dit » pendant des milliers de kilomètres.

Elle paraît sceptique.

– Tu ne m'as pas tout dit, peut-être ?

– Je te paye pour me conduire, pas pour m'interroger.

– Oh là là ! Susceptible, en plus ! Très bien. Revenons à nos affaires. On la met en gage où la bague de Mamie ?

– Ah… Je pensais qu'on ferait ça à Albuquerque.

– Pas question ! Imagine que Papi soit un gros radin et qu'il l'ait trouvée dans une tirette à chewing-gum ? Je n'attends pas le Nouveau-Mexique pour savoir si je vais être payée. Ça ne marche pas comme ça, cette histoire de chauffeur.

Je grommelle :

– Tu n'es pas mon chauffeur.

– D'accord, Milady. Comme vous voudrez, Milady, lâche-t-elle avec un accent britannique épouvantable.

Je prends mon téléphone et je lance une recherche, avant de conclure :

– Tu vas devoir attendre Jefferson City.

Kilomètre 51

Je suis déjà venue dans cette ville avec mes parents, mais pas dans ce quartier. Les lampadaires sont rares, clairsemés. On passe devant un magasin de fournitures de plomberie et une casse automobile avant d'arriver dans une minuscule zone commerciale. Il y a un bureau de crédit, un lavomatique et un restaurant chinois, tous fermés. L'établissement de prêts sur gages est dans un bâtiment miteux en stuc blanc surmonté d'un toit bleu. Dans la vitrine sale, on aperçoit quelques tableaux aux couleurs passées, des guitares poussiéreuses et un rocking-chair. Un carton peint à la main posé sur le coussin promet un service équitable. Le parking est vide. Pendant que Bailey se gare, je l'interroge :

– T'es déjà allée dans un de ces trucs ?

– Bien sûr ! J'ai une carte de fidélité, rétorque-t-elle en levant les yeux au ciel.

– Ne le prends pas mal. C'était juste une question. Je pensais juste que… Tu sais, les gens disent…

Bailey me lance un regard glacial.

– Quoi ? Qu'est-ce que les gens disent de moi, Veronica ? me défie-t-elle.

Je rougis.

– Rien. C'est sans importance.

Je sors de la voiture. Bailey me suit en grommelant.

À l'entrée, un panneau « Ouvert » émet une lueur rouge orangé. Je pousse la porte, qui résiste. Confuse, j'essaie d'actionner la poignée, sans plus de succès. Je panique. Si je n'arrive pas à vendre cette bague, adieu l'intervention. Va-t-on devoir ratisser les environs pour trouver un endroit ouvert ? Et si les prêteurs sur gages ferment le soir ? Si on doit attendre demain, on n'arrivera jamais à temps au Nouveau-Mexique. Je tire plus fort.

– C'est fermé. Comment c'est possible ?

Mes yeux s'emplissent de larmes.

– Et dire qu'ils t'ont acceptée dans une fac de l'Ivy League, ironise Bailey. Il ne devait pas y avoir des masses de candidats, cette année.

[…]

Cet ouvrage a été mis en pages
par DV Arts Graphiques à La Rochelle

Imprimé par Grafica Veneta
en avril 2022
pour le compte des Éditions Bayard

Imprimé en Italie